F.G. Klimmek
Des Satans Schatten

W0408075

F.G. Klimmek, geboren 1949 in Wanne-Eickel, ist Rechtsanwalt, nebenher hat er sich der Herpetologie (Kriechtierkunde) verschrieben und ist ein profunder Kenner der Kriminalliteratur Sir Arthur Conan Doyles.

Nach »Wie die Fliegen«, »Schnee von gestern« und »Der Raben Speise« ist »Des Satans Schatten« sein vierter Titel im Programm des KBV.

Homepage des Autors: www.das-kriminalmuseum.de

F.G. Klimmek

Des Satans Schatten

Ein historischer Kriminalroman

KBV
KRIMI

Originalausgabe
© 2005 KBV Verlags- und Mediengesellschaft mbH,
Hillesheim
www.kbv-verlag.de
E-Mail: info@kbv-verlag.de
Telefon: 0 65 93 - 99 86 68
Fax: 0 65 93 - 99 87 01
Umschlagillustration: Ralf Kramp
Redaktion, Satz: Volker Maria Neumann, Köln
Druck: Grenz-Echo AG, Eupen
www.grenzecho.be
Printed in Belgium
ISBN 3-937001-61-1

Das Gehirn war der größte Leckerbissen
des hervorragenden Mahls.

Peter Stumpp

Vorrede des Autors

Verehrte Leserin, geschätzter Leser!

Wie vielleicht schon mit Wohlwollen vermutet, konnte es einem Mann mit den Fähigkeiten und Eigenschaften eines Frederik von dem Kerkhof, dem ehemaligen Spion und professionellen Mörder im Dienste des Fürstbischofs Franz von Waldeck, einfach noch nicht vergönnt sein, im niederländischen Exil zur Ruhe zu kommen. Zwar hat auch er im Kampf um das wiedertäuferische Münster Federn lassen müssen, und das nicht zu knapp. Doch liefe es mit Sicherheit seiner Natur zuwider, wenn sich nicht nach einer Periode der Muße und Sorglosigkeit sein unruhiger Geist gemeldet und erneut die Oberhand gewonnen hätte.

Damit war es praktisch nur eine Frage der Zeit, wann sich unser Frederik in ein neues Abenteuer stürzen würde. Womit gleichzeitig feststand, dass ich nur intensiv genug suchen musste, um entsprechende Aufzeichnungen zu finden, die mich in die Lage versetzten, zum zweiten Male einen winzigen Lichtschimmer in einen Abschnitt des Zeitalters fallen zu lassen, das uns als das dunkle geläufig ist.

Es hat mich nicht geringe Mühe gekostet, die fragmentarischen Notizen zu ordnen und in logischen Bezug zueinander zu setzen, sodass mir nicht einmal die Gelegenheit blieb, alles auf seinen Wahrheitsgehalt hin abzuklopfen. Denn wie Ihnen bestimmt noch gut erinnerlich ist, haben wir es bei unserem Helden mit einem argen Schwadronierer und Fabulierer zu tun. Und was sich hier aus seinen Papieren herauskristallisierte, war teils so ungeheuerlich, dass es durchaus dazu angetan scheint, dem Bereich der Legende zugeschlagen zu werden.

Indessen, die Sichtung fremder Quellen, die in ihrer historischen Korrektheit über jeden Zweifel erhaben sind, haben mich bald veranlasst, Frederik insgeheim für meine Zweifel an seiner Lauterkeit Abbitte zu leisten – denn er hat wahrhaftig nicht übertrieben.

Doch lesen Sie zunächst besser selbst, und ich verspreche Ihnen, am Ende von Frederiks Abenteuer meine Karten auf den Tisch zu legen.

Bis bald!

Prolog

Henner blickte mit sorgenvoller Miene zum Himmel, an dem sich Regenwolken mit einer Macht auftürmten, als wollten sie der hereinbrechenden Dunkelheit den Rang ablaufen. Die Straße, die diesen Namen kaum verdiente, schlängelte sich durch dichten Wald. Der immer stärker werdende Wind kam aus wechselnden Richtungen, bog die Bäume, zerrte am Gebüsch und verhinderte so, mögliche Wegelagerer und Strauchdiebe in den Wäldern auszumachen.

»Ich glaube, es wäre besser gewesen, die Nacht noch im Schutz von Schloss Crange zu verbringen.«

Der alte Landsknecht mit dem prächtigen Wappengürtel, der neben ihm ritt, wiegte bedächtig den Kopf. »Wohl wahr. Ihr werdet Euch erinnern, dass ich gleich dieser Ansicht war, als Ihr das Lahmen Eures Pferdes bemerktet. Vielleicht hätten wir es vor der Nacht dennoch bis zum nächsten Weiler geschafft, hätte der Schmied seine Kunst besser verstanden oder auch nur schneller gearbeitet. Ein fauler Kerl. Aber nun ist es, wie es ist. Wäre nur gut, wenn wir beizeiten einen Unterschlupf finden könnten. Mir ist nicht wohl bei dem Gedanken an Euer Geld und die Verlockungen, die davon ausgehen.«

Diese Befürchtungen teilte der junge Mann schon seit ihrer Abreise. Es war das erste Mal, dass er den Vater vertreten und an seiner Statt zusammen mit einem Gehilfen den Frachtwagen nach Crange hinauf zum Pferdemarkt bringen durfte. Vier Tage hatten sie für die Anreise gebraucht, von denen einer dadurch vertan wurde, in einem Gasthof festzusitzen, weil nächtliche Schauer den Weg aufgeweicht und vorübergehend unpassierbar gemacht hatten. Jetzt ging es zurück.

Die Sättel, Zügel, Trensen und sonstiges Pferdegeschirr, hergestellt in der elterlichen Werkstatt, waren größtenteils zu einem guten Preis verkauft worden. Sie wären schon auf dem Hinweg eine feine Beute für alle Schurken gewesen, die sich wie eine Seuche über das Land gebreitet hatten und für jeden fahrenden Handelsmann eine große Gefahr darstellten.

Ungleich beliebter waren bei diesen Gaunern jedoch Geld und Gold, weil man dem die Herkunft nicht ansah und es deshalb nicht verräterisch war. Entsprechend mulmig war Henner zumute, der deswegen heilfroh war, dass sich der Landsknecht ihrem kleinen Treck angeschlossen hatte. Man hatte das gelungene Geschäft am gestrigen Abend in der Dorfschänke gebührend gefeiert und hier den alten Kämpen kennen gelernt, der lustige Geschichten zu erzählen verstand, die er hin und wieder durch eine kleine Einlage auf seiner Maultrommel unterbrach. Als der neben seiner Trinkfestigkeit auch noch bei einer anschließenden, von einem betrunkenen Viehhändler angezettelten Massenkeilerei sein Kampfgeschick unter Beweis stellen konnte, kam Henner seinem Vorschlag, einen Teil des Weges gemeinsam hinter sich zu bringen, nur allzu gerne nach. Er wünschte sich sogar, mehr von dieser Sorte in seiner Begleitung zu wissen.

Trotzdem, das beklemmende Gefühl ließ sich nicht vertreiben. Es verstärkte sich sogar noch im Maße des aufkommenden Sturmes.

»Ich will mal nach den Frauen sehen.« Henner ließ sein Pferd zurückfallen, bis ihn der elterliche Wagen überholt hatte und er auf gleicher Höhe mit dem zweiten und zugleich letzten Gefährt ihres Zuges war, einem Karren, der von einem vierschrötigen Knecht gelenkt wurde. Hinten, auf einer Schicht Stroh, hatten es sich Gudrun und Elsbeth so bequem gemacht, wie es die Umstände erlaubten. Die beiden Mädchen waren nicht einmal in seinem Alter, ihm aber an Verhandlungsgeschick doch weit überlegen. Sie kamen seit einigen Jahren zum Markt, um dort an die Leute Branntwein und Käse zu verkaufen. Nicht gerade Schönheiten, aber frische Erscheinungen von einer unbekümmerten Fröhlichkeit, die sich sehr absatzfördernd auswirkte. Man war ins Gespräch gekommen, hatte festgestellt, dass man in dieselbe Richtung musste, und sich zusammengetan. Die Männer waren nun zu viert, da konnte man das Wagnis einer solchen Reise schon eingehen.

Seine bedrückte Stimmung überspielend, beugte er sich aus dem Sattel zu ihnen hinüber und fragte kokett: »Nun, ihr schönen Baronessen, die ihr diesen Weg bereits so oft genommen habt. Ihr könnt mir sicher sagen, wo hier das nächste Haus ist, bei dem wir an die Gastfreundschaft seines Hüters appellieren können.«

Nach einem ersten Kichern bemerkte Gudrun, die vernünftigere von beiden: »Ich fürchte, dass wir auch bei schnellerer Fahrt vor der dritten Morgenstunde auf kein Haus mehr treffen werden. – Ist es denn so gefährlich? Sollten wir da vielleicht nicht lieber ...«

Der Wagen rumpelte in diesem Moment in der tiefen Spurrinne um eine enge Kurve, sodass sich die Mädchen kurz am Leiterwerk festklammern mussten. Wieder auf gerader Strecke kam die verblüffte Gudrun nicht mehr dazu, ihren Satz zu Ende zu führen. Schräg vor ihnen, höchstens hundert Schritte abseits des Weges, leuchteten zwei Fenster heimelig aus dem Dunkel und ließen mit ihrem Schein die Umrisse einer niedrigen Kate erkennen.

»Die ... die ist mir bisher aber nie aufgefallen.« Ihre Schwester Elsbeth nickte bestätigend dazu.

Der kleine Treck war zum Stillstand gekommen, da auch der Landsknecht das Licht bemerkt und sich zu den dreien gesellt hatte. »Sei es, wie es sei. Ein Dach über dem Kopf kann nicht schaden. Vorsicht allerdings auch nicht. Bleibt also einstweilen hier. Ich werde hinüberreiten und sehen, ob ich ein gastliches Haus vorfinde.«

Damit gab er seinem Pferd die Sporen und ritt in leichtem Galopp auf den so unverhofft gebotenen Schutz vor Überfall und den Launen des Wetters zu.

Er hatte sein Ziel fast erreicht, als die Lichter schlagartig erloschen. Henners an die Dunkelheit gewöhnten Augen schien es, als würden sich im selben Moment die Konturen der Kate verschieben, das ganze Gebilde nach vorne stürzen und den Landsknecht unter sich begraben.

Dieses Schauspiel nahm ihn so gefangen, dass er einige Augenblicke nichts um sich herum wahrnahm, bis ihn Elsbeths Entsetzensschrei aus seiner Erstarrung riss. Aus dem Augenwinkel sah er eine pelzige Woge und viele Augen, die in der Nacht zu glühen schienen. Doch da war an Gegenwehr schon nicht mehr zu denken. Das Letzte, was er auf dieser Welt roch, war der bestialische Gestank von fauligem Aas. Das Letzte, was er fühlte, war, dass ihm der Kehlkopf herausgerissen wurde.

Abschied von Marken

Als ich durch die Tür meines Hauses trat, um mich, wie jeden Tag, am Tisch niederzulassen und mein Mittagessen zu genießen, war zu meinem allergrößten Erstaunen mein Platz von einem anderen Mann belegt, der meine Mahlzeit verzehrte. Er sprang sofort auf und begrüßte mich mit einer tiefen Verbeugung. Meine Frau Zenobia blieb am Tisch sitzen und lächelte dazu.

Obwohl ich instinktiv wusste, dass ich ihm schon begegnet war, erkannte ich ihn nicht einmal auf den zweiten Blick. Erst nach seinen mit einem Augenzwinkern gesprochenen Worten »Erinnert Ihr Euch noch an den dreisten jungen Burschen aus der Schenke in Crange?«, bei denen er sein Haupt vorreckte und auf seine Haare zeigte, die immer noch das Rot der frühen Jahre aufwiesen, wusste ich, mit wem ich es zu tun hatte. »Du bist Gernot, der Wilderer.«

»Schon lange nicht mehr, hoher Herr, sondern wohlbeleumundeter Jäger im Dienste des Grafen von Crange. – Und gleichermaßen wohlbeleumundeter Ehemann. Ihr werdet doch die kleine Ilse nicht vergessen haben, deren Horn Ihr kauftet, das Euch letztlich auf die Spur des Mörders führte?«

»Du hast die Tochter des Müllers geheiratet? Ich gratuliere!«

»Und ich gratuliere Euch zu den famosen Lebensumständen, die Ihr Euch geschaffen habt, allen voran zu Eurem wunderbaren Weib, und nicht zuletzt zu den herrlichen Gerichten, die sie zu bereiten versteht. – Umso schwerer fällt es mir, meinen Auftrag auszuführen und den Wunsch meines Herrn vorzutragen, dessen Erfüllung Euch für eine Weile von diesen Annehmlichkeiten fernhalten würde. Der Graf bittet Euch nämlich inständig, ihn aufzusuchen und ihm aus großer Not zu helfen. Es geschehen unglaubliche Dinge, welche die Leute entsetzen und von falschen Propheten wieder einmal zum Nachteil des einfachen Mannes ausgelegt werden könnten. Der Graf befürchtet eine ähnliche Entwicklung wie seinerzeit in Münster, als erst angeblich drei Sonnen schienen und hernach das Volk in Scharen zu den Wiedertäufern überlief. Doch jetzt ist es ungleich schlimmer. Menschen verschwinden spurlos, ein Werwolf geht um, und der Satan persönlich scheint auf Erden zu wandeln und überall seine Zeichen zu hinterlassen. Kurzum, der Graf ist der Ansicht, dass nur Ihr Abhilfe schaffen könnt.«

So ernst die Lage auch sein mochte, nötigte sie mir gleichwohl ein Schmunzeln ab.

»So, so, einen Werwolf und den Satan in eigener Person zum Gegner. Meinst du nicht auch, dass diese Last zu schwer ist für die schmalen Schultern eines alten, schwachen Mannes?«

Nun wisst ihr selbst, meine treuen Freunde, dass euer Frederik weder schmal noch schwach ist und auch dem alten Eisen noch nicht zugerechnet werden kann. Doch was da von mir erwartet wurde, hätte einem antiken Sagenhelden vom Range eines Herkules besser zu Gesicht gestanden.

»Entschuldigt, Herr, ich habe mich da sicher falsch ausgedrückt. Meine Aufgabe ist es, die Wälder zu durchstreifen, und nicht, mit gelehrten Herren zu disputieren. Was ich sagen will, ist, dass die Verzweiflung des Grafen wohl verständlich ist, denn unter seinem Dach ist es erneut zu einem unerklärlichen Todesfall gekommen.«

Tja, meine vorausschauenden Freunde, die ihr immer damit gerechnet habt, dass ein Frederik von dem Kerkhof auf Dauer nicht in der Langeweile des selbst gewählten Exils eines verschlafenen holländischen Fischerdörfchens versauern würde, ihr solltet wieder einmal Recht behalten.

Zwar hatte Gernot mit der kurz umrissenen Lage meiner Person den Nagel auf den Kopf getroffen, konnte ich doch mit meinen familiären wie geschäftlichen Umständen mehr als zufrieden sein. Indessen wird wohl ein jeder, der, wie ich, über die Jahre ein abenteuerreiches Leben geführt hatte, in dem die Bedrohung der eigenen Existenz allgegenwärtig war, in seinem wohlverdienten Ruhestand irgendwann von dem Gefühl übermannt werden, im Alltagseinerlei ersticken zu müssen. Denn sich nur noch den Kopf darum zerbrechen zu müssen, wie der ohnehin gewährleistete Wohlstand zu mehren ist, welches Wams man zu welcher Gelegenheit zu tragen und welches ohnehin üppige Essen man auf dem Tisch stehen haben wird, kann einen Mann von meinen Anlagen und Möglichkeiten auf Dauer nicht befriedigen. Und selbst mein verführerisches Weib, das in den vergangenen Jahren nichts von seiner Schönheit und seinem Liebreiz eingebüßt hatte, konnte nicht verhindern, dass ich immer öfter mit Wehmut an die alten Zeiten zurückdenken musste. An die alten Zeiten, die ich gleichermaßen draußen im warmen Sommerregen wie im eisigen Schneetreiben einer Winternacht, drinnen auf kalten Fluren dunkler Schlösser und an offenen Feuern in verräucherten Schenken verbracht hatte. An die alten Zeiten, in denen ich feindliche Spione verfolgt, fremde Meuchler gejagt und politischen Gegnern aufgelauert hatte.

So war mir in den vergangenen Monaten oft genug der Gedanke gekommen, mitten in der Nacht mein weiches Bett zu verlassen und gegen eine harte Lagerstatt auf dem Waldboden unter freiem Himmel zu tauschen, umgeben von einer Aura der Gefahr, wieder unterwegs im geheimen Auftrage seiner Exzellenz.

Deshalb erschien mir Gernot auch nicht als Störer von Ruhe und Frieden, sondern als willkommene Abwechslung, der ich nur allzu gerne nachging.

War damit meine eigene schreckliche Langeweile auf wunderbare Weise zu Ende, so will ich auch euch, meine ungeduldigen Zuhörer, erfreuen und nicht damit zum Gähnen bringen, dass ich euch lang und breit das Zusammenpacken meiner Sachen und den Abschied von Zenobia schildere. Nur soviel sei gesagt, dass ich mir mein Rapier sowie den schermesserscharfen Dolch mit der langen, dünnen Klinge umschnallte und die beiden Radschlosspistolen, die Sir Desmond seinerzeit auf so famose Art umgearbeitet hatte, in den Gürtel schob.

Wir wollten bei Tage noch so viel Strecke wie möglich hinter uns bringen. Einen ausführlichen Bericht konnte mir Gernot unterwegs, besser noch anlässlich unserer Übernachtungen in den Gasthäusern am Wege, liefern. Denn eines war seinen dürren Worten ohne Zweifel zu entnehmen: Es war Eile geboten.

Heerenberg

Huis Bergh war eine gewaltige Verteidigungsanlage, gegen die sich Crange wie ein bescheidener Landsitz ausnahm. Vorburg, Wassergraben, turmhohe Wälle, hintereinanderliegende Zugbrücken, eine solche Festung schien uneinnehmbar zu sein. Schon von weitem ragte sie, in einer morastigen Gegend auf einer leichten Erhebung stehend, weit über die Wipfel der umliegenden Wälder. Das Dörfchen in ihrem Schatten machte den Eindruck, als quetsche es sich so dicht wie möglich an die Burg, um jeden Schutz zu bekommen, den es erhaschen konnte.

Ich war froh, unser Zwischenziel endlich erreicht zu haben. Zwar war Gernot so umsichtig gewesen, außer den Packpferden für jeden von uns zwei Reittiere parat zu halten, sodass wir unterwegs durch wiederholten Pferdewechsel Entlastung schafften und somit ein schnelleres Fortkommen zu gewinnen hofften. Doch hatten die für diese Gegend nicht untypischen starken Sommergewitter mehr als einmal dafür gesorgt, dass wir unsere Reise unterbrechen und uns ansonsten über verschlammte Pfade quälen mussten. So war es nicht verwunderlich, dass wir bei unserem Eintreffen in Heerenberg um einiges hinter unserem Zeitplan zurücklagen. Glücklicherweise hatte sich wenigstens das Wetter erheblich gebessert.

Gernot, der nicht müde wurde zu betonen, dass er kein Mann der großen Rede sei und sich im Übrigen in der Natur wohler fühle als im prächtigsten Schloss, vertröstete mich ständig darauf, dass Stapelmann mir alles Wesentliche haarklein berichten würde; denn das sei schließlich sein Auftrag, und obendrein habe der persönlich die Leiche von

Bertram entdeckt. Aber während der unvermeidbaren Unterbrechungen unserer Reise konnte ich ihm immerhin so viel aus der Nase ziehen, dass ich meinte, mir nunmehr ein zumindest grob umrissenes Bild des Geschehens verschafft zu haben.

Danach musste es seit einiger Zeit verstärkt Gerüchte um vermisste Personen geben, die nach dem Besuch des weithin berühmten Cranger Pferdemarktes einfach spurlos verschwunden waren. Je mehr darüber gemunkelt wurde, desto mehr kristallisierte sich heraus, dass nicht nur Crange betroffen war, sondern von vergleichbaren Vorkommnissen aus dem Münsterland, dem Sauerland und strichweise auch aus der Niederrheingegend berichtet wurde. Auch habe es unwiderlegliche Anzeichen für satanische Praktiken und Teufelsanbeterei gegeben. Ferner müsse dem Grafen wohl der eine oder andere Beweis vorliegen, jedenfalls habe er nach jemandem geschickt, der das Rätsel lösen soll. Der Herr von Crange, ein weltoffener, aufgeklärter und seinen Untertanen in Güte zugetaner Mann, wollte nicht riskieren, sich irgendwann von der Heiligen Inquisition das Heft aus der Hand nehmen zu lassen. Er habe deshalb Bruder Bertram kommen lassen, der selbst aus Crange gebürtig war und als ausgesprochen kluger Kopf galt. Und eben diesen Bertram hatte man nun im Schloss Crange tot aufgefunden, erwürgt vom Satan persönlich, wie nicht wenige meinten.

An dieser Stelle muss ich einflechten, meine skeptischen Freunde, dass mir Gernots Gesichtsausdruck so überzeugt erschien, als sei er selbst ein Anhänger dieser Theorie.

Da lag es anscheinend aus der Sicht des Grafen auf der Hand, dass nun ich geholt werden musste, ich, Frederik von dem Kerkhof, der schon einmal mit dem mörderischen Dieb der Seelen einen vermeintlichen Dämon als höchst irdisches und obendrein sterbliches Wesen enttarnt hatte. Ferner konnte ich getrost als ein Mann gelten, der es schaffte, sich und seine Gesundheit besser zu schützen, als ein armer Mönch dies vermochte. Also hatte der Graf seinen Boten ausgeschickt, und also waren wir beide jetzt hier.

Hier, wo sich Stapelmann befand, derjenige, der mir mehr erklären sollte, aber wohl noch an einer Verletzung laborierte, die er sich auf dem Hinweg zugezogen hatte, als er und Gernot nur knapp einem Hinterhalt von Wegelagerern entkommen waren. Ich hatte mehrfach versucht, Gernot gerade über dieses Kapitel ihrer Reise zu befragen, doch er tat diesen Teil als eher unbedeutend und bloß zufällig ab. Die Straßen seien nun einmal unsicher, mit so etwas müsse man im Grunde an jeder Biegung rechnen, und obendrein sei nichts Wesentliches passiert, lässt man eine große Beule an Stapelmanns Kopf außer Betracht. Im Übrigen glaubte er erkannt zu haben, dass auf seinen Reisegefährten mit einem Schnepper geschossen worden war, einer Waffe, die für die Vogeljagd bestimmt war und nicht dazu, einen erwachsenen Menschen tödlich zu verletzen. Nach Gernots Erinnerung hatte man den leicht Blessierten in der Vorburg untergebracht.

Die Wachen am Tor hatten sich das Gesicht meines Begleiters offenbar gut eingeprägt, denn sie ließen uns ohne weiteres passieren. Ein halbwüchsiger Bursche nahm sich unserer Pferde an, kaum dass wir den sonnenüberfluteten, teils mit Rasen bedeckten Hof betreten hatten.

Mein Führer, der den Weg von seinem ersten Besuch her kannte, wandte sich dem Gebäude rechter Hand zu, um mich an das Krankenlager zu führen, doch diese Mühe sollte ihm erspart bleiben.

»Hier bin ich, Gernot, hier, bei den Bäumen.«

In der Nähe der ebenerdig gelegenen Küche wuchsen ein paar knorrige Obstbäume, unter denen eine Liege stand, auf der es sich der Gesuchte bequem gemacht hatte. Umringt war er von einer buntgemischten Gesellschaft, die hauptsächlich aus Kindern bestand, und die, wie es schien, von ihm durch allerlei Taschenspielertricks und drollige Fabeln unterhalten wurde. Jedenfalls bekamen wir bei unserem Herannahen noch den einen oder anderen Juchzer mit.

Mein Begleiter konnte sich ein Lächeln nicht verkneifen. »Er hat es mal wieder geschafft, der alte Schelm. Bei seiner Begabung könnte er auf jedem Schloss unterkommen und würde gleichermaßen jeden Hofnarren und Zeremonienmeister brotlos machen. Einer wie der hat es wirklich nicht nötig, sein Leben mit harter oder gar gefährlicher Arbeit zu fristen. – Mit seinen Blessuren scheint es glücklicherweise nicht mehr weit her zu sein. Ich möchte bloß wissen, wie dieser Kerl tot zu kriegen ist.« Dabei strahlte er über das ganze Gesicht, und man brauchte kein Hellseher zu sein, um zu erkennen, dass zwischen den beiden Männern eine innige Freundschaft bestand und Gernot weit davon entfernt war, dem Ziel des allgemeinen Interesses die Bewunderung der Umstehenden zu neiden.

Während wir uns näherten, verabschiedete der so trefflich Unterhaltende sein Publikum, das sich auch schnell zerstreute, erhob sich und blickte uns erwartungsvoll entgegen.

Auf den letzten Schritten hatte ich ausreichend Zeit, ihn zu mustern. Er war klein und reichte mir höchstens bis zur Schulter. Dick konnte man ihn nicht nennen, doch wölbte sich über seinen Gürtel ein Bäuchlein, das beredtes Zeugnis von einem wohlgesetzten Leben ablegte. Seine Haare, unter keiner Kopfbedeckung verborgen, waren fein aber dicht und fielen ihm im Nacken bis auf die Schultern herab. Sein runder

Kopf mit langen Ohren und einem bartlosen, spitzbübischen Gesicht gab ihm mit der schmalen Nase und den angewachsenen Ohrläppchen das Aussehen eines gütigen Kobolds, der ständig über seinen nächsten, allerdings harmlosen Schabernack sinnt. Sein Alter war schwer zu schätzen. Er mochte in meinen Jahren sein, jedoch auch etliche mehr auf dem Buckel haben.

Er fiel Gernot zur Begrüßung um den Hals. »Da staunst du, was? Ich habe selber nicht geglaubt, dass sie mich hier so bald wieder hinkriegen würden. Aber wie ich ja immer sage, gutes Essen und ein noch besserer Schluck dazu, und schon wird jeder Medicus überflüssig. – Und wer ist der hohe Herr da in deiner Begleitung? Ist das der Mann, der die Sorgen des Grafen von Crange vertreiben wird? Dann darf ich mich glücklich schätzen, seine Bekanntschaft zu machen.«

Mit diesen Worten kam er in schnellen Trippelschritten auf mich zu, umfasste meine Hand und schüttelte sie wie einen Pumpenschwengel. »Rodger Stapelmann ist mein Name, und ich bin ... ja, was bin ich eigentlich? Ich bin wohl das Mädchen für alles am Hof von Crange. Es ist mir eine große Ehre, Euch persönlich kennen lernen zu dürfen, man schwärmt dort noch immer von Eurer Klugheit und Eurem kämpferischen Geschick. Überdies habt Ihr, wenngleich ohne es zu wissen, eigentlich den Grund dafür gesetzt, dass ich dort ein durchaus angenehmes Dasein führen darf.«

Ich war sicher, dass er auch ohne meine verdutzte Miene seinen Redefluss nicht gebremst und seine Erklärung sowieso geliefert hätte. »Das Glas, es war das Glas, und ohne Euch wäre es nie zur Sprache gekommen, und – mit Verlaub – der Herr von Crange hätte wohl nie seine Schwäche dafür entdeckt. Seine Schwäche, mein Glück, wenn ich es einmal so sagen darf, nicht wahr?«

Dieser letzte Satz war an Gernot gerichtet, der, um meinen Geist zu erleuchten, sehr viel zielstrebiger zur Sache kam als dieser fröhliche Waldschrat.

»Er meint die Sache mit den Italienern, damals, als Ihr den Dieb der Seelen tötetet. Die Figuren des Glasmeisters aus Murano, sie haben eine Leidenschaft des Grafen erweckt, der inzwischen schon eine beachtliche Sammlung zusammengetragen hat. Und Rodger hier ...«

»So ist es, so ist es. Da ich mich selber ein wenig mit dieser Kunst beschäftigt habe und einzuschätzen weiß, welche Stücke ihren Preis auch wert sind, darf ich mir schmeicheln, dem Herrn Grafen dabei keine schlechte Unterstützung gewesen zu sein. Nun, ich darf sogar voll Stolz behaupten, dass er mich im Lauf der Zeit zu einer Art Vertrauten gemacht und mich mit mannigfaltigen Aufgaben betraut hat. Dazu gehört bedauerlicherweise auch die Pflicht, des Morgens seine Gäste aufzuwecken.«

Passend zu seinem letzten Satz hatte sein ansonsten so verschmitztes Gesicht einen bekümmerten Ausdruck angenommen. Ich wusste zwar nicht, was an dieser Tätigkeit so schlimm sein sollte, doch klärte Gernot auch diesen Punkt auf. »Er ist der Mann, der Bertrams Leiche gefunden hat. Der Schreck ist ihm dabei ganz schön in die Glieder gefahren.«

»In die Glieder gefahren? Es hätte nicht viel gefehlt, und ich wäre selbst tot umgefallen. Den Abend vorher hat man noch zusammengesessen und munter geplaudert, und am Morgen liegt er da neben seinem Bett und rührt sich nicht mehr. Hervorgetretene Augen, aufgequollene Zunge und ... ach, ich will lieber gar nicht mehr dran denken. Noch jetzt bleibt mein Herz fast stehen, wenn ich ...«

»Du wirst aber daran denken müssen und dich genauestens an alle Einzelheiten erinnern. Deshalb hat dich der Graf ja mitgeschickt, damit du Herrn Frederik alles haarklein schildern kannst. Die Aufklärung des Mordes damals hat ja gezeigt, wie wichtig so etwas ist.«

»Natürlich, natürlich, ich werde selbstverständlich behilflich sein, wie ich nur kann. Und gerade deshalb gestattet mir einen Einwand. Bereits in wenigen Tagen steht die Hinrichtung Scharmanns in Dorsten an, und wenn ich den Willen unseres Herrn nicht missgedeutet habe, legt er großen Wert darauf, dass der Herr Frederik vorher noch persönlich mit diesem Subjekt spricht, diesem Werwolf. Ihr versteht?«

Natürlich verstand ich nicht. Aber man würde mich sicherlich irgendwann ausführlich ins Benehmen setzen, wofür hätte man mich sonst geholt?

Stapelmann musste mein Schweigen als Zustimmung gewertet haben, getreu dem Motto *qui tacet consentire videtur*, und ließ auf seinem Gesicht bei einer derartig raschen Auffassungsgabe meinerseits die Sonne aufgehen. »Gut, gut, dann werdet Ihr mit mir bestimmt einer Meinung sein, dass wir uns alsbald auf den Weg machen müssen. Sonst wird das nichts mehr mit Dorsten, und der Herr Graf wird untröstlich sein. – Ich kann Euch alles in Ruhe heute Abend im Gasthof berichten. Natürlich bei einem Glase Wein, wenn's beliebt.«

Zu mehr als einem »Natürlich« blieb mir keine Zeit, denn Stapelmann hatte sich, nachdem er Gernot noch verschwörerisch zugeblinzelt hatte, umgewandt und wieselte bereits seiner Unterkunft zu, bevor ich etwas anderes entgegnen konnte.

An der Tür blickte er kurz zurück und rief: »Ihr könnt ja noch mit dem Abt sprechen, wenn Ihr wollt, während ich meine Sachen packe. Gernot kennt ja den Weg.« Und schon war er verschwunden.

»Ich hoffe, diesem Mann wird es nicht dauernd gefallen, in Rätseln zu sprechen. Heute Abend sollte ein wenig mehr

System in seiner Rede stecken, wenn mir dieser Kobold von Nutzen sein soll. – Und was soll nun das Gefasel von einem Abt?«

Dieser Punkt war allerdings schnell erklärt. »Oh, der Abt. Deshalb haben wir ja diesen Reiseweg gewählt. Ich kann nicht beurteilen, ob es von Wichtigkeit ist. Aber Rodger meinte, es könne jedenfalls nicht schaden, mit ihm zu sprechen. Bertram lebte nämlich hier, ich glaube, er sollte bald das Gelübde ablegen.« Es handelte sich um den Abt des hiesigen, auf der anderen Seite des Dorfes gelegenen Klosters. Bertram hatte sich hier zu weiteren Studien aufgehalten, bevor ihn der Ruf nach Crange erreichte. Vielleicht war es wirklich nicht falsch, zu versuchen, sich im Vorfeld ein Bild von der Persönlichkeit des Getöteten zu verschaffen, indem man jemanden befragte, der ihn gut gekannt haben musste.

»Dann kümmere du dich um Rodger und alles Nötige. Ich werde hinübergehen und sehen, ob ich etwas von Belang erfahre. Ihr könnt mich dort auflesen, wenn ihr hier fertig seid.«

Das Dorf war klein und das Kloster nach nicht allzu vielen Schritten erreicht. Ein prächtiger Bau von beeindruckender Klarheit in der Linienführung, der einem Schloss alle Ehre gemacht hätte. Beschirmt von Huis Bergh hatte man auf eine Schutzmauer verzichtet, sodass ich ohne weiteres zum Haupteingang gelangen und dort an das Tor pochen konnte. Der junge Mönch, der kurz darauf erschien, hielt dankenswerterweise nichts von unnützen Floskeln und führte mich nach einer schnellen Musterung meiner Person ohne Umschweife zum Abt. Dieser, ein zuvorkommender und überaus höflicher Mann, bedauerte ein ums andere Mal, mir nicht wirklich weiterhelfen zu können, da sich Bertram erst einige Monate am Ort aufgehalten hätte und er sich folglich noch keinen rechten Eindruck habe verschaffen können. Doch er und die anderen Fratres seien sich ausnahmslos einig, dass Bertram gewissenhaft, analytisch und zielstrebig gewesen sei, verbunden mit einem für einen so jungen Mann erstaunlichen Wissen. Er könne schon nachvollziehen, dass die Wahl des Grafen auf ihn gefallen war. Etwas Spezielles über die ihm aufgetragene Angelegenheit, insbesondere über irgendwelche Ergebnisse seines Tuns, könne er jedoch nicht berichten, denn Bertram habe ihm nach seinem Abschied keinerlei Nachrichten zukommen lassen.

Angesichts dieser Zusammenfassung sah ich mich nicht veranlasst, dem Gottesmann noch mehr von seiner Zeit zu stehlen. Ich ging mit seinem Segen und ließ ihn mit meinem Dank zurück.

Draußen warteten schon meine beiden Gefährten, und wir machten uns unverzüglich auf den Weg.

Unterwegs

Die Zahl der Leute, die uns begegneten, wurde ständig geringer, je mehr sich der Tag dem Abend zuneigte, und als sich die ersten kräftigen Rottöne in das Licht der tief stehenden Sonne mischten, schienen wir die einzigen Menschen auf der Straße zu sein. Auf beiden Seiten flankiert von dichtem Gehölz, stieg unser Weg bis zum circa dreihundert Schritte entfernten Horizont leicht an. In der Hoffnung, in der anschließenden Senke vielleicht ein Lager für die Nacht zu finden und mir sodann ausführlich von Stapelmann berichten zu lassen, war ich gerade im Begriff, mein Pferd in einen leichten Galopp zu treiben, als mir Gernot in den Zügel griff.

Er deutete stumm voraus zu einer Stelle linker Hand, an der unter lautem Getschilpe ein Spatzenschwarm aufgeflattert war. Einen Moment später rannten zwei Kaninchen über die offene Stelle, um blitzartig auf der anderen Seite im Unterholz zu verschwinden.

Aus Gernot sprach der erfahrene Jäger, der die Zeichen der Natur zu deuten wusste. Er senkte seine Stimme zu einem Flüstern. »Das kommt nicht von einem anderen Tier. Um einen Raubvogel hätten sich die Karnickel in ihrem Unterholz nicht gekümmert, und von einem Fuchs oder einem Wildschwein wären die Vögel nicht aufgescheucht worden. – Dort treibt sich ein Mensch herum. – Und außerdem, es war nicht weit von hier auf dem Hinweg, das mit Rodger.«

Der hatte wohl mehr geahnt als verstanden, was Gernot mir gesagt hatte, nickte aber beifällig und wies auf die Stelle am Hinterkopf, wo es ihn erwischt hatte.

Dieser Abschnitt des Weges war nicht dazu angetan, jemanden zum Verweilen einzuladen. Und sollte jemanden die

Notdurft in die Büsche getrieben haben, wo war dann sein Reittier?

Wie zur Bestätigung meinte ich für einen Wimpernschlag, dort im Gegenlicht schemenhaft eine Kapuzengestalt wahrgenommen zu haben, doch weil sich in Gernots Haltung nichts veränderte, mochte es auch bloß ein Trugbild gewesen sein.

Nun hielt ich es für durchaus denkbar, dass ein harmloser Wanderer unseren Hufschlag so rechtzeitig bemerkt hatte, dass er es vorsichtigerweise vorgezogen hatte, sich gegenüber drei Fremden in die Büsche zu schlagen. Doch wenn das eigene Wohl davon abhängt, dass man eine Situation richtig einschätzt, wappnet man sich tunlichst für die gefahrreichste Variante. Und wie ihr, meine umsichtigen Zuhörer, es sicherlich auch getan hättet, zog daher euer Frederik eine seiner Pistolen und ließ das Gebüsch, aus dem die Nager hervorgesprungen waren, nicht mehr aus den Augen.

»Wir werden langsam weiterreiten, bis wir nur noch zehn Schritte von dieser Stelle entfernt sind. Dann galoppiere ich los und feuere ins Unterholz. Ihr folgt mir mit drei Längen Abstand. Und es wird nicht schaden, eine Armbrust bereit zu halten. – Dann los!«

Einerseits war ich heilfroh, dass Gernot so aufmerksam war. Andererseits wurmte es mich kolossal, dass ich eingerosteter Spion die Zeichen nicht selbst erkannt hatte. Es wurde wahrhaft hohe Zeit, dass ich mich auf meine alten Tugenden besann.

Wie euch aus meinen früheren Erzählungen erinnerlich ist, hatte mein Freund Sir Desmond meine Radschlosspistolen so hergerichtet, dass sie besonders für den Nahkampf geeignet waren und schon auf kurze Distanz eine enorme Streuung boten. Die Ladung hatte ich selbst verfertigt, indem ich dünne Platten aus einem Blei- und Zinngemisch in kaum fingernagelgroße Stückchen geschnitten hatte. Ein Treffer aus einer Entfernung von nur fünf Schritten konnte einen Mann in Stücke reißen, bei zehn Schritten drei Angreifer nebeneinander außer Gefecht setzen.

Dieses ermutigende Bild im Kopf, drückte ich meinem Pferd die Hacken in die Flanken. Gleichzeitig ließ ich mich nach rechts aus dem Sattel rutschen, und während ich an der dem Feind abgewandten Seite des Tieres hing, langte ich vorne um dessen Hals herum und visierte in etwas über Mannshöhe. Als ich den Abzug durchzog, prasselte die Ladung durch das Gebüsch und fetzte dabei Zweige, Laub und ganze Äste aus dem Dickicht.

Ich war vorbei, ehe der letzte Holzsplitter zu Boden gefallen war, meine Gefährten schafften es dicht hinter mir.

Nachdem die Tiere zum Stand gekommen waren, befanden wir uns etwa hundert Schritte von der Hügelkuppe entfernt. Während ich die Waffe wieder lud, spähten die beiden aufmerksam zurück. Doch von der Anwesenheit eines anderen Menschen war nichts zu sehen.

Als wir schon weiterreiten wollten, bemerkte Gernot plötzlich: »War da nicht ein Zeichen an dem einen Baum, ein kleines Schild oder ein Stück Papier?«

Bevor ich mein »Was? Was soll da wo gewesen sein?« herausbrachte, hatte er sein Pferd bereits auf der Hinterhand herumgerissen und jagte zurück. Ich war auch mit meiner Warnung zu spät dran, weil er bereits die halbe Strecke hinter sich gelassen hatte. Ich schenke sie mir daher ganz.

Augenblicke später war er wieder bei uns, einen Zettel triumphierend in der Hand schwenkend. Seine scharfen Jägeraugen hatten ihn also nicht getrogen. Zu einer genauen Examination war jedoch keine Zeit, da die Sonne bereits halb hinter dem Horizont verschwunden war und ich nicht riskieren wollte, auf offenem Feld von der Dunkelheit und denen überrascht zu werden, die sie ausnutzten. Die Schatten waren so lang geworden, dass ich die nächste menschliche Behausung ansteuern würde, die am Wegesrand lag.

Diese entpuppte sich, gleich am gegenüber liegenden Rand der Senke, als ein weitläufiges Haus, das sich auf besondere Art vor Überfällen geschützt hatte. Rings um den Bau und seine Stallungen war im Abstand von wohl zwanzig Schritten eine undurchdringliche Dornenhecke um die Gebäude gezogen, die mit ihren obersten Zweigen doppelte Mannshöhe erreichte. Es gab nur einen mit einem schweren Tor versehenen Durchlass, und der war so eng, dass ein Frachtwagen knapp hindurch passte. Aus dem Kamin stieg Rauch auf, und hinter den Fenstern flackerte Licht.

Wenn man es auch ungern wahrhaben möchte, meine eitlen Zuhörer, so werden wir doch nicht verleugnen können, dass man im fortschreitenden Alter körperliche Anstrengungen nicht mehr mit der Leichtigkeit der Jugend verdaut. So war es nicht verwunderlich, dass mir nach den Strapazen des langen Ritts die Aussicht auf eine weiche Lagerstatt ausgesprochen verlockend erschien. So verlockend, dass ich mein Pferd wieder zur Eile antrieb und meine Gefährten Mühe hatten, mir zu folgen.

Was wiederum ein gutes Beispiel dafür ist, dass das Alter in vielen Fällen nicht nur die Glieder schwächt. Natürlich hätte ich mich später ohrfeigen können für meine sorglose und unbedachte Art, geradewegs in eine mögliche Räuberhöhle hineinzugaloppieren nach dem Motto *Nur die dümmsten Kälber suchen den Schlächter selber*.

Indessen, euer alter Sprücheklopfer blieb diesmal von einer negativen Erfahrung verschont, am Leben und bei guter

Gesundheit, stellte sich das Gebäude doch als das heraus, als was ich es erhofft hatte, nämlich als Gasthof. Aber die Erinnerung an diese vordergründig so harmlose Situation ist mir bis heute eine ständige Mahnung, sich nicht zu sehr in der Sicherheit früheren Könnens und einstiger Fähigkeiten zu wiegen, sondern stets aufs Neue Geist und Körper in dauernder Übung beweglich zu halten. Ein Glück, dass mir diese Erkenntnis noch früh genug kam. Also verzagt nicht, sondern seid besten Mutes: Euer Frederik ist immer noch der Alte, und durch die Weisheit und Abgeklärtheit der dazu gewonnenen Jahre wahrscheinlich besser denn je.

Nun, um der Wahrheit die Ehre zu geben, so fühle ich mich jetzt, wie ich dabei bin, diesen Bericht für euch niederzuschreiben. Damals kam ich mir allerdings ziemlich eingerostet und tölpelhaft vor. Denn was hatten wir bisher Greifbares außer schmerzenden Knochen und einem wundgerittenen Hintern? Stapelmann war auf dem Hinweg am Kopf verletzt worden von einem Angreifer, der offenbar ohne Tötungsabsicht gehandelt hatte, und ich hatte auf dem Rückweg ein unschuldiges Gebüsch erschossen. Ein bisschen wenig für eine derart lange Reise.

Zugegeben, ein mir unbekannter Bertram war unter dem Dach des Grafen zu Tode gekommen, doch war es mir bisher nicht gelungen, aus allen Andeutungen und märchenhaften Gerüchten auch nur ein einziges Faktum herauszufiltern, das zwingend auf einen gewaltsamen Tod schließen ließ. Dies sollte jetzt endlich anders werden, denn anlässlich unserer von der Dunkelheit aufgezwungenen Rast würde Stapelmann hinreichend Muße finden, mir den ganzen Kasus in extenso darzulegen. Dafür hatte der Graf ihn ja schließlich mitgeschickt.

»Gottverdammt!«

Dieses sind, wie ich ja bereits sagte, alles nur Gerüchte. Doch hörte man sie so oft und von so vielen Seiten, dass sich der Herr Graf genötigt sah, einen Außenstehenden hinzuzuziehen, der sich mit unverstelltem Blick und unvoreingenommen der Sache annehmen sollte.«

Wir saßen in der Schankstube des Gasthofs *Zur fetten Gans* und spülten die Reste eines delikaten Abendbrots hinunter, das wir an einem Tisch in der hintersten Ecke gleich neben dem knisternden Kamin eingenommen hatten, der die feuchte Kühle der Nacht in Schach halten sollte. Rodger hatte es sich nicht nehmen lassen, sich auch hier um unser Wohl verdient zu machen, und war in die Küche marschiert, um die besten Stücke auszusuchen. So waren der Braten mager, die Sauce kräftig und das Brot frisch. Selbst der Käse war von einer besonderen Würze. »Er stammt von einer Geiß«, wie Rodger freudestrahlend verkündete.

Außer uns gab es zur Zeit nur vier weitere Gäste, eine Gruppe von robusten Männern in unauffälliger Kleidung, die sich leise unterhielten. Ihr Tisch stand am gegenüberliegenden Ende des lang gestreckten Raumes, sodass keine Gesellschaft das Gespräch der anderen belauschen konnte.

Die Pferde waren im Stall, den sie sich mit zwei schweren Kaltblütern und einem Reitpferd des Wirtes teilten, untergebracht und versorgt, das Gepäck hatten wir auf den uns zugewiesenen Zimmern gelassen. Und ein, wie sein verhaltenes Rülpsen bewies, gesättigter Stapelmann hatte endlich seinen Bericht begonnen.

»Dabei war es nicht verwunderlich, dass er auf Bertram verfiel. Ich lebte zwar damals noch nicht in Crange und kann aus eigener Kenntnis kein Urteil fällen, doch habe ich bis heute niemanden gehört, der die Wahl des Grafen nicht gebilligt hätte. Bertram war in Crange geboren, genauer gesagt ein Findelkind, und dort schon früh durch seinen Scharfsinn, durch Klugheit und Umsicht aufgefallen. Und da er überdies von einer angenehmen Wesensart war, hat der Vater des heutigen Grafen seine Ausbildung gefördert und ihn schließlich an die Universität zu Köln geschickt, um dort das Jus zu studieren. Wegen seiner Frömmigkeit wandte sich Bertram ferner der kirchlichen Lehre zu und ging nach Heerenberg, vermutlich, um sich in der Abgeschiedenheit eines klösterlichen Lebens über seinen weiteren Werdegang Klarheit zu verschaffen. Dass er in seiner Dankbarkeit dem Ruf nach Crange folgte und dort einen so furchtbaren Tod erleiden musste, ist das eigentlich Tragische an der Sache.«

Während Stapelmann seine Kehle mit einem Schluck Roten geschmeidig hielt, ging mir meine eigene Situation durch den Kopf. In seiner Dankbarkeit dem Ruf nach Crange folgte und dort ... Nun, ich würde mein Möglichstes tun, dass die Parallelen in Bertrams und meinem Leben an dieser Stelle ihr Ende fanden.

Obwohl er Bertram nur kurz gekannt haben konnte, war Stapelmanns Miene nicht ohne Trauer, als er fortfuhr.

»Und das Tragische für mich ist, dass ich derjenige sein musste, der seine Leiche fand. – Zu meinen Aufgaben im Schloss gehört es unter anderem, mich um das Wohl der Gäste zu kümmern. Deshalb ging ich auch an diesem Morgen zu Bertrams Zimmer, um ihn nach seinen Wünschen zu fragen, doch er antwortete auf mein Klopfen nicht. Ich versuchte es noch einige Male, aber es rührte sich nichts. Also holte ich mir beim Verwalter den Hauptschlüssel und nahm mir die Freiheit einzutreten, weil ich befürchtete, ihm könnte nicht gut sein. Dass ich in einem solchen Maße Recht behalten sollte, konnte ich natürlich nicht ahnen. Er lag neben seinem Bett, den Mund geöffnet und die Zunge ... die Zunge ...«

»Nicht so schnell! Es ist mithin sicher, dass das Zimmer vor deinem Eintreten verschlossen war?«

»Fest verschlossen, ganz gewiss. Und weil ich auf mein Klopfen nichts gehört hatte, befürchtete ich gleich, das geht sich nicht aus.«

»Und wie viele Schlüssel gibt es zu dieser Kammer?«

»Nur zwei, mein Herr, nur zwei. Einen richtigen, wenn ich so sagen soll, den Bertram hatte. Und einen Schlüssel des Verwalters, der zu allen für die Gäste bestimmten Kammern passt.«

»Nun gut. Was also war mit seiner Zunge?«

Der gute Rodger benötigte einen weiteren Schluck, was ich ihm nicht verdenken konnte. »Seine Zunge war angeschwollen und hing ihm aus dem Mund. Seine Augen drohten aus ihren Höhlen zu treten, und sie waren rot, wo sie sonst weiß sind. Wie ein Erdrosselter sah er aus, und doch ... und doch waren am Hals keine Spuren von Gewalt. Erdrosselt – und doch ohne Würgemale. Kein Mensch aus Fleisch und Blut ist zu so etwas imstande. Ihr mögt mich für ein verschrecktes Weib halten, aber es ist, als hätte der Satan selbst es getan. Dabei habe ich ihn noch davor gewarnt und ihm geraten, dass er ...«

»Wovor gewarnt? Ist er zuvor etwa bedroht worden?«

Stapelmann setzte das erneut angehobene Glas so vorsichtig zurück auf den Tisch, als handele es sich um einen fragilen Eiskristall, und wiegte bedächtig den Kopf. »Bedroht im gewöhnlichen Sinne sicher nicht, aber er hatte mir gegenüber erwähnt, dass sich des Nachts Schemen vor seinem Fenster herumtrieben und, wenn er hinaussah, eine schwarze Katze, die unten gelauert hatte, in der Nacht verschwand. Er selbst schien es nicht sonderlich ernst genommen zu haben, doch bedenkt, sein Zimmer lag gute fünfzehn Fuß über dem Erdboden. Und eine schwarze Katze ist von jeher ein Begleiter des Bösen, wobei sich der Teufel des Öfteren ihrer Gestalt bedient.«

Die letzten Worte hatte Stapelmann mit erhobenem Zeigefinger gesprochen und so bedeutungsvoll dreingeblickt, als habe ihm ein Bote der Hölle die Richtigkeit seiner Theorie bestätigt.

Dessen hätte es auch bedurft, um mich zu überzeugen. »Das ist doch alles Humbug. Ich werde nicht gestatten, dass derartig unsinnige Ideen den klaren Blick auf die Wirklichkeit vernebeln. Wenn Bertram ein so eifriger Studiosus war, wie allgemein behauptet, liegt es mehr als nahe, dass er auch zu nächtlicher Stunde in seine Quellen vertieft war. Das zum Lesen benötigte Licht lockt Käfer und Motten an, die wiederum als Beute Nachtvögel und Fledermäuse anziehen. Als Nächstes folgen die Katzen, die ihrerseits darauf hoffen, dass ein unvorsichtiges Tier vor die Scheibe prallt und ihnen vor die Pfoten fällt. Kein Grund, Wesen zu bemühen, die nicht von dieser Welt sind.«

»Und wie erklärt Ihr dann die Schrift auf dem Boden?«

»Überhaupt nicht, denn von einer solchen ist mir nichts bekannt.«

»Hat Gernot Euch denn nicht ...? Ich verstehe. Dann will ich auch dieses berichten. Auf dem Boden neben seiner Leiche stand geschrieben: non occides! Darüber ein A und ein O. Darunter eine 1 und eine 8, die etwas verrutscht erschien ... er hat sie wohl als letztes geschrieben, ehe das Leben aus ihm wich.«

Obwohl ich ihm genügend Zeit gab weiterzureden, machte Stapelmann keine Anstalten. Gernot hielt nach wie vor den

Mund. Es war offenkundig, dass beide nun von mir, dem gewitzten Ex-Spion, eine Erklärung erwarteten. Und euer ach so gewiefter Frederik wäre froh gewesen, wenn er eine parat gehabt hätte.

Das Erscheinen der Nachtgespenster zu entschlüsseln hatte ja noch geklappt, aber jetzt?

»Non occides – Du sollst nicht töten! In welcher Schrift war dies verfasst, ich meine, ließ sich feststellen, wer das geschrieben hat?«

»Zweifellos der Getötete selbst, wie ein Vergleich mit handschriftlichen Aufzeichnungen ergab, die sich in seinem Gepäck fanden. Und, bevor Ihr mich auch dieses fragt, er hatte es mit Wein geschrieben, in den er seinen Finger getaucht hatte.«

Dies dünkte mich eine probate Gelegenheit, die Bürde der Erklärungsnot auf Stapelmann zurückzuwälzen. »Und was, meinst du, wollte er damit zum Ausdruck bringen?«

Der arme Kerl schüttelte den Kopf und sah mich in dem Wissen an, dass ich ihm sowieso nicht glauben würde. »Ich bin nur ein einfacher Mann, der von den Mächten des Himmels und der Erde nichts versteht, aber ich meine, dass Bertram damit versucht hat, den Teufel zu bannen und sein Leben zu retten.«

Damit hatte er zumindest insoweit ins Schwarze getroffen, als ich ihm wirklich nicht glaubte. Nur schade, dass ich ihm keine bessere Alternative offerieren konnte.

»Das ist alles in der Tat höchst verwirrend und undurchsichtig. Dass einer nicht um Hilfe rufen kann, der den Tod eines Erdrosselten stirbt, leuchtet mir ein. Aber wenn es tatsächlich Mord war, warum hat er dann nicht statt dieser kryptischen Botschaft den Namen des Täters hinterlassen? Und wenn der ein Fremder für ihn war, warum nicht eine ungefähre Beschreibung, warum nicht zumindest ein winziger Hinweis auf seine Person? – Gab es andererseits irgendwelche Anzeichen dafür, dass Bertram an einer schweren Krankheit litt? Könnte es sein, dass ihm diese den Atem geraubt hat und er schon nicht mehr Herr seiner Sinne war, als er auf der Schwelle des Todes stand und seine letzte Nachricht verfasste?«

Stapelmann zuckte nur die Achseln, halb gespielte, halb ehrliche Verzweiflung im Gesicht, und es war an Gernot, sich nunmehr an unserem Gespräch zu beteiligen. »Ich bin zwar kein Medicus, aber krank war er sicher nicht. Ich habe ihn öfters im Dorf getroffen, und dabei wirkte er stets so gesund wie ich selbst.«

Damit war mein Vorrat an klugen Fragen einstweilen aufgebraucht, und es war mir eine mehr als willkommene Unterbrechung, als sich die Tür öffnete und sechs Personen den Raum betraten, bei denen es sich augenscheinlich um einen Kaufmann mit seinem Gefolge handelte. Dessen Auftreten war mit einigem Gelärme verbunden, der Wirt wieselte beflissen hin und her, und erst, als die Gesellschaft nach oben polterte, um ihre Kammern für die Nacht in Augenschein zu nehmen, bestand Gelegenheit, unsere Unterredung fortzuführen.

Ich hatte den Herbergsvater noch etwas fragen wollen, da mich gleich beim Anblick der vier Männer gegenüber ein merkwürdiges Gefühl beschlichen hatte, doch war es mir im Moment entfallen. Dafür war mir der Zettel wieder in den Sinn gekommen, den Gernot mit seinem unbedachten Ritt erbeutet hatte, und dies schien mir der rechte Augenblick, ihn näher zu begutachten.

»Mit Bertrams Tod werden wir wohl erst weiterkommen, wenn wir in Crange sind. Es könnte sich überdies als schwerer Fehler herausstellen, sich ohne zusätzliche Fakten zu einer Meinung zu versteigen, die einem hernach den Blick für die wahrhaft bedeutsamen Umstände verstellt. Deshalb sollten wir uns nun besser dem Papier zuwenden, das Gernot mit seinem kühnen Ritt herbeigeschafft hat.«

Kaum hatte ich meine spöttische Bemerkung ausgesprochen, als sie mir auch gleich Leid tat; denn schließlich war es der so ungemein professionelle Frederik gewesen, der den gesträuchmordenden Schuss abgefeuert hatte. So beeilte ich mich zu ergänzen: »Und dank seines Adlerauges.« Nun ja, der Wein hatte für angenehme Befindlichkeit gesorgt, und Gernot ging mit einem Zwinkern über das Gesagte hinweg.

Er legte den bloß handgroßen Zettel vor uns auf den Tisch und strich ihn glatt, während wir alle drei dicht zusammenrückten, um ihn im Schein einer Kerze besser betrachten zu können.

Auf den ersten Blick kam mir alles wie das Gekritzel eines Kindes vor, und ich will nicht verhehlen, dass es mir auch nach dem zweiten Blick noch nicht anders ging. Um die Bildmitte herum verteilt zogen sich kleine, mir unverständliche Zeichen, Kringel, gezackte Linien, Striche und Kreuze. Sie umschlossen eine Zeichnung, die wie ein geschlossenes, leicht aufgebauchtes V wirkte, mit einer Geraden in der Mitte, von der zwei unregelmäßige Querlinien abgingen. Lediglich die beiden Buchstaben am unteren Rand waren klar zu erkennen, ein U und ein D.

Ich drehte und wendete das Blatt, doch schließlich blieb mir nichts als ein Kopfschütteln. »Wohlan, meine Herren, ihr seid am Zug! Welche Interpretation kommt euch angesichts dieses Papiers in den Sinn?«

Die Kaufleute kamen zurückgepoltert, sodass wir zunächst abwarteten, wo sie sich hinsetzen würden. Zu meiner

Beruhigung ließen sie sich am Nachbartisch der vier Männer nieder und verwickelten diese sofort in ein Gespräch. Wir konnten daher unbelauscht weitermachen.

Gernot schob nach kurzer Betrachtung seiner Beute seinen Schemel zurück und erklärte: »Ich habe nie einen Hehl daraus gemacht, dass ich kein Mann der Studien und Gelehrsamkeit bin. Ginge es um die Fährte eines Tieres oder selbst um Zeichen an Pflanzen oder Bäumen, da wüsste ich schon mein Urteil zu fällen, aber das hier, das ist nichts für mich. So mag ich herumgemalt haben, als ich noch an der Hand meines Vaters gegangen bin und niemand zu sagen gewusst hatte, ob mein Bild ein Schiff, eine Kutsche, ein Pferd oder einen Baum zeigen sollte. Wäre es nicht in einer Höhe befestigt gewesen, die ein Kind nicht erreichen kann, wäre das meine Erklärung gewesen. – Hier, du Mann von Bildung, Witz und Sachverstand, löse du dieses Rätsel!«

Mit den letzten Worten schob er den Zettel zu Stapelmann weiter. Der betrachtete das Papier mit einer Miene, als habe man ihm ein verfaultes Stück Fisch unter die Nase gehalten. »Und wenn Ihr wieder über mich lacht und mich für einen Spökenkieker haltet, aber das ist Teufelswerk. Warum hätte man sonst nach Bertrams Tod drei solcher Stücke in seiner Hinterlassenschaft gefunden? Warum hat er sie aufgehoben, wenn sie nicht mit dem Verschwinden der Menschen zu tun hatten? Sie lagen in seiner Bibel, und dort hat er sie bestimmt hineingetan, um ihren bösen Zauber zu brechen. Und kann man nicht mit ein wenig Phantasie einen Bocksschädel erkennen mit einem umgekehrten Kreuz zwischen den Hörnern? Es sind ohne Frage Hinweise auf dämonische Mächte, die ...«

Als wollten höllische Wesen dem orakelnden Stapelmann beipflichten, kam urplötzlich ein Kreischen, Flattern und Rauschen aus dem Kamin. Rußwolken, begleitet von dem

Fluch »Gottverdammt« wurden herausgewirbelt und verdunkelten das Licht, und etwas platschte neben uns auf den Boden, das sich mit lautem Gezeter in die Luft erhob und in einer schwarzen Aura durch den Raum flog.

Stapelmann, der Geisterseher, schrie noch lauter auf als die beiden Weiber aus dem Kaufmannsgefolge und verschwand auch schneller als sie unter dem Tisch. Der Handelsmann und seine drei Knechte gaben im Chor ein tiefes Stöhnen von sich und glotzen mit offenen Mäulern so krötenhaft, als hätten sie einen fetten Wurm gefressen, der sich im Nachhinein als giftig entpuppt hatte.

Wahrhaft bemerkenswert war demgegenüber die Reaktion der vier Männer, von denen einer bereits aufgesprungen war und einen gebogenen Dolch in seiner Hand hielt. Zwei hatten die Hand am Griff ihrer Kurzschwerter, und der vierte war dabei, eine Pistole, ähnlich der meinen, aus seinem Gewand zu ziehen. All dies geschah in knapper Zweckmäßigkeit der Bewegungen und völliger Ruhe.

Noch bemerkenswerter fand ich allerdings, dass zuvor bei keinem von ihnen eine Waffe auch nur zu erahnen war. – Eine höchst interessante und mit Sicherheit äußerst gefährliche Truppe.

Gernot, dessen Hand vergeblich nach seiner kleinen Armbrust zuckte, die sich oben bei unserem Gepäck befand, verfolgte das kreisende Wesen mit seinen Augen.

»Fang den Vogel ein, aber so, dass ihm nichts passiert!« Dabei bemühte ich mich selbst, das völlig verängstigte Tier zu erhaschen, ehe es irgendwo gegenstieß und sich das Genick brach.

Der erfahrene Jäger tat das einzig Erfolg versprechende, indem er seinen Umhang in die Flugbahn des Tieres warf, das nicht mehr rechtzeitig ausweichen konnte und, im Stoff verfangen, herabstürzte. Bevor es sich befreien konnte, hatte Gernot es mit geschicktem Griff gepackt und an unseren Tisch gebracht, unter dem Rodger, der verhinderte Teufelsbeschwörer, mit weiterhin ängstlicher Miene zögernd hervorkroch.

Die Kaufmannsgruppe konnte sich noch immer nicht beruhigen, traute sich aber nicht zu uns herüber und erging sich stattdessen in ebenso lautem wie unsinnigem Geschwätz.

Die vier Männer dagegen saßen wieder so da, als wäre überhaupt nichts geschehen. Auch ihre Waffen waren wieder verschwunden.

Bei dem Tier handelte es sich um eine ganz gewöhnliche Holztaube, die, vermutlich auf der Suche nach einem Schlafplatz, unglücklich in den Kamin gestürzt war. Sie war das einzige Wesen weit und breit, für dessen Leben angesichts seines Auftritts wirkliche Gefahr bestanden hatte. Ich bedeutete Gernot, den Vogel nach draußen zu bringen und dort fliegen zu lassen.

Allein, mein dämonenwitternder Rodger war noch nicht von der Unschuld unseres unfreiwilligen Gastes überzeugt. »Aber habt Ihr den Fluch denn nicht mit eigenen ...«

Ich ließ ihm einen warnenden Blick zukommen und legte dabei einen Finger vor die Lippen.

Als Gernot seinen Platz wieder eingenommen hatte, nickte ich verhalten zu ihm sowie zum Kamin hin und sagte scherzhaft, schon auf dem Weg zur Treppe: »So eine Jagd bringt einen ganz schön ins Schwitzen. Besser, ich lasse meinen Mantel auf dem Zimmer.«

Als ich für jedermann außer Sicht war, hastete ich die restlichen Stufen hoch und suchte nach dem Zimmer, durch das der Kamin zum Dach hinausführte. Es stellte sich als ein Speicher heraus, auf dem nicht benötigtes Mobiliar aufbewahrt wurde. Die Tür konnte lediglich mit einem außen liegenden Riegel verschlossen werden, sodass diese nur minderen Schätzen vorbehaltene Kammer für jeden zugänglich war.

Was ich zu finden hoffte, war eine offene Feuerstelle. Und es gab sie. Zwar wohl seit Monaten nicht genutzt und längst erkaltet, aber sie war vorhanden. Frische Spuren im Staub davor bewiesen mir, dass hier noch vor wenigen Momenten jemand genau so gehockt hatte, wie ich es jetzt tat.

Als ich mich auf alle viere niederließ und meinen Kopf durch den gemauerten Bogen schob, konnte ich Rodger über meine Ungläubigkeit lamentieren hören, die mich daran hinderte, Dämonen und sonstige Ausgeburten der Hölle als real anzuerkennen. Auch Gernots Kommentar, der in einem leisen Grunzen bestand, war noch zu vernehmen.

Vorsichtig zog ich den Schädel zurück, um nicht in unliebsame Berührung mit der scharfen Mauerkante zu kommen, und stieg wieder nach unten. Rodger war gerade dabei, es neben aller Phantasterei ausnahmsweise mit Logik zu versuchen und Gernot eine Erklärung dafür abzuringen, wie eine einfache Taube so menschlich fluchen könne, wenn sie nicht ein Werkzeug des Teufels wäre.

»Ich weiß, dass es sprechende Raben und Elstern gibt. Ich habe auch mal einen Seemann getroffen, der einen bunten, krummschnäbeligen Vogel besaß, der dies ebenfalls vermochte. Aber eine Holz-, Turtel-, Brief- oder sonstige Taube, das ist ganz und gar ausgeschlossen. Es sei denn ...« Ich legte erneut meinen Finger an die Lippen und ergänzte mit leiser Stimme: »... es handelt sich um einen Menschen, der uns aus dem Stockwerk über uns durch den Kamin belauscht hat. Dann saust der unglückselige Vogel an seinem Gesicht vorbei, unser Möchtegernspion erschreckt sich halb zu Tode und knallt mit dem Kopf gegen das Mauerwerk. Da hätte wohl jeder von uns einen Fluch vom Stapel gelassen, nicht wahr?«

Von der Richtigkeit meiner Ausführung überzeugt, wollte ich sie doch bewusst heiter klingen lassen, um beruhigend auf meinen zappeligen Gefährten einzuwirken. Da ich kein Freund des Zufalls bin, wollte es mir nämlich nicht einleuchten, dass wir es hier bloß mit einer neugierigen Magd zu tun hatten, die über ein zu großes Maß an Freizeit verfügte. Die hätte, sollte sie das Belauschen der Gäste zu ihrer Gewohnheit gemacht haben, Spuren hinterlassen, die auf ein häufigeres Benutzen des oberen Raumes hätten schließen lassen. Hierfür war aber ansonsten die Staubdecke zu einheitlich und zu dicht gewesen. Nein, unser Lauscher hatte heute zum ersten Mal dort Posten bezogen.

Auf die fragenden Blicke der beiden schüttelte ich nur den Kopf. »Mehr vermag ich jetzt auch nicht dazu zu sagen. Doch ich rate euch, die Kammertür heute Nacht wohlverschlossen zu halten. – Und nun lasst uns zu Bett gehen, damit wir morgen zeitig aufbrechen können.«

Wir entboten den übrigen Anwesenden eine »gute Nacht«, der Wirt gab uns neben einem »wünsche wohl zu ruhen, die Herren« noch vorsichtshalber ein »der Abtritt befindet sich neben den Ställen« mit auf den Weg, und ich erkletterte erneut die Stiege.

Nachts in der Fetten Gans

Gernot und Rodger teilten sich das Zimmer neben mir. Ich konnte hören, wie sie eingedenk meines Rates die Tür sofort hinter sich verschlossen.

Ich zog mein Wams aus und öffnete mein Hemd, blieb aber ansonsten voll bekleidet. Gewiss, die bisherige Reise hatte uns mit keinem Vorkommnis konfrontiert, das mir eine unmittelbar bevorstehende Gefahr aufgezeigt hätte, schon gar nicht eine so gewichtige, dass man um Leib oder Leben hätte bangen müssen. Ich hatte bislang nur deshalb so vorsichtig, im Grunde sogar übervorsichtig reagiert, weil mir dieses Verhalten mit den Jahren in Fleisch und Blut übergegangen war.

Dies mag euch Leichtfertigen unter meinen Zuhörern als überzogen erscheinen, doch hat es mir in der Vergangenheit mehr als einmal den Kopf gerettet.

Und noch etwas hatte sich während meiner Zeit im Dienste des Bischofs förmlich in mich eingebrannt: ein Gespür dafür, wann etwas in der Luft lag, ein Gefühl, dass sich etwas ereignen würde.

Es ging mir da nicht anders als den Schlangen, die aus ihren Verstecken krochen, wenn ein Beben der Erde bevorstand, oder den Kaninchen, die ihre Baue verließen, weil sie merkten, dass der Fluss über die Ufer treten und ihre Höhlen überschwemmen würde.

Eben dieses Gefühl hatte mich auch jetzt wieder ergriffen, als ein leichtes Kribbeln durch meine Haut lief, während ich, auf dem Bett liegend, mit geöffneten Augen in die Schwärze starrte. Dolch und Rapier lagen auf dem Tisch neben einer Kerze mit Zunder und Feuerstein. Eine Pistole steckte in meiner Satteltasche, die ich über einen Schemel gehängt hatte. Die zweite Pistole ruhte neben mir, der Kolben unter meiner Hand. Ich wartete. Ich wusste zwar nicht, worauf, aber ich wartete.

Wie viel Zeit vergangen war, kann ich nicht angeben, doch ich war noch hellwach, als Gelärme, Gepolter und weingeschwängertes Kichern anzeigten, dass sich die Kaufleute auf ihre Zimmer verfügten, die noch ein Stockwerk über unseren lagen. Kurz danach ein kaum vernehmbares Scharren und knappes Murmeln, die unauffälligen Männer begaben sich zu Bett.

Anschließend nur noch die üblichen Geräusche der Nacht, wenn sich winzige Käfer tickend durch die Fachwerkbalken fraßen, Dielen von der Abkühlung knarrten, und von draußen der abgehackte Todesschrei eines kleinen Pelztieres zu vernehmen war, das mit seiner Unachtsamkeit die Jagd einer Eule belohnt hatte.

Ihr werdet es sicher schon selbst erraten haben, meine erfahrenen Freunde, dass es mit fortschreitendem Alter selbst in gefährlichen Situationen zunehmend schwieriger wird, die nötige Konzentration aufzubringen. Dies gilt umso mehr, wenn die Lage gar nicht so gefahrenträchtig erscheint und einen überdies die Strapazen einer Reise plagen, die man in der Jugend kaum bemerkt hätte. Kurzum, irgendwann schob auch ich die Pistole weiter von mir, um mich nicht versehentlich auf sie zu wälzen, schloss hin und wieder für Sekunden die Augen, Sekunden, die sich mehr und mehr aneinander reihten, und fiel letztlich in einen leichten Schlaf.

Einen leichten, Gott sei Dank, denn als ich erste, verhaltene Geräusche auf dem Korridor vernahm, schreckte ich sogleich auf und tastete instinktiv nach meiner Waffe. Ich hatte gerade die Kerze entzündet, als auf dem Flur ein Schrei erstickt wurde, kaum, dass er zur vollen Stärke anschwellen konnte.

Mag sein, dass es nicht mehr ganz so behände ging wie in früheren Jahren, doch immerhin erschien ich, Pistole und Kerze in den Händen, die zweite Waffe im Gürtel, gerade noch rechtzeitig auf der Bühne, um den ersten Akt der Entführung meines Gefährten Stapelmann mitzubekommen. Die beiden Kerle, die ihn gepackt hatten, während ein dritter dabei war, ihm mit einem Schal den Mund zu verstopfen, trugen zwar dunkelfleckige Kutten mit Kapuzen, doch hegte ich keinerlei Zweifel daran, dass es sich bei ihnen um die Personen handelte, die sich vorhin im Schankraum so unerwartet geschickt gegeben hatten. Sie hatten das mit einem Nachthemd und einer dünnen Strickmütze angetane Kerlchen, das ebenso wild wie erfolglos herumstrampelte, schon hochgehoben und waren im Begriff, es die rückwärtige Treppe hinunterzuschleppen, als sie mich gewahrten.

Die beiden, die den zappeligen Rodger bändigten, waren hin- und hergerissen zwischen der Absicht, ihre Beute fallen zu lassen, um mich anzugreifen, und dem Versuch, ihren Abgang im Eiltempo und ohne Rücksicht auf entstehenden Lärm fortzusetzen. Der Dritte, dessen Augen starr auf meine Pistole gerichtet waren, verspürte wenig Lust, es alleine mit seinem Kurzschwert mit mir aufzunehmen.

Da ich nicht riskieren wollte, dass sich die Vermummten in ihrer Not zu einer Unbedachtheit hinreißen ließen, bei der Stapelmann ernstlichen Schaden nehmen könnte, ließ ich ihnen eine Entscheidungshilfe zukommen, die ich in dieser Situation für die einzig vernünftige hielt – ich feuerte eine Ladung nur Zentimeter über ihre Köpfe.

Auf diesem engen Raum war es auch für mich wieder ein beeindruckendes Erlebnis, die Wirkung von Sir Desmonds Wunderwaffe bestaunen zu können. Holz zersplitterte, Putz und Ziegel zerplatzten, und alles regnete in einem Wirbel aus Schmauch und Staub auf meine Gegner herab.

Als sich der Nebel lichtete, ergab eine erste Bestandsaufnahme, dass kein Mensch Schaden genommen hatte, sieht man davon ab, dass Stapelmann sehr unsanft auf seinen Hintern geknallt war, als ihn seine Angreifer einfach hatten fallen lassen. Sie hatten sich allesamt vernünftigerweise für die sofortige Flucht entschieden, bei der sie von ihrer widerspenstigen Beute nicht behindert werden wollten.

Möglich, dass ich in meiner Zeit als jugendlicher Draufgänger hinter der Entführerbande hergejagt wäre, um ihnen ohne Gefährdung Rodgers wenigstens die zweite Ladung zum Abschied aufzubrennen. Hingegen hat mich die wiederholte Rückschau auf mein Leben gelehrt, von derlei Unüberlegtheiten Abstand zu nehmen, lassen sie einen doch nur allzu oft in eine geschickt gestellte Falle tappen. Und glaubt mir, meine zum Übermut neigenden Freunde, es ist nicht eben die hervorstechendste Eigenschaft eines Draufgängers, ein hohes Alter zu erreichen. Deshalb kehrte ich schnurstracks in mein Zimmer zurück, um mich mit Rapier und Dolch zu bewaffnen, ehe ich mich des so unsanft behandelten Rodgers annahm, der bereits von Gernot gedeckt wurde, welcher mit seiner Armbrust an der Tür ihres Zimmers lehnte.

Rodger hatte sich inzwischen so weit aufgerappelt, dass er in gebückter Stellung mit wehleidiger Miene, das Nachthemd bis zum Nabel hochgezogen, seinen mickrigen Arsch betastete, ob sich bei seinem Sturz nicht ein Knochen durch das dünne Fleisch gebohrt hatte.

Dieses Bild unfreiwillig-komischen Jammers war so grotesk, dass ich mein Lachen nicht zurückhalten konnte, zumal die Situation nicht dadurch ernster wurde, dass sich die vom Getöse angelockte Kaufmannsgruppe am oberen Treppenabsatz eingefunden hatte und nicht mit schmähenden Kommentaren sparte. Sie hatten natürlich vom gescheiterten

Entführungsversuch und meinem ballistischen Einsatz nichts mitbekommen und vermuteten aufgrund von Rodgers Körperhaltung, er sei zu faul, bis zum Abtritt hinunterzusteigen, und würde jeden Moment in den Flur scheißen.

Gleichzeitig drang unten aus dem Schankraum ein Rumoren, und Augenblicke später lugten verstörte Gesichter des Gesindes um die Ecke.

Als Stapelmann sein ungebetenes Publikum gewahrte, floh er wie der Blitz in seine Kammer, hemdumweht und angetrieben von der spöttischen Frage der Kaufmannstochter, die ein Stück Putz zwischen den Fingern zerkrümelte, was er denn gegessen habe, um einen solchen Donnerschlag hervorzubringen. Ich versicherte ihr, dass es sich dabei um eine Desmondianische Salpetersuppe nach altem Waliser Rezept handele, verscheuchte die Bediensteten mit einigen nichts sagenden Worten, und beeilte mich, zu meinen Gefährten zu kommen.

Bei meinem Eintreten rutschte Stapelmann gerade vom Fensterbrett herunter. Er hatte nicht länger an sich halten können und deshalb von dort aus in den Hof geschissen. In seiner Not riss er einen Streifen von seinem ohnehin stark ramponierten Nachthemd ab, um sich den Arsch damit zu wischen und den Fetzen anschließend der Hauptsache zum Fenster hinaus folgen zu lassen.

Dann saß er mit schlotternden Knien auf seiner Lagerstatt und wusste anscheinend selbst nicht recht, ob er wegen des Überfalls der Vermummten oder aus Scham wegen seiner selbst gewählten öffentlichen Bloßstellung zitterte. So waren drei große Becher Wein gefordert, um unseren Helden wieder einigermaßen ins Lot zu bringen, dass er uns einen zusammenhängenden Bericht geben konnte.

Es gab im Grunde enttäuschend wenig zu erzählen, denn Rodger war nicht etwa durch verräterische Geräusche oder heimliches Gewisper geweckt worden, sondern durch ein anschwellendes Rumoren seines Darms, das die dringende Erledigung eines unvermeidlichen Geschäfts forderte. Kaum war er dieserhalben aus der Zimmertür, als im Flur die Vermummten auch schon über ihn herfielen. Der Schreck sowie der folgende Sturz auf den Steiß waren eher dazu angetan, seinen Drang zu verstärken, als von ihm abzulenken. Und so war alles so gekommen, wie es gekommen war. Was die Kerle von ihm wollten oder was sie mit ihm vorhatten, das konnte er sich beim besten Willen nicht ausmalen.

Ich kann mir vieles vorstellen, meine phantasiebegabten Freunde, aber nicht, dass ein Mann in Rodgers momentaner Situation, mir einen Bären aufzubinden vermochte. Zum Glück war außer seinem Stolz nichts verletzt worden, aber der Schock steckte tief in ihm. Er war wirklich gleichermaßen ahnungslos und verschüchtert wie ein neugeborenes Kalb, das zum ersten Mal einen Blitz vom Himmel zucken sieht. Also hielt ich es für das Beste, die Gefährten erneut zur Vorsicht zu gemahnen, für den Fall eines wiederholten Drängens der Innereien auf Rodgers findig erschaffenen privaten Abtritt zu verweisen, und mich dann nach nebenan zu verziehen, wobei ich selbst nicht vergaß, nach dem Verriegeln der Tür noch den Tisch davor zu schieben.

Wie ich Minuten später so da lag und mir die jüngsten Vorkommnisse vor mein geistiges Auge führte, war ich nun geneigt, den früheren Anschlag auf Stapelmann in einem völlig anderen Licht zu sehen, als Gernot es getan hatte.

Ihr, meine lebensklugen Zuhörer, kennt meine Einstellung zum Zufall, diesem quecksilbrigen Gesellen, der so schwer zu fassen ist und doch beständig von Menschen bemüht wird, denen die Gabe des deduktiven Denkens fehlt. Sollte er auch hier eine Rolle gespielt haben und hätte es bei gleicher

Chance jeden anderen genauso treffen können wie unseren allseits beliebten Rodger? Nein, nein und abermals nein!

Mochte bis zur heutigen Nacht dem Schuss auf unseren Gefährten, für sich betrachtet, noch jede Beweiskraft fehlen, so stand nach dem soeben überstandenen Entführungsversuch für mich außer Frage, dass beide Ereignisse untrennbar miteinander verbunden waren und dass man es von Anfang an darauf abgesehen hatte, sich Rodgers zu bemächtigen. Warum dieses Männchen jedoch eine so begehrte Person war, dass man riskierte, dafür auf dem Galgenberg gehängt zu werden, entzog sich gegenwärtig noch meiner Kenntnis. Noch, denn ich würde diesen Punkt nicht aus den Augen verlieren und nach Aufklärung trachten, schien mir doch ein Zusammenhang mit meiner Mission nicht unmöglich.

Blieb man aber bei Stapelmann als der zentralen Figur der Attacke, mochte auch der von Gernot beigebrachte Zettel, dem man so vielfältige Ausdeutungen zumessen konnte, insoweit eine neue Rolle spielen. Konnte es nicht sein, dass mit ihm in einer Geheimschrift diejenigen auf den Weg Stapelmanns und seine wahrscheinliche Herberge hingewiesen werden sollten, denen er auf dem Hinweg noch entwischt war?

Fragen über Fragen, die mich von der eigentlich nächstliegenden abgebracht hatten, was mich schmerzhaft mit der Nase darauf stieß, wie weit euer einst so geschmeidiger Frederik durch sein faules Wohlstandsleben eingerostet war. Um mich selbst Lügen zu strafen, glitt ich schwungvoll, doch geräuschlos aus dem Bett, ergriff Dolch und Pistole, und schlich mich so leise wie möglich über grobe Holzbohlen die Treppe zum Hof hinab. Denn wo, zum Teufel, war der Wirt persönlich abgeblieben, der nach meinem kanonendonnergleichen Schuss und der damit einhergehenden Zerstörung seines Eigentums wie von Furien gehetzt hätte herbeigestürmt kommen müssen? Oben an der Treppe waren die Kaufleute erschienen, unten im Schankraum war das Gesinde zusammengelaufen. Nur der Wirt fehlte.

Nachdem soeben erst Ruhe im Haus eingekehrt war, schien es mir keine kluge Entscheidung, irgendwelche Bediensteten von ihren Strohsäcken zu holen und nach ihrem Herrn suchen zu lassen. Da ich ohnehin erforschen wollte, wo die Vermummten abgeblieben waren, denen der normale Weg durch das schwere, des Nachts verschlossene Eingangstor versperrt blieb, war es ein Aufwasch.

Ich nahm mir zunächst die Stallungen vor, indem ich mich einer Laterne bediente, die gleich hinter dem rechten Torflügel an einem Haken hing. Als ich alle Verschläge abgeschritten hatte, erkannte ich endlich, worauf sich mein ungutes Gefühl in der Schenke gegründet hatte. Ich hatte vom Wirt wissen wollen, ob die vier Männer vielleicht aus der Nachbarschaft und von dort zu Fuß gekommen waren, denn hier gab es vier Pferde zu wenig. Das Fehlen hatte ich unbewusst registriert, nachdem wir unsere eigenen Tiere im bis dahin fast leeren Stall untergestellt hatten.

Den Wirt fand ich dann, als ich die unpassierbar anmutende Dornenhecke abschritt, um nach einer undichten Stelle Ausschau zu halten. Er lag zusammengeschnürt und geknebelt unter einer kräftigen Eiche, die im hinteren Winkel des Grundstücks wuchs. Während ich seine Fesseln durchtrennte, gewahrte ich ein dickes Seil, das vom oberen Stamm des Baumes über die Hecke führte. Weil ich wusste, dass auf der anderen Seite kein entsprechendes Gehölz in Heckennähe war, benötigte ich keine prophetische Gabe, um zu wissen, dass das Tau, das jetzt schlaff herabhing, dort von einem weiteren Mann, vermutlich mit Hilfe einer Stange als Hebel, auf Spannung gehalten worden war, sodass die Vermummten bei ihrer Flucht daran hinüberhangeln konnten. Der Hausherr hatte in weiser Voraussicht außen alle Bäume in der Nähe der Hecke beseitigt, aber nicht damit gerechnet, dass der verbotene Weg in sein umfriedetes Reich auch von innen geebnet werden konnte.

Dies brachte mich zu folgenden Annahmen: Erstens, der vorausschauende Wirt war nicht vorausschauend genug. Zweitens und viel wichtiger, die vier waren mindestens zu fünft, wobei ich eher auf sechs tippte, nämlich noch einen Stangenhalter und einen Mann mit den Pferden.

Der zum Gefangenen auf seinem eigenen Grund und Boden Gewordene hatte sich inzwischen von den Resten seiner Umschnürung befreit und wurde nicht müde, mich mit Dankesbezeugungen zu überschütten. Da mir diese in flüssiger Form weitaus lieber waren und ich überdies begierig war zu erfahren, wie er in seine hilflose Lage gekommen war, schlug ich vor, mich über die Umstände seiner Überrumpelung besser drinnen bei einem Glas Wein aufzuklären, als hier ungedeckt im Dunkeln herumzustolpern.

Wulf, so hieß mein dankbarer Herbergsvater, war froh, sich auf diese Weise erkenntlich zeigen zu können, und komplimentierte mich mit vielen Bücklingen zu dem Platz, auf dem ich beim Abendbrot gesessen hatte. Nachdem er mir einen vollmundigen Weißen eingeschenkt hatte, pustete er die Glut im Kamin wieder an und legte ein paar dürre, lange Scheite nach, sodass nach wenigen Augenblicken ein Feuer hell aufloderte, das nicht nur Wärme spendete, sondern auch so viel Licht, dass wir auf eine Kerze verzichten konnten.

Er nahm sich selbst einen Humpen Bier und gab mir den gewünschten Bericht, der weniger gehaltvoll war als sein Rebensaft. Auch er war vom unwiderstehlichen Drang geplagt worden, den Abtritt aufsuchen zu müssen. Als er eben die Tür des besagten Örtchens öffnen wollte, hatte er von hinten eins über den Schädel bekommen, und seine Erinnerung setzte erst wieder ein, als ich ihn von seiner Fesselung erlöste.

Kaum ergiebiger war das, was er mir über die vier Gäste sagen konnte, die nun verschwunden und ganz ohne Zweifel mit seinen Überwältigern identisch waren. Er hatte sich zwar auch gewundert, dass sie – im Übrigen bloß kurz vor unserer eigenen Ankunft – unberitten bei ihm aufgetaucht waren, doch zählte er nicht zu der neugierigen Art von Wirten, die ihre Nasen gerne und tief in die Angelegenheiten ihrer Gäste steckten. Weil auch er keine Waffen bei ihnen bemerkt hatte, war er geneigt gewesen, sie für die Mitglieder einer ihm unbekannten Bruderschaft zu halten, die auf einer Pilgerreise werweißwohin waren.

Nachdem ich mich mit einer Schilderung von Stapelmanns Beinahe-Entführung revanchiert hatte, gab es für mich eigentlich keinen Grund mehr, im Schankraum zu verweilen, sieht man von dem allerdings sehr überzeugenden ab, der mir wie die goldene Sommersonne selbst aus meinem Glase entgegenlachte. Und da ich ohnehin dabei war, mich wieder in mein altes Leben einzufügen, hieß ich meinen großzügigen Spender, fleißig nachzuschenken.

Dies schien ganz in seinem Sinne zu sein, denn als langjähriges Mitglied eines Berufsstandes, in dem die Lebenserfahrung mit einer kaum vergleichbaren Geschwindigkeit wächst, hatte er in mir schnell einen Mann erkannt, für den Situationen wie die heutigen nichts Ungewöhnliches darstellten. Somit war für ihn und seinen Seelenfrieden meine Ansicht von großer Beruhigung, dass die Angreifer an ihm kein besonderes Interesse hätten, sondern ihn nur aus dem Weg haben wollten, um sich ungestört meines lieben Rodger annehmen zu können.

Dermaßen erleichtert, schaffte Wulf unverzüglich eine zweite Flasche herbei und kam bei der dritten auf einen Punkt zu sprechen, der ihm schon seit längerem Kopfschmerzen bereitete. Als Betreiber einer Schenke war er das offene Ohr für Reisende, Kaufleute, fahrendes Volk, Vagabunden, herumziehende Landsknechte und was sich sonst noch so auf den Wegen tummelt. Und so bewegte auch ihn die Frage, deren Beantwortung sich der Graf von Crange von mir erhoffte. Es waren nämlich einige Handelsleute, die zu festen Zeiten beständig bei ihm eingekehrt waren, irgendwann nicht mehr aufgetaucht. Zuerst hatte er dem einen oder anderen Ausbleiben keine besondere Bedeutung beigemessen. Als sich die Fälle jedoch häuften und er an die zehn Personen vermisste, begann er, den anderen Durchreisenden die entsprechenden Fragen zu stellen, doch ohne Ergebnis. Sie waren weder an ihrem Ziel noch zu Hause angekommen, und niemand hatte je wieder von ihnen gehört.

Zunächst hatte man ihr Verschwinden marodierenden Söldnern und Wegelagerern zugeschrieben. Doch weil sie so gänzlich ins Nichts eingetaucht waren und nicht ein einziges Beutestück wieder zum Vorschein kam, hatte sich mehr und mehr die Geschichte vom Wirken des Teufels verfestigt.

»Ich will Euch nicht zu nahe treten, hoher Herr, aber ich habe Eure Waffen und deren Qualität wohl bemerkt ebenso wie Euer Verhalten beim Erscheinen des Vogels. Ich glaube zu wissen, wie ich Euch einzuschätzen habe. Deshalb bitte ich Euch um Eure offene Meinung. Was ist zu halten von den Gerüchten, dass der Satan persönlich umgeht, um sich seine Opfer von den Straßen zu fangen, und dass er sich bisweilen hierzu eines Werwolfs bedient? Oder sind es einfach nur Schurken wie die eben, die sich die alten Legenden zunutze machen? – Ich weiß, sie mögen im Diesseits nicht minder gefährlich sein. Nur, wird dann nach dem Tod wenigstens die Seele Frieden haben?«

»Ich sage es Euch offen, ich weiß es nicht. Doch da ich nicht an die Hölle und ihre Ausgeburten glaube, bin ich eher geneigt, mir Eure zweite Idee zu Eigen zu machen. Aber ich will nicht voreilig urteilen, ohne die nötigen und ganz konkreten Fakten zu kennen. Bislang dürfte nämlich nach Eurem eigenen Vorbringen nicht einmal feststehen, ob jedes einzelne Geschehen mit dem anderen in Verbindung gebracht werden kann. Das ist nur logisch, denn haben wir keine genaue Kenntnis von den einzelnen Akten, wäre es systematisch falsch, zumindest aber verfrüht, sie als Bestandteile eines Gesamtzusammenhangs einordnen zu wollen. – Nun etwas anderes, das mich noch interessiert. Wie schätzt Ihr eigentlich mit Eurem lebenserfahrenen Blick die Männer ein, die Euch überfallen haben? Könnten das nicht eben jene Marodeure oder Wegelagerer sein?«

Seine Miene verriet mir, dass er sich auch in Bezug auf diese Kerle seine Gedanken gemacht hatte, doch druckste er lange herum, ehe er zu einer Antwort ansetzte. »Oh, mein Herr, das ist so eine Sache. Natürlich habe auch ich mich gefragt, ob ... Es lässt sich wohl schlecht behaupten, dass ...«

Sein verlegenes Gestammel machte es mir schwer, mein Lächeln zu verbergen. »Ich will es Euch leicht machen. Ihr scheidet sie als Strauchdiebe aus. Vielmehr seid Ihr der Ansicht, dass diese Leute und ich, sagen wir einmal, demselben Gewerbe nachgehen, stimmt's?«

Mein freigiebiger Mundschenk war entzückt, sich nicht länger den Kopf darüber zerbrechen zu müssen, wie er es am besten vermeiden konnte, seinen Retter zu brüskieren. Als er dann auch noch mein Grinsen bemerkte, beschränkte er sich auf ein erleichtertes, aber stummes Lachen und Nicken, während er meinen Becher wieder auffüllte. »Ich hatte mal eine Schenke in Köln, in der Nähe der Herrschenden. Ich weiß daher, wie bestimmte ...« Er wedelte mit den Händen und ließ das Ende des Satzes in der Luft hängen, und ich benötigte keine weiteren Erklärungen.

Nachdem auch diese Flasche geleert war, waren Retter und Geretteter ein Herz und eine Seele, zwischen denen der »hohe Herr« und dergleichen auf der Strecke geblieben und nur noch Wulf und Frederik zurückgelassen waren. Ein nicht zu knapp bemessener Becher mit westfälischem Korn tat ein Übriges, sodass wir uns, als sich durch die Fenster bereits das erste fahle Grau des herannahenden Tages zeigte, wie zwei alte Freunde voneinander trennten, die sich nach langen Jahren überraschend wiedergetroffen hatten. Mit Mühe raffte ich mich endlich auf und ging nach oben, wobei ich euch, meinen verschwiegenen Zuhörern, nicht verhehlen will, dass mein Gang sehr dem eines Seemanns bei Windstärke acht ähnelte. Mochte meine Lagerstatt auch von einer Schiffskoje ganz verschieden sein, hatte ich doch das Gefühl, dass sie in dieser Nacht ein vergleichbares Eigenleben entfaltete, wie sich überhaupt in meiner Kammer, die von einem imaginären Sturm geschüttelt wurde, das Unterste zuoberst zu kehren schien.

Gleichwohl fielen mir nach wenigen Sekunden die Augen zu, begleitet von einer letzten Überlegung. Einerseits waren unsere Gegner augenscheinlich erfahrene Kämpfer, die äußerst professionell zu Werke gingen. Andererseits schonten sie weitgehend die Gesundheit ihrer Opfer, und das in einer Zeit, in der ein Leben kaum so viel wert war wie ein Weißpfennig. Summa summarum eine unleugbar erstaunliche Bande von Wegelagerern. Ich war gespannt, wann wir aufs Neue mit ihnen zu tun bekämen. Denn dass wir wieder aufeinander treffen würden, stand für mich außer Zweifel.

In Crange

Es würde bestimmt niemandes Talent überfordern, ein Bild zu zeichnen, das meinen Zustand widerspiegelt, als Gernot nur drei Stunden später – und überdies zum wiederholten Male, wie er mir bei der Morgensuppe glaubhaft versicherte – an meine Tür pochte. Weil man es mit der Wahrheitsliebe bisweilen auch übertreiben kann, will ich mir an dieser Stelle die Freiheit nehmen, über die nächsten Stunden meines Daseins den gnädigen Mantel des Schweigens zu decken. Es mag genügen, hier kundzutun, dass wir am Nachmittag die Burg des Grafen von Crange erreichten.

Da niemand den genauen Zeitpunkt unserer Ankunft hätte voraussagen können, gab es auch keinen offiziellen Empfang. Es war ein sonniger Spätfrühlingstag, und in Crange herrschte Alltagsleben. Höker, Händler und Kaufleute waren noch nicht in der Masse erschienen wie zwei Monaten später, wenn es auf den berühmten Pferdemarkt zuging, der die Menschen in Scharen anlocken würde. Doch hier und da hatten sich bereits einige Ortsfremde eingestellt, um in weiser Voraussicht das Terrain zu erkunden und erste Kontakte für spätere Geschäfte zu knüpfen.

Für die Einheimischen war dieses Treiben nichts Neues, und sie gingen ihren gewöhnlichen Verrichtungen nach. Brot, Wurst, Speck und Gemüse wurden feilgeboten und gekauft, Fässer gerollt, Wäschestücke aufgehängt und Holzläden gestrichen. Ein Schwätzchen an der Straßenecke, untermalt vom rhythmischen Klingen eines Schmiedehammers. Ein früher Zecher, der im Schatten hinter einer Bäckerei seinen Rausch ausschlief. Eine Horde Kinder, die mit lautem

Gejohle eine fette Sau verfolgten, die auf ihrer Flucht die Kiepe eines Obsthändlers umrannte.

Was mir sofort auffiel, war die Ausbreitung des Ortes seit meinem letzten Hiersein. Hatte die Mühle, in deren Keller wir seinerzeit die Leiche des armen Conrad untersuchten, noch gute dreihundert Schritte vom Ortsrand entfernt gelegen, hatten sie nun kleine Fachwerkhäuser und Stallungen mit winzigen Koppeln fast erreicht. Anscheinend war das Dorf dabei, seinen Ruf in Sachen Pferdehandel zu verfestigen.

Entsprechend gab es nicht mehr nur den einen Schmied am Ort, und es waren auch etliche neue Schenken und Herbergen hinzugekommen, die mit Namen wie *Blutiger Ochse* oder *Goldenes Einhorn* renommierten und stolz ihre Namensgeber auf buntbemalten Schildern zur Schau stellten, die über der Eingangspforte von kunstvoll geschmiedeten Eisenarmen herabhingen.

An der Burg waren die Zugbrücke heruntergelassen und das Tor geöffnet. Abgesehen von zwei Wachen, deren schwerer Dienst darin bestand, in der lauen Luft nicht im Stehen einzuschlafen, war niemand zu sehen, der hier eine offizielle Funktion innehatte.

Angesichts dieser friedlichen Atmosphäre und des gleißenden Sonnenlichts erschien es kaum nachvollziehbar, dass der Satan sich ausgerechnet diesen wunderbaren Flecken Erde ausgesucht haben sollte, die Menschen heimzusuchen und mit seinen Gräueltaten an seine Existenz zu gemahnen.

Gernot, der schon den ganzen Weg durch das Dorf über versucht hatte, etwas loszuwerden, ließ endlich die Katze aus dem Sack. Er wollte so schnell wie möglich zu seiner Ilse, was ich dem Jungvermählten gut nachfühlen konnte. Rodger und ich sollten Manns genug sein, die Zugbrücke auch ohne seine Hilfe überqueren zu können. Deshalb ließen wir ihn mit den

Worten ziehen, uns bei Gelegenheit in der Schenke am kleinen Dorfplatz mit ihm treffen zu wollen.

Die beiden schläfrigen Wachen musterten uns nur kurz und entdeckten nichts, was sie dazu veranlassen könnte, uns den Eintritt zu verwehren.

Der Burghof sah noch so aus, wie ich ihn in Erinnerung hatte. Lediglich ein baldachingleiches Sonnensegel war aufgestellt worden, von wo aus eine mir wohlvertraute Stimme herüberklang. »... und so sagte der Mann einfach zu dem Wichtigtuer: hic Rhodus, hic salta! – Ich finde diese Anekdote sehr ersprießlich und obendrein zweckmäßig in einer Lage, in der man einem Aufschneider das Maul stopfen muss ... Sie ist mir seinerzeit eingefallen, als ich ...«

Der rundliche Mann mit dem freundlichen Gesicht und dem gepflegten Erscheinungsbild wurde in seiner Rede von dem perlenden Lachen einer Frau unterbrochen, die wie er auf einem kleinen Schemel unter dem Sonnenschutz saß. Sie war nicht mehr blutjung, und in ihren dunklen Haaren zeigten sich erste helle Strähnen. Doch ihr ebenmäßiges, faltenloses Gesicht und ihre hochgewachsene, schlanke Gestalt ließen sie jedenfalls erheblich attraktiver wirken als eines dieser unfertigen, beständig kichernden Pummelchen.

Der wegen ihrer unerwarteten Reaktion ziemlich verdattert dreinblickende Erzähler war kein anderer als mein alter Freund Johannes Ossenstert, studierter Medicus und Apotheker, geübter Alchimist sowie Forscher aus Berufung und Weiberheld von eigenen Gnaden.

Die Frau hatte in ihrer herzlichen Heiterkeit Mühe, ihre Stimme wiederzufinden. Dann jedoch wurde sie sehr ernst, und ein verächtlicher Ton schwang in ihrer Stimme mit.

»Ach nein, wie originell! Und mit so einer alten Geschichte wollt Ihr mich beeindrucken? Ihr seid genauso ein eitler Pfau wie mein früherer Verehrer, mein ach so tolles Schätzchen. Frank und frei erzählte er mir mit grundehrlicher Miene die abenteuerlichsten Geschichten, um mich für sich einzunehmen, wo er doch so phantasiebegabt wäre. Dabei hat er sie nur woanders aufgeschnappt, der diebische Schakal! Tod und Teufel, so viel Einfallslosigkeit und Heuchelei auf einem Haufen. Lieber gleich pfui Teufel! – Und Ihr seid auch nicht besser und versucht es auf dieselbe Masche! – Ihr Kerle seid doch alle gleich.«

Sie wandte sich brüsk ab und rauschte an uns vorbei zum Tor hinaus, ohne uns eines zweiten Blickes zu würdigen, nachdem sie auf den ersten festgestellt hatte, dass auch Rodger und ich dieser niederen Spezies angehörten. Dort wurde sie schon von zwei anderen Frauen erwartet, beide um einiges jünger als sie und ebenfalls beeindruckende Erscheinungen, die meinen Freund Johannes mit Blicken bedachten, wie man sie ansonsten auf Lebewesen wirft, die nach einem Regen unter modrigen Holzstapeln hervorkriechen.

Wenigstens gerieten wir so in das Blickfeld von Ossenstert, der ihren Abgang wehmütig verfolgt hatte. Er strahlte über das ganze Gesicht, als er aufsprang und mit einer für seine Leibesfülle beachtlichen Geschwindigkeit auf mich zugesaust kam.

»Frederik, du alter Schurke, wie lange habe ich dich nicht mehr gesehen?« Von derart originellen Sprüchen musste ich mir noch einige anhören, während er mich umarmte und mit einer Kraft an sich drückte, die man einem Mann seiner Statur nicht zugetraut hätte.

»Schon gut, schon gut! Wenn du in dieser Manier weitermachst, wird man mich hier begraben, und du wirst mich noch viel länger nicht mehr sehen.«

Trotzdem ging es noch eine Weile so weiter, bis er mir endlich eine Verschnaufpause gönnte und sich mit Rodger bekannt machte.

Nachdem auch dieses erledigt war und Johannes mir gerade den Grund auch seiner Anwesenheit auf Crange darlegen wollte, trat mit einer leichten Verbeugung ein Mann zu uns, der bereits einige Zeit etwas abseits gestanden und auf diesen Moment gewartet hatte. »Verzeiht, wenn ich mich Euch einfach so nähere, aber wir werden uns hier wohl noch öfter begegnen. Deshalb möchte ich mich vorstellen. Mein Name ist Bartholomäus Bühler, Händler in Glas, Zierat und Kleinodien mit Niederlassung in Freiburg.«

Glas, Zierat und Kleinodien mussten sich gut verkaufen, das machte schon seine Kleidung deutlich, bei der Brokat und Samt das Übergewicht hatten. Übergewicht hatte auch ihr Träger, aber in einer Form, die bei einem Mann als »stattlich« bezeichnet wird. Er mochte einige Jahre älter sein als ich, sein immer noch pechschwarzer, dichter Bart reichte bis auf die Brust hinab und war säuberlich geschnitten. Ein Funkeln in seinen für meinen Geschmack etwas zu tief in den Höhlen liegenden Augen ließ mich zu der Überzeugung gelangen, einen geschickten Taktierer von wachem Verstande vor mir zu haben.

Ossenstert und Stapelmann kannte er bereits, sodass es mir ausreichend erschien, mich in der von mir so geschätzten Form mit »mein Name ist von dem Kerkhof, Frederik von dem Kerkhof« einzuführen.

Lebensklug wie er war, merkte er gleich, dass er jetzt und hier störte, und zog sich zurück, nicht ohne eine Einladung auf ein Gläschen Wein ausgesprochen zu haben. Warum nicht? Wie üblich, hatten meine morgendlichen Schwüre, dem Teufel Alkohol mit einiger Abstinenz zu begegnen, am Nachmittag viel von ihrer Inbrunst verloren.

Wir nickten und winkten uns zum Abschied zu, und endlich war der Weg frei für einen von mir so lange vermissten Plausch mit meinem guten Freund, wäre nicht in diesem Moment der Graf persönlich erschienen, wie so oft umringt von dreien seiner irischen Wolfshunde. Neben ihm schritt ein Mann in vertrautem Gespräch, dem ich hier noch nicht begegnet war.

Rodger berührte leicht meinen Arm. »Das ist Albrecht Tenhove, der Verwalter dieses Hauses. – Ich kann den Kerl nicht leiden.«

Euch, meine Zuhörer, die ihr der Aktion den Vorzug gebt vor langatmigen Situationsbeschreibungen, will ich gerne vorenthalten, wie sich unsere Begrüßung gestaltete, welche Artigkeiten ausgetauscht wurden und wie viele Dankesworte ich mir dafür anhören musste, dass ich so unverzüglich der Bitte des Grafen entsprochen, die beschwerliche Reise auf mich genommen und meine Bereitschaft demonstriert hatte, mich um die Lösung der Probleme meines Gastgebers zu kümmern. Es mag genügen, wenn ich darauf verweise, dass mich die Hunde wiedererkannt und mir ausgiebig die Hände geleckt haben.

Selbstverständlich bot mir der Graf sein bestes Gästezimmer und feinste Verköstigung an; allein, ich musste ablehnen. Denn unterwegs war in mir der Entschluss gereift, mich in einem örtlichen Gasthof einzuquartieren, um beweglicher und unbeobachteter zu sein. Diese Idee wurde zusätzlich dadurch untermauert, dass mein Freund Ossenstert in der Burg wohnte und ich somit auch dort über eine ausgezeichnete Informationsquelle verfügte.

Deshalb wollte ich mich jetzt erst einmal aufmachen, um mir im Dorf eine Bleibe zu besorgen, und am Abend wieder hier eintreffen, damit der Herr von Crange mich persönlich und umfassend ins Bild setzen konnte.

Nachdem wir so verblieben waren und sich die beiden wieder entfernt hatten, murmelte Stapelmann erneut: »Wirklich und wahrhaftig, ich kann ihn nicht leiden, den Kerl.«

Ich wusste, was er meinte. Tenhove war der typische Unnahbare. Er hatte während der ganzen Zeit stumm dabeigestanden und sich nur einmal knapp verbeugt, als ihn der Graf als seinen Verwalter präsentierte. Mit seinem langen Gesicht und dem schmalen Schnurrbart, den hellblauen Augen unter leicht herabhängenden Lidern, die während der Unterredung kein einziges Mal gezuckt hatten, seiner starren Haltung und den steif verschränkten Armen wirkte er in seiner schweigenden Präsenz und der grauen Kleidung wie aus Schiefer geschnitten. Leicht vorstellbar, dass ein quirliges Kerlchen wie unser Rodger, das sein Herz auf der Zunge trug, mit einem solchen Mann nicht warm werden konnte.

Trotzdem fragte ich vorsichtshalber: »Hat er dir denn irgendetwas getan, irgendeine Ungerechtigkeit vielleicht oder so etwas?«

»Nein, nein, es ist einfach seine Art. Das ist kein Mensch, das ist ein Steckerlfisch. – Doch nun lasst uns erst ein Gläschen zu uns nehmen, und dann will ich bei meiner Grete vorbeischauen.«

Ich musste erstaunt eine Augenbraue hochgezogen haben, denn er fuhr leicht pikiert fort: »Was schaut Ihr mich so an? Traut Ihr mir nicht zu, das Herz einer Frau für mich einnehmen zu können? Und außerdem, auch ein Mann wie ich hat seine Bedürfnisse.«

Ich klopfte ihm lachend auf die Schulter: »Und genau deshalb freue ich mich jetzt auf den Wein.«

Des Grafen Erzählung

Ihr werdet mich hoffentlich nicht einen ängstlichen Narren schelten, der in jedem Gewitter einen beginnenden Weltuntergang heraufziehen sieht. Es ist nur so, dass die Unruhe und die Besorgnis im Volk immer größer und die Gerüchte immer häufiger werden. Und ich kann es den Leuten nicht verdenken. Glaubt mir, Herr Frederik, es würde keinen mehr freuen als mich, wenn sich aller Verdacht als unbegründet herausstellen würde und Ihr die weite Reise folglich ganz umsonst unternommen hättet. Aber so ist es nicht, und ich kann es beweisen.«

Mit diesen Worten legte der Graf einen breiten Schwertgurt vor mich hin, der so gearbeitet war, dass man ihn quer über die Schulter trug. Er war mit etlichen metallenen Plaketten beschlagen, die die Wappen verschiedener Landesherren verkörperten. Das Leder war abgewetzt, doch gepflegt, und alles deutete darauf hin, dass dieses prunkvolle Stück von seinem Besitzer in Ehren gehalten worden war. Kaum vorstellbar, dass sich jemand ohne große Not oder Gewalt von einem solchen Stück trennen würde. – Die daran hängende Scheide war leer.

Wie versprochen, hatte ich mich abends in der Burg eingefunden, nachdem ich mir im Dorf ein Zimmer genommen hatte. Der Gasthof hieß *Zum güldenen Apfel* und lag am äußersten Ortsrand unweit vom Ufer der Emscher. Mein Pferd stand dort im Stall, war abgerieben und mit Hafer und Wasser versorgt worden. Das Gepäck und ein Teil meiner Waffen lagen auf meiner Kammer, und ich hatte mich in der hereinbrechenden Dunkelheit auf den Weg zur Burg gemacht. Mein Freund Ossenstert hatte mich alle Wege begleitet und mir unterdessen erzählt, dass man vorsorglich auch ihn geholt hatte, um die Ursache von Bertrams Tod untersuchen zu lassen. Leider habe er nicht behilflich sein können, da er sich beim Eintreffen des Boten nicht in Münster, sondern in Fürstenau aufgehalten habe. Daher war er erst mit einer Woche Verspätung hier eingetroffen, und inzwischen hatte man Bertram mit Rücksicht auf die warme Witterung beerdigt.

Nun saß ich zusammen mit dem Grafen beim hellen Schein mehrerer ausladender Leuchter in einem Raum, den er sein kleines Studierzimmer nannte. Tatsächlich war es überwiegend eine Bibliothek, die durch einige Vitrinen ergänzt worden war, in der sich erlesene Stücke ausländischer Glasmacherkunst befanden, für die sich der Herr von Crange seit dem Besuch der Dellacroces so begeistern konnte.

Der Graf hatte einen köstlichen kalten Truthahn aufschneiden und dazu einen leichten Weißen kredenzen lassen, beides bestens geeignet, mich in eine aufnahmebereite Stimmung zu versetzen.

Allein, an Fakten hatte mein Gastgeber wenig zu bieten. Es war im Grunde nur das, was Rodger mir als Quintessenz der allgemeinen Munkelei schon ausgebreitet hatte. Und wären nicht unter den Verschwundenen zwei reiche und angesehene Kaufmannsfamilien gewesen, eine aus dem Niederrheinischen, eine aus der Osnabrücker Gegend, wer weiß, ob allgemein so viel Aufhebens darum gemacht worden wäre. Bei den anderen hatte es sich mehr oder weniger um einfaches, teils sogar ärmliches Volk gehandelt, was den Gerüchten von Raubüberfällen die Nahrung zu entziehen schien.

Der Graf wollte Aufklärung, weil die Kaufleute im Zusammenhang mit dem Pferdemarkt hier gewesen waren, und er nicht dulden konnte, dass sich Crange als mögliche Ursache für das Verschwinden in den Köpfen der Leute festsetzte. Außerdem hatte er noch einen sehr persönlichen Grund.

»Der Mann, dem dieser Gurt gehörte, war mein Gast, der an meiner Tafel mit mir gegessen und getrunken hat. Ein unterhaltsamer alter Landsknecht, der spannende Geschichten zu berichten wusste – allseits beliebt und immer für einen Spaß zu haben. Dieser kunstvolle Riemen hier war sein ganzer Stolz. Er hat ihn mir gezeigt und zu den einzelnen Wappen amüsante Anekdoten zum Besten gegeben. – Dieser Gurt spiegelt sein ganzes Leben wider. Freiwillig hätte er sich davon nie getrennt, auch nicht in höchster Not. Eher wäre er verhungert. – Man hat ihn zuletzt hier im Ort gesehen, als er sich einem kleinen Treck junger Leute zu deren Schutz angeschlossen hatte.«

Nachdem er mir nachgeschenkt hatte, wanderte er mit auf dem Rücken verschränkten Armen auf und ab.

»Dann haben sie vor einigen Wochen bei Dorsten diesen Scharmann geschnappt. Er ist ein Mörder und Menschenfresser und obendrein, so will es jedenfalls das Volk wissen, ein Werwolf. In dessen Haus hat man verschiedene Dinge gefunden, von denen man annimmt, dass sie von seinen Opfern stammen. Man hat sie im Rathaus ausgestellt, weil man sich weitere Informationen davon versprochen hat, und tatsächlich hat einer meiner Knechte, der dort zu tun und hier auch Merselen – so heißt er übrigens, Bernt Merselen – kennen gelernt hatte, dessen Eigentum wiedererkannt. – Auf meinen Wunsch hin hat sich Bertram nach Dorsten verfügt, von Scharmann jedoch nur diese beiden Worte erfahren: ›Ihr nicht. Ihr Gottesmann. Und auch jetzt nicht.‹ Er hat gemeint, er würde ihm möglicherweise erst kurz vor seinem Tod etwas mitteilen, wenn er sich von der Folter ein wenig erholt hätte. Doch jetzt ist Bertram tot und die Hinrichtung von

Scharmann auf übermorgen angesetzt. – Der gute Bertram hat einiges an Aufzeichnungen und Belegen hinterlassen, die mir jedoch auf meine Fragen sämtlich keine Antwort geben. Glücklicherweise seid nun Ihr hier als der rechte Mann, der Licht in die Sache bringen kann. Ich werde Euch alles nach Eurer Rückkehr zur Verfügung stellen. Doch erscheint es mir vordringlich, dass Ihr Euch morgen nach Dorsten begebt, um mit dem Verurteilten zu reden. Bertrams Aufzeichnungen laufen Euch nicht davon. Sie sind bei mir in sicherem Verwahr und warten auf Euch, wenn Ihr wieder hier seid. Aber dort bietet sich nach meiner Meinung die einzigartige Chance, etwas über das ganz konkrete Verschwinden einer hier bekannten Person zu erfahren. – Ich bin nicht geübt in diesen Dingen, sonst würde ich selber gehen. Ich kann Euch nur bitten, mich von Eurer Erfahrung profitieren zu lassen und die Sache für mich zu erledigen.«

Der Tod des Werwolfs

Die ausgetretenen Steinstufen, die hinab in die Unterwelt führten, waren im schwachen Schein der kleinen Funzeln an den Wänden kaum wahrzunehmen. Da kein Geländer vorhanden war, musste ich mich mit einer Hand an der grob gemauerten Wand abstützen.

Bereits oben war ein übler Geruch in meine Nase gedrungen, der sich nun mit jedem Schritt, den ich machte, vehement verstärkte. Obwohl sicherlich in dem Gestank nach Exkrementen, matschigem Stroh, faulen Essensresten, geronnenem Blut, schwärendem Fleisch und Eiter jede einzelne Ingredienz nach den Empfindungen eines biederen Bürgers alles andere überlagert hätte, was an Pesthauch noch vorstellbar war, blieb für mich an Orten wie diesem ein ganz anderer Bestandteil dieses grauenhaften Gemischs der bestimmende. Glaubt mir, meine jetzt noch furchtlosen Freunde, dass ich diese Gelasse alle gesehen habe, die Kerker, Verliese, Gefängnisse und Folterkammern, und sie bis an mein Lebensende alle bei verbundenen Augen nur mit meiner Nase erkennen werde. Aber es ist jedes Mal die sich bloß dem Eingeweihten erschließende Ausdünstung der panischen Angst, die diese Stätten des Unglücks und der Verzweiflung von allen anderen so grundlegend unterscheidet und die selbst mir noch nach all den Jahren den Magen umdreht.

Indessen, ich war hier, um eine Aufgabe zu erfüllen, und unterdrückte folglich meinen Wunsch, auf dem Absatz umzukehren und im Licht einer wärmenden Sonne meine Lungen wieder frei zu atmen.

Auf dem Treppenabsatz kam mir ein Mann von gepflegtem Äußeren entgegen. Er trug eine Rolle unter dem Arm, die mit derbem Leder umwickelt war. Offensichtlich in Eile grüßte er nur kurz und war verschwunden, noch bevor ich mir überlegen konnte, ob ich ihn überhaupt etwas fragen wollte.

Nach der letzten Windung der Treppe fand ich mich in einem kleinen Gewölbe mit quadratischem Grundriss wieder, das außer einer schmalen Bank und einem Holztisch keine Einrichtungsgegenstände aufwies. Zum Glück waren zwei Fackeln in Wandhaltern aufgesteckt, die so viel Licht spendeten, dass es auch noch für die drei Zellen langte, deren Türen aus massiven Eisengittern bestanden. Nur eine der Kammern beherbergte einen Gefangenen.

Die beiden Wächter, die auf der Bank hinter halb leeren Trinkbechern vor sich hin dösten, machten mir nicht den Eindruck, als würden sie ein simples Empfehlungsschreiben in weniger als einem Tag entziffern können. Deshalb war ich froh, dass der Fiscaladvokat stattdessen einen Diener vorgeschickt hatte, der die nötigen Anweisungen gab.

Missmutig öffnete einer der schmierigen Burschen die Tür zu der belegten Zelle, wobei er sich die Bemerkung nicht verkneifen konnte: »Was will man denn schon wieder von dem? Der ist so gut wie hinüber, und morgen ist es sowieso ganz aus.«

Da mochte dieser Tölpel ausnahmsweise einmal Recht haben. Doch es war der Wunsch des Grafen, mein Möglichstes zu versuchen, und so konnte ich diese Gelegenheit, den Wolfsmenschen vor seinem Tod in persona zu sprechen, nicht ungenutzt vorübergehen lassen.

Das Bild, das er nun bot, war allerdings weniger furchteinflößend als abschreckend. In einer schlammigen Lache vor mir kauerte ein Mensch, dessen Hand- und Fußgelenke mit Schellen gefesselt waren, zwischen denen sich jeweils eine eherne Stange befand, so dass er weder die Finger noch die

Füße zusammenbringen mochte. Alles war durch einen Leibreifen zusätzlich verbunden mit schweren Ketten, die mit einem Ring in der Wand verankert waren.

Genauer gesagt, handelte es sich bei dem Gefangenen eher um die Reste eines Menschen, denn er war schwer gefoltert worden und schien dem Tode näher zu sein als dem Leben. Seine Handgelenke in den Fesseln waren blutiger Schorf, zwischen dem aus rohem Fleisch Wundwasser hervorsickerte. Die verkrümmten, breiigen Finger hatten ihre jetzige Form durch die Anwendung der Daumenschrauben erhalten. Und schmutzige Verbände an Oberarmen, Rumpf und Schenkeln zeigten dort, wo sie sich verschoben hatten, dass dem Delinquenten beim Schnüren das Fleisch beinahe bis auf die Knochen durchgesägt worden war.

Bevor ich bei diesem Anblick ein Wort hervorbringen konnte, musste ich mir wiederholt die Taten vor Augen halten, derer er überführt worden war, um ihn nicht aus Barmherzigkeit auf der Stelle zu töten.

»Kannst du sprechen? – Kannst du mich überhaupt verstehen?«

Scharmann hörte auf, seinen Körper hin und her zu wiegen, und hob und drehte seinen Kopf, als könne er mich nicht sehen, sondern wittern. Schließlich fixierte er mich aus Augen, in denen das Weiße einem Rot aus geplatzten Adern gewichen war. Seine Antwort auf meine Fragen bestand aus einem leisen, lang anhaltenden Knurren, dem endlich ein knappes Nicken folgte. Sein Unterkiefer klappte herunter und seine Zunge schob sich aus dem Mund. »Durst!«

Ich sah mich unwillkürlich nach einer Trinkgelegenheit um und entdeckte außer einem leeren Napf eine hölzerne Schale mit einer dunklen Masse, die sich als die Reste von gesalzenen Heringen herausstellte. Die Schweinehunde hatten ihm dieses Zeug und nichts zu trinken gegeben, um seine Qualen noch zu vergrößern.

Auch nach meiner Vorstellung hatte Scharmann sein Leben verwirkt. Das sollte jedoch niemandem das Recht geben, so viehisch mit ihm zu verfahren.

Ich trat an das Gitter, streckte eine Münze hindurch und herrschte die Wächter an: »Bringt Brot und einen Krug Wein, und beeilt Euch!«

Die einzige Reaktion, die ich darauf erfuhr, war ein dümmliches Gelächter, gefolgt von dem Kommentar: »Oh, der hohe Herr wünscht mit dem Menschenfresser zu tafeln. Der hohe Herr wünscht Beeilung. Der hohe Herr ...«

»... wird deinen dämlichen Schädel an der Kerkermauer zerschmettern und dich eigenhändig an dieses Wesen hier verfüttern, wenn mein Befehl nicht auf der Stelle ausgeführt wird. Und ich will einen Schemel für mich, oder soll ich mich etwa in diese Scheiße hocken?«

Augenblicklich verschwand die Münze aus meiner Hand, und wenig später stand alles parat, wie von mir gewünscht.

Die Ketten waren kurz genug, Scharmann auf Distanz zu halten, doch er zerrte mit Macht an ihnen, kaum, dass der Wein in seine Sicht gekommen war. Ich wollte kein Risiko eingehen und schob das Brett, auf dem Essen und Trinken standen, mit der Scheide meines Rapiers zu ihm hinüber. »Dies sollte genügen, um dir zu beweisen, dass ich es nicht schlecht mit dir meine. Stärke dich zunächst, und dann beantworte meine Fragen. Natürlich kann ich dein Leben nicht retten, doch kann ich dir vielleicht eine letzte Wohltat erweisen, wenn du nur ehrlich zu mir bist. Glaube mir, du wirst sie zu schätzen wissen.«

Es war nicht die Nahrungsaufnahme eines Menschen, die sich mir darbot, hier schlang ein wildes Tier in sich hinein, was es erbeutet hatte. Den Wein spülte Scharmann durch seine salzgequälte Kehle, als sei er Wasser. Zwischen den einzelnen Schlucken murmelte er unverständliches Zeug, aus dem lediglich ein »wie Blut, wie frisches Blut« herauszuhören war. Das Brot stopfte er in beinahe faustgroßen Brocken in sich hinein.

Das alles brauchte nicht viel Zeit, sodass ich bald beginnen konnte. »Und nun pass auf, was ich dir zu sagen habe!«

Zwar hatte Scharmann seine anfängliche, verkrümmte Position wieder eingenommen und hatte auch wieder damit begonnen, sich hin und her zu wiegen, doch war ich mir sicher, seine Aufmerksamkeit gewonnen zu haben. Also berichtete ich von den Befürchtungen des Grafen, vom Verschwinden von über hundert Leuten, von den aufgetauchten Gegenständen und auch von den merkwürdigen Teufelsbotschaften. Im Laufe meiner Rede gab er nur gelegentlich das mir schon bekannte Knurren von sich, blieb aber ansonsten still.

Als ich zu Ende war, einige Minuten des Schweigens vergangen waren und ich nicht mehr damit rechnete, von ihm mit einer anderen Lautäußerung bedacht zu werden, blieb er plötzlich still sitzen und sagte mit unerwartet klarer Stimme: »Es waren drei, nur drei, die ich getötet und gegessen habe. Von allen anderen weiß ich nichts.« Beim letzten Satz wandte er den Kopf ab, wie es jene Menschen häufig zu tun pflegen, die das Lügen nicht gewöhnt sind. Dann kamen wieder dieses raue Geräusch und das Schaukeln des Körpers, zu dem die Ketten im Takt klirrten. Obwohl ich noch eine Weile wartete, blickte Scharmann nicht einmal mehr in meine Richtung. Er hatte sich selbst in Trance versetzt, und ich war überzeugt, dass ich hier und heute nichts mehr erfahren würde.

Indessen, es passte zu dem, was ich mir schon gedacht hatte und was eigentlich auch auf der Hand lag. Wie sollte ein einzelner Mann mit ganzen Gruppen von Reisenden fertig werden? Auch die in seiner Behausung aufgefundenen Leichenteile, Kleidungsstücke und sonstigen Habseligkeiten der Opfer belegten nichts anderes. Ich hatte lediglich eine Bestätigung für den Grafen gewollt, dass wir es hier mit einem Menschen und eben keinem Werwolf zu tun hatten.

Scharmann war eine Bestie und die Menschheit gezwungen, sich von ihr zu befreien. Trotzdem wurde ich die Vorstellung nicht los, dass auch er einst als kleines Kind gespielt, gesungen und gelacht hatte, wahrhaftig geliebt von seiner Mutter und der Stolz seines Vaters. Doch morgen würde das alles keine Rolle spielen. Ich kannte das Urteil. Morgen würden sie ihn erst an einen Pfahl binden und mit drei glühenden Zangen reißen, danach aufs Rad binden und die Glieder zerstoßen, bis er endlich mit einem Strick erwürgt würde. Dass man das Rad anschließend aufrichten und zur Warnung von Mördern und Viehdieben ausstellen würde, bis von ihm nichts mehr übrig war, sollte er wohl kaum merken, aber die Spanne vom Anlegen der ersten Zange bis zum Eintritt des Todes würde eine Ewigkeit währen.

Deshalb zog ich aus meinem Gürtel einen winzigen Beutel mit einem Pulver, das mir mein Freund Ossenstert auf meinen Wunsch gemischt hatte, als ich noch als Spion und professioneller Mörder im Dienste des Franz von Waldeck gestanden hatte. Beim Ausführen seiner Aufträge musste ich beständig darauf gefasst sein, mich in einer Lage wiederzufinden, in der der Tod weitaus gnädiger erschien als das Weiterleben.

Ich drehte meinen Rücken zur Gittertür, um den Wachen den Blick zu versperren, und schob meine Gabe rasch in den Lendenschurz des Gefangenen. »Ich hoffe, du hast mich nicht belogen.« Scharmann zeigte keine Reaktion, und ich wusste nicht, ob er mein Tun überhaupt bemerkt hatte.

Dann war ich froh, dass ich zu Licht und Luft zurückkehren konnte.

Als mir die Wächter die Tür öffneten und mich hinausließen, sahen sie mich nicht an, sondern hielten ihre Blicke zu Boden gesenkt. Vermutlich, weil sie zu meiner großen Freude befürchteten, ich könnte aus einer Laune heraus ihre Schädel doch noch Bekanntschaft mit der Kerkermauer machen lassen. Es mag kindisch erscheinen, meine ernsthaften Freunde, aber ich muss gestehen, dass dieses Empfinden meine Stimmung nicht unwesentlich verbesserte.

Es war allerdings nicht das Lächeln auf meinem Gesicht, das die Menschen, denen ich zunächst auf der Straße begegnete, dazu brachte, sich nach mir umzudrehen und die Nase zu rümpfen. Es war der Gestank des Kerkers, der meiner Kleidung anhaftete, bis ich mich in einer unbelebten Seitengasse wie eine Vogelscheuche in den Wind gestellt und ordentlich hatte durchblasen lassen.

In Gedanken über das eben Erlebte versunken, durchwanderte ich die mir fremde Stadt und schlenderte zum Tor hinaus, bis ich mich auf einer großen Wiese am Ufer der Lippe wiederfand, auf der es seltsam geschäftig zuging. Marktstände wurden aufgebaut und Zimmerleute errichteten eine kleine Tribüne. Als ich mich ihnen in keiner besonderen Absicht näherte, sah mich ihr Vorarbeiter mit bedauerndem Blick an. »Tut mir wirklich Leid, aber es ist längst alles vergeben. Ich glaube nicht, dass noch einer davon zurücktreten und seinen Platz freimachen wird. Auch nicht, wenn Ihr ihm das Doppelte und Dreifache bietet.«

Als ich in die Gegenrichtung sah, wusste ich auch, was der Mann meinte. Dort war bereits die hölzerne Plattform mit

Pfahl und Rad fertig gestellt, auf der Scharmann morgen um die Mittagsstunde zu Tode gebracht werden sollte. Auch das Kohlebecken hatte man schon hinaufgebracht.

Auf dem Schafott kletterten kreischende Kinder herum, halbherzig ermahnt von ihren scherzenden und vor Neugier förmlich platzenden Eltern, die nur zu gerne mit ihnen getauscht hätten. Da sich schon einiges an Volk eingefunden hatte, waren auch die ersten fliegenden Händler vor Ort, die solche Gelegenheiten witterten wie Fliegen das Aas. Sie boten aus ihren Kiepen kleine Brote und Käse an, während andere, beladen mit riesigen Korbflaschen, Wein anpriesen. Wie mochte es hier erst morgen aussehen?

Da ich bei meinem Besuch im Kerker verständlicherweise keine Lust verspürt hatte, mich selbst an dem spendierten Wein zu bedienen, war mir nun ein guter Schluck ganz willkommen. Ich hielt mich an einen älteren Mann, der aus einer metallenen Kruke Bier ausschenkte und einen sauberen Eindruck machte. Er hielt mir einen frischen Humpen hin, für den er nicht allzu viel Geld verlangte.

Den herben Gerstensaft in der Hand, machte ich eine weit ausholende Geste über den Platz. »Ein Mörder von drei Menschen scheint viel Volk auf die Beine zu bringen, meint Ihr nicht auch?«

Er war nicht der Typ, der leichtfertig drauflos schwätzte, sondern antwortete nach einer Weile: »Vielleicht hätte das schon genügt. Aber bestimmt spielt eine große Rolle, dass er ein Werwolf ist.«

Ich musterte skeptisch seine Miene, um aus ihr abzulesen, ob das sein Ernst sei. Doch da war nichts Verräterisches zu entdecken, er schien tatsächlich davon überzeugt.

»Ihr seid anderer Ansicht, glaubt nicht an solche Kreaturen? Nun, ich habe selber mit den Männern gesprochen, die ihn gefangen genommen haben. Sie haben in seinem Haus den Wolfsfellgürtel gefunden, mit dessen Hilfe er sich in die Bestie verwandelt hat. Das Ding liegt dem Stadtrat vor, der es untersucht hat. Und denkt an die zerrissenen Leichen des kleinen Trecks vor zwei Monaten. Das waren keine Spuren von Menschen. – Ich hoffe, sie werden ihn so richten, dass er nicht nach seinem Tode wieder zurückkehrt.« Dabei durchlief ein leichtes Zittern seinen Körper.

Wenn das die allgemeine Meinung war, dann würde es hier morgen einen Menschenauflauf sondergleichen geben. Eventuell sollte ich doch noch einmal mit dem Vorarbeiter der Zimmerleute sprechen.

Als hätte er meine Gedanken gelesen, bahnte er sich einen Weg zu mir und deutete eine Verbeugung an. »Ihr seid Frederik von dem Kerkhof und als Gesandter des Grafen von Crange hier? – Der Herr Advocatus Fiscali schickt mich. Natürlich ist für Euch und Eure Begleitung für Platz gesorgt. Ich bitte Euch nur, rechtzeitig zu erscheinen, denn es wird ein schönes Gedränge geben.«

* * *

Mein prophetischer Vorarbeiter sollte Recht behalten. Nach zu wenigen Stunden Schlaf in einer überfüllten und zu lauten Herberge, in der bis in die frühen Morgenstunden gegrölt und Mord, Totschlag und anschließende Hinrichtungen in allen Farben durchdiskutiert worden waren, dass man es durch die Wände bis in die Schlafkammern hören konnte, fühlte ich mich gegenwärtig selbst wie ein Delinquent. Der Lärm ließ erst mit dem Morgengrauen nach, als sich die fröhlichen Zecher auf den Weg zum Lippeufer machten, um sich auf die mittägliche Vorstellung einen guten Ausblick zu sichern.

Ich fiel für wenige Stunden in einen unruhigen Schlaf, aus dem ich gegen neun auftragsgemäß vom Wirt geweckt wurde. Mein Frühstück gestaltete sich, ebenfalls auf meinen Wunsch hin, nicht sonderlich opulent, denn in Erwartung der Szenen, die noch folgen mussten, wollte ich meinen Magen nicht über Gebühr belasten.

Ich saß bei meiner letzten Scheibe Brot, als ein übernächtigter Gernot den Schankraum betrat, dessen leicht unsichere Bewegungen verrieten, dass er noch weniger Schlaf bekommen hatte als ich. Aber er war jung, und nach einer heißen Brühe und einem Stück Schinken war er so munter wie eh und je.

»Sie glauben es tatsächlich«, stieß er schon während des Essens zwischen den Bissen hervor. »Sie sind wirklich davon überzeugt, dass Scharmann ein Werwolf ist. Sie behaupten sogar, dass er durch die Luft fliegen und sich unsichtbar machen kann.«

Ich hatte im Grunde nichts anderes erwartet. Dass ich ihn gestern losgeschickt hatte, um sich unter das Volk zu mischen und sich in der aufgewühlten Stimmung einer Masse umzuhören, die der Vernichtung einer Bestie entgegenfieberte, sollte vor allem der Bestätigung meiner Meinung dienen, dass hier kaum mit Fakten zu rechnen sei, die meinen Ermittlungen nützlich sein könnten.

Doch hatte mich andererseits die Lebenserfahrung gelehrt, dass bisweilen unter einem Berg von Kieseln doch ein Stein mit goldhaltigem Erz in seinem Inneren entdeckt werden konnte, wenn man es nur verstand, nach den richtigen Anzeichen zu suchen. Außerdem wollte ich mir später nicht vorwerfen müssen, nicht sorgfältig genug zu Werke gegangen zu sein und etwaige Spuren aus Nachlässigkeit ignoriert zu haben.

»Soso, unsichtbar und durch die Luft fliegen – Quatsch, ausgemachter Blödsinn.« Ich konnte mir dieses Urteil wohl erlauben, hatte ich es doch zeitlebens mit aufgeklärten Geistern zu tun gehabt wie meinem weit gereisten Lehrer Berthold von Wittringen, meinem forschenden Freund Johannes Ossenstert und dem erfinderischen Sir Desmond. Sie alle hatten nicht selten Leib und Leben riskiert, indem sie sich gegen die Meinung des Volkes und, weit gefährlicher, gegen den Irrglauben der Kirche gestellt hatten.

»Fliegen?«, pflegte Sir Desmond zu diesem Thema stets zu sagen, »da müsste der Mensch schon als Vogel geboren werden.« »Unsichtbar?«, war Ossensterts von einem herzlichen Lachen begleiteter Standpunkt, »das wird der Mensch erst, wenn er es schafft, die Materie seiner selbst zu verändern. Und das wird ihm niemals gelingen.«

Doch solche Menschen waren eindeutig in der Minderzahl, und selbst ein kluger Kopf wie der Graf von Crange hielt die Existenz von Werwölfen für die Realität und die ihnen zugesprochenen Fähigkeiten für durchaus möglich. Nun, ich stand in seiner Schuld und würde deshalb nolens volens diesem Aspekt der Angelegenheit nachgehen müssen. Außerdem musste ich einräumen, dass ich selbst gegenwärtig außerstande war, eine vernünftige Erklärung dafür anzubieten, wie es zu den bestialischen Spuren an den Leichen der Angehörigen des Trecks gekommen war.

Als hätte er meine Gedanken lesen können, fuhr Gernot fort: »Ich habe drei Kaufleute gesprochen, die bei der Gruppe waren, die kurz nach der Tat am Schauplatz anlangte. Es muss ein fürchterlicher Anblick gewesen sein. Als seien die Körper von Pranken zerfetzt worden. Aus den Körpern war an vielen Stellen Fleisch herausgebissen worden, und alle haben ausgesehen, als seien stählerne Krallen über sie hinweggefahren. – Sie sagen, ein ganzes Rudel Wölfe würde nicht eine solche Verwüstung der Körper anrichten.«

Wahrscheinlich hatte sich mein lieber Gernot dies alles bei seiner Schilderung sehr plastisch vor Augen geführt, denn er musste mehrmals schlucken und bestellte sich sodann einen ordentlichen Becher Branntwein, den er in einem Zug hinuntergoss. Der Wirt, der am Tisch stehen geblieben war, um das leere Gefäß wieder in Empfang zu nehmen, erinnerte uns höflich daran, uns auf den Weg zu machen, wenn wir es durch das Gewühl noch bis zu unseren Plätzen schaffen wollten. Er trat dabei von einem Fuß auf den anderen, und weil ich sah, dass außer uns keine weiteren Gäste anwesend waren, vermutete ich stark, dass er gleich nach unserem Abgang absperren und ebenfalls zum Richtplatz eilen würde. Ich zahlte, wir dankten und folgten seinem Rat, wobei Gernot durch Umsicht glänzte, indem er sich vorsichtshalber eine Flasche Branntwein und zwei Becher mitgeben ließ.

Draußen erwarteten uns strahlender Sonnenschein und eine milde Luft. Ein herrlicher Tag für eine Hinrichtung. So mochten jedenfalls die Menschen gedacht haben, die in hektischer Betriebsamkeit an uns vorbeieilten, in aufgeputschter Stimmung und von überdrehter Fröhlichkeit.

Je näher wir dem Ufer kamen, desto dichter wurde das Gedränge. Auf dem Richtplatz selbst drohten die Verkaufsstände fast zerdrückt zu werden, doch anscheinend tat das dem Geschäft keinen Abbruch. Marktschreierisch wurden kleine Pasteten feilgeboten, Bier und Wein wurden literweise abgesetzt, wobei viele Käufer sich obendrein einen Schluck Branntwein gönnten. Und auch die Bauern, die am Rand der Wiese aus voluminösen Körben Käse, Wurst und Räucherspeck anboten, kamen auf ihre Kosten.

Konnte ich für diese Händler noch einiges Verständnis aufbringen, da in beinahe jeder Lebenslage gegessen und getrunken werden muss, waren mir diejenigen zuwider, die mit ihren Waren direkt an die Sensationsgier des Pöbels appellierten. Mit ihren Bauchläden quetschten sie sich durch das dichteste Gewühl, winzige, auf Stöckchen gesteckte Holzräder, auf die eine Puppe geflochten war, in die Luft reckend. Einige trieben die Geschmacklosigkeit so weit, dass sie die Aufmerksamkeit dadurch zu erheischen suchten, dass sie Schreie ausstießen, als habe man ihnen selbst soeben die Knochen gebrochen. Wieder andere waren mit Figuren behängt, die Menschen mit Wolfsköpfen darstellten, und knurrten mit im Scherz gefletschten Zähnen Kinder an, die sich kichernd an ihre Eltern drückten. Ganz Schlaue hatten bereits jetzt Zeichnungen parat, die in einer Bildfolge zeigten, wie der Delinquent zur Richtstätte eskortiert, dort mit Zangen gerissen und anschließend gerädert wurde. Besonders diese Geschmacklosigkeit fand enormen Absatz.

In der Nähe der Tribüne entdeckte ich auch den Mann wieder, der mir gestern auf der Kerkertreppe entgegengekommen war. Auch er bot seine Ware feil, jedoch nicht in der aufdringlichen Art seiner Zunftgenossen. Was er als Musterexemplar hochhielt, waren in der Manier eines Wegeplanes gefaltete Stahlstiche menschlicher Portraits. Obwohl er sich ruhig verhielt und nicht einmal durch Gebärden oder Grimassieren auf sich aufmerksam machte, konnte er sich der Aufmerksamkeit und des Zuspruchs der Umstehenden sicher sein. »Lerchenbrink hat er abgebildet, den Kirchenräuber, der ...« und »Hast du Derflinger gesehen mitsamt der Tochter, den Blutschänder und Gattenmörder? Schade, dass sie gerade noch fliehen ...« sowie »als sähe man sie lebendig vor sich.« So viel zustimmendes Gemurmel erweckte meine

Neugier, sodass ich hinzutrat, um seine Werke näher in Augenschein zu nehmen. Unter der Überschrift »Malefikanten aus dem Niedervest und den angrenzenden Regionen – ganz wahrhaftig und getreulich abkonterfeit« fanden sich dort die Brustbilder von etwa fünfzehn Personen, die alle wegen unterschiedlichster, doch immer schwerster Verbrechen abgeurteilt worden waren. Die meisten waren Mörder, aber es waren auch Räuber, Sodomiter und Inzestler unter ihnen. Das letzte Bild zeigte Scharmann, so genau, wie ich ihn gestern vor mir gehabt hatte.

Ich kaufte zwei Ausfertigungen des Bilderreigens. Eine für den Grafen von Crange, damit er sich im wahrsten Sinne des Wortes selbst ein Bild von seinem Werwolf machen konnte. Die andere war für meine Zenobia bestimmt. Die Gesichter sollten sie beständig daran gemahnen, vorsichtig gegenüber Fremden zu sein und sich nicht vom trügerischen Schein einer ansprechenden Erscheinung leiten zu lassen. Denn, meine skeptischen Freunde, seid versichert, die meisten dort Dargestellten sahen nicht anders aus als ihr oder ich.

Ich war froh, als wir uns endlich zu unserem Platz durchgekämpft hatten. Beste und sogar kostenlose Aussicht für die darob heftigst beneideten Gäste des Fiscaladvocaten. Keine zwanzig Schritte vor uns erhob sich das Schafott, auf dem im Kohlebecken die Glut schon entfacht war. Richter, Ankläger und Ratsherren fehlten dort ebenso wenig wie der unvermeidliche Priester, die sich alle ihrer Funktion wohl bewusst waren und deshalb eine angemessen bedeutungsvolle Miene zur Schau trugen.

Zu unseren Füßen wogte die Menge hin und her, durch die sich eine schmale, von Wachen mit ihren quergehaltenen Spießen mühevoll freigesperrte Bahn zog. Nach einer Weile wurden die Wellen aus Haaren, Hüten und Kappen ruhiger, die sich vereinzelt an den Kindern brachen, die auf den Schultern ihrer Väter saßen, und verebbten schließlich vollends, als aus der Stadt die Arme-Sünder-Glocke herübertönte. Mit ihrem Klang erlosch auch jeglicher Lärm, der sich zuvor wie eine erstickende Decke über den Platz gelegt und jede Unterhaltung mit einer Person, die mehr als drei Schritte entfernt war, unmöglich gemacht hatte.

Es wurde so still, dass man die Pferde heranschnaufen hören konnte, die den Todgeweihten auf einer Kuhhaut zu seiner letzten Vorstellung schleiften. Scharmann, genau wie gestern nur mit seinem Lendenschurz bekleidet und weiterhin mit den Schellen gefesselt, sah noch jämmerlicher aus als bei unserer ersten Begegnung. Diesem Wesen haftete nichts Dämonisches an, das hier war nur ein Haufen Fleisch und Knochen, in dem bald kein Leben mehr wohnen würde. Der Weg vom Kerker bis hierher über Stock und Stein, durch nichts gemildert als das dünne Leder, war für sich schon eine kaum erträgliche Tortur. Angesichts der zuvor auf der Folter erlittenen Verletzungen und Wunden, die durch diese Behandlung wieder aufgebrochen waren, grenzte es an ein Wunder, dass er noch bei Bewusstsein war.

Unter dem rhythmischen Schlag von Trommeln ergriffen zwei Schergen den armen Teufel und trugen ihn mehr die Treppe hinauf, als dass sie ihn bei seinen eigenen Bemühungen unterstützten. Sobald sie ihn oben auf der Plattform losließen, sank er wieder in seine Kauerstellung zurück, die ich schon aus dem Verlies kannte.

Nach ihm stieg der Henker mit seinen drei Gehilfen empor, die alle ihr Gesicht mit sackartigen Kapuzen verhüllt hatten. Als hätten sie mit ihrem Opfer nichts zu schaffen, schritten sie an ihm vorbei und postierten sich neben dem Pfahl, an dem der erste Akt des Schauspiels stattfinden sollte.

Die Trommeln verstummten, und es trat eine solche Stille ein, dass man in ihr die redensartliche Nadel hätte zu Boden fallen hören. Nun erhob sich der Richter und verlas mit einigem Räuspern das Urteil, welches nach ausführlicher Schilderung der begangenen Verbrechen die Reihenfolge der Strafen angab, mit denen der Missetäter vom Leben zum Tode torquiert werden sollte.

Danach bot man dem Todeskandidaten die Möglichkeit, mit sich, seiner Schuld und dem Himmel ins Reine zu kommen, indem er vor aller Welt in einer ergreifenden Rede sein verpfuschtes Leben ausbreitete und sich selbst als ewige Mahnung zur Läuterung und erzieherischen Einwirkung darböte. Ich hatte in solchen Situationen wiederholt erlebt, dass die Verurteilten förmlich von einer Todessehnsucht mitgerissen wurden und ihre Rolle tatsächlich genossen, erfuhren sie doch zum ersten Mal in ihrem Leben eine Aufmerksamkeit, die ihnen ansonsten beständig versagt geblieben war. Manche vergaßen darüber wahrhaftig für einige Minuten, dass dies auch das letzte Mal war.

In Scharmanns Verhalten änderte sich jedoch nichts. Aufgrund der Fesselung unfähig, mehr als nur kleinste Bewegungen zu vollführen, verharrte er in seiner verkrümmten Position und gab nur brabbelnde Laute von sich, die außerhalb der Plattform nicht mehr zu hören waren. Auch das Hinzutreten des Priesters, der ihn im Glauben bestärken und ihm eine letzte Beichte abnehmen wollte, nötigte ihm keine andere Reaktion ab.

Als der Pfaffe mit seinem Sermon fertig war, scheuchte ihn der Richter mit einem kurzen Wink beiseite. Dieses Zeichen war gleichzeitig die Aufforderung an die Henker, ihres Amtes zu walten.

Die Knechte zogen den Delinquenten aus seiner Hockstellung empor vor den Pfahl, an dem sie ihn dadurch fixierten, dass sie zwei in der entsprechenden Höhe angebrachte eiserne Reifen um seinen Hals und seinen Leib legten, ohne ihn von seinen sonstigen Fesseln zu befreien.

Die Luft über der Menge vor mir, aus der vereinzeltes Stöhnen und manchmal sogar ein hysterisches Gelächter zu hören waren, schien sich zu einer durchsichtigen Gallerte zu verdichten, die man beinahe mit einem Messer hätte schneiden können. Die Masse wogte wieder wie zuvor hin und her, weil ein jeder danach trachtete, seine Sicht zu verbessern, und sie wirkte dabei so hitzig wie ein angetrunkener Galan, der sich im nächsten Moment auf seinen Nebenbuhler stürzen will, der ihm die Gunst der Dorfhure streitig macht.

Nun endlich trat der Henker vor und ergriff, nachdem Totenstille eingekehrt war und er sich der ungeteilten Aufmerksamkeit des Volkes sicher sein konnte, eine an den Backen weißglühende, etwa armlange Zange. Diese grub er in den Brustmuskel des Verurteilten, um nach sekundenlangem Warten, in dem sich der Geruch verbrannten Fleisches mit den Ausdünstungen der Menge mischte, ein Stück aus dem Körper zu reißen.

Es war dieser besondere, mit nichts anderem zu vergleichende Geruch, der mich seit dem 22. Januar des Jahres 1536 nicht mehr loslassen sollte. Ich schloss wie im Zwang die Augen vor der grässlichen Szene vor mir, bloß, um damit eine noch weit schlimmere wieder vor mir erstehen zu lassen, in der das Gemetzel an den Anführern der Wiedertäufer in meiner allernächsten Nähe stattgefunden hatte. Nur mit größtmöglicher Selbstbeherrschung gelang es mir, meinen Magen unter Kontrolle zu halten. Dankbarkeit hin, Dankbarkeit her, ich verfluchte mich für meine Bereitschaft, dem Grafen von Crange behilflich sein zu wollen.

Mit einer weiteren Anstrengung zwang ich mich, die Augen wieder zu öffnen.

In den vergangenen Sekunden war außer dem Zischen des Fleisches kein Laut zu hören gewesen. Weitere Momente vergingen, bis sich etwas von dem Gepeinigten vernehmen ließ, der zur Verblüffung aller zunächst stumm zu bleiben schien. Es war ein hoher, singender Ton, der immer tiefer wurde, dabei anschwoll und schließlich in einem jaulenden Knurren gipfelte, als befände sich kein Mensch, sondern ein Wolf von der Größe eines Bären auf der Plattform.

Dieses wiederholte sich, sooft der Henker mit seinen versengenden Klauen auf sein Opfer zustieß und Stück für Stück verkohlendes Fleisch aus dem zuckenden Körper riss.

Gernot bemerkte meine Reaktion, ohne jedoch etwas dazu zu sagen. Er reichte mir einen Becher herüber, den ich zur Hälfte auf einen Zug in mich hineinstürzte, wobei mir die Stärke des Branntweins vollends gleichgültig war. Dann nahm mich das Geschehen gegen meinen Willen wieder gefangen.

Ich hatte den Eindruck, dass Scharmann, dessen Augen aus ihren Höhlen zu treten schienen und der sich fast verrenkte, um an seinen Schurz zu kommen, kaum bis zum zweiten Teil des tödlichen Spektakels durchhalten würde. Doch nicht ein einziges Mal wurde er bei der Tortur auch nur ohnmächtig noch kam sein Herzschlag zum Stillstand.

Als Brust, Bauch, Arme und Beine nur noch eine blutigschwarze Unförmigkeit bildeten, gab der Richter das Zeichen, zum letzten Akt überzugehen. Hierzu mussten dem Delinquenten alle Fesseln gelöst werden, da es ansonsten nicht möglich war, ihn auf das Rad zu binden.

Nachdem Hals- und Leibreif abgenommen worden waren, sackte Scharmann am Fuße des Pfahls zusammen, was dem Priester eine willkommene Gelegenheit bot, sich erneut ins Spiel zu bringen und um das Seelenheil des Todeskandidaten zu lamentieren. Während das Volk sein Augenmerk verstärkt auf die Henker richteten, die zwei mit Leder bezogene Holzkeulen bereitlegten und an verschiedenen Stellen des Rades Stricke befestigten, blieb mein Blick auf Scharmann haften, dem es nun endlich gelang, von allen anderen unbemerkt etwas aus seinem Lendenschurz zu holen und, als er seine gefalteten Hände wie zum Beten in die Höhe hob, in den Mund zu stecken.

Nachdem sich der Pfaffe glücklich am Ziel wähnte, den Mörder in eine bußfertige Seele verwandelt zu haben, trat er beiseite und ließ der weltlichen Gerichtsbarkeit ihren Lauf. Die Knechte packten Scharmann und schleppten ihn zu dem großen Rad hinüber, auf dem sie ihn in einer Weise festbanden, dass Unterarme und -schenkel über den Rand hinausragten. Ich hatte den Eindruck, dass der Delinquent bei dieser Prozedur mit seinen Augen die Tribüne absuchte, als sich im selben Moment unsere Blicke trafen. Mich solcherart fixierend, versuchte er sich aufzurichten, soweit es seine Fesseln zuließen. Seine Worte drangen so klar herüber, als säße er neben mir.

»Ich war frisches Blut.«

Dann ließ er sich zurücksinken und presste seine Kiefer mahlend aufeinander. Als der Henker, von seiner Wichtigkeit überzeugt und sich der ungeteilten Aufmerksamkeit der Menge gewiss, mit gemessenem Schritt neben das Rad trat, waren Scharmanns Augen blicklos zum Himmel gerichtet. Hieran änderte sich nichts, als der erste Hieb mit der schweren Keule das rechte Schienbein zersplitterte.

Kein Stöhnen, kein Keuchen, kein Wolfsgeheul kam aus Scharmanns Kehle.

Mit jedem Schrei, der ausblieb, wurde die Menge unruhiger. Es brauchte eine Weile und mehrere Schläge auf die knirschenden Knochen, bis der sich um sein Vergnügen betrogen wähnende Pöbel begriff, dass der arme Sünder längst tot war.

»Vielleicht ist er nur ohnmächtig geworden.« Gernot war aufgesprungen, seine Miene verriet seine Verblüffung.

Ich schüttelte den Kopf, weil ich es besser wusste. »Die Sache ist vorbei. Lass uns gehen!« Scharmann hatte mir mit seinen letzten Worten den Dank für das Gift abgestattet, dass ich ihm überlassen hatte. Leider blieb mir ihr Sinn ein komplettes Rätsel.

Mehr war für uns hier in Dorsten nicht zu erfahren.

Als wir uns von unseren Plätzen erhoben, versuchte ich, zum Abschied zum Fiskaladvocaten hinüberzuwinken, doch dessen Aufmerksamkeit war gänzlich von den Vorgängen auf dem Schafott gefangen genommen. Also verließen wir grußlos die Tribüne und zwängten uns durch die Köpfe reckende und Hälse verdrehende Meute, die immer noch nicht begreifen wollte, dass es mit ihrem Vergnügen ein Ende hatte.

Da die Straßen wie leergefegt waren, brachten wir den Weg zur Schenke in kürzester Zeit hinter uns, warfen die Packtaschen auf die Pferde und ritten gen Crange. Nach einem kurzen Galopp, der uns die nötige Distanz zu den Übrigen verschaffen sollte, die nach uns diese Richtung einschlagen würden, ließen wir die Tiere in den Trab fallen und hatten nun Muße, das Gesehene zu verarbeiten.

»Nun, ist er davongeflogen oder hat er sich unsichtbar gemacht? Oder ist er genau so gestorben wie jeder andere arme

Teufel in seiner Lage? – Ich schätze, der Herr von Crange wird sich damit zufrieden geben müssen.«

Gernot konnte trotz allem seine Zweifel nicht verbergen. »Sicher, er ist gestorben wie ein normaler Mensch. Aber es heißt ja auch nicht, dass Werwölfe unsterblich sind. Vielleicht war er durch die Folter einfach zu geschwächt, um seinen ganzen Zauber wirken lassen zu können. Immerhin sah es für mich so aus, als hätte er den Zeitpunkt seines Todes letzten Endes doch selber bestimmt. Wie hat er das gemacht, wenn er über keine übernatürlichen Kräfte verfügt?«

Angesichts dieser Folgerung konnte ich mir ein breites Grinsen nicht verkneifen. »Habe ich dich endlich überzeugt, wenn ich dir diesen letzten Punkt erkläre? – Dann höre mir zu, ohne zu staunen.«

Ich erläuterte ihm die Sache mit dem Gift, das ich Scharmann gegeben hatte, und dass der arme Tropf keine Chance hatte, es zu nehmen, solange er noch die Schellen trug. Letztlich bekehrt schien er jedoch erst, als ich ihm meinen Besuch im Kerker in aller Breite schilderte, insbesondere aber den Zustand, in dem Scharmann sich dort befand, und was er bereits alles hatte erleiden müssen, um in diese körperliche Verfassung versetzt zu werden.

»Also war er kein Werwolf. – Doch warum hat er dann die drei Menschen gefressen? Ich habe in meinem Leben selber oft Hunger gehabt, wenn dieser Zustand, Gott sei Dank, auch schon lange zurückliegt. Aber Menschenfleisch essen ... pfui Teufel! Mir dreht sich der Magen um, wenn ich nur daran denke.«

»Ich habe auch noch kein Menschenfleisch gegessen und hoffe ebenfalls, dass es so bleiben wird. Indessen, ich habe von gelehrten Herren sowie von einem weit gereisten Handelsfahrer aus Terneuzen gehört, dass es auf der anderen

Seite der Welt sehr wohl ganze Völker geben soll, bei denen ein getöteter Feind als die köstlichste aller Speisen gilt und das Verzehren von menschlichen Artgenossen durchaus an der Tagesordnung ist. Nun, wie auch immer, über Geschmack lässt sich nicht streiten. Und noch weniger über Tatsachen, welche nämlich in diesem Fall beweisen, dass Scharmann eindeutig mehrere Menschen getötet und Teile von ihnen gegessen hat. Klammern wir also diese zumindest in unseren Bereichen ungewöhnliche Tischsitte aus, bleibt die Erkenntnis, dass nichts Tierisches oder gar Teuflisches im Spiel war. Was wiederum bedeutet, dass die Leute des Trecks nicht von einem übernatürlichen Wesen getötet worden sind. Dies allein ist die Botschaft, die ich dem Grafen von Crange zu überbringen habe.«

Damit blieb allerdings die beunruhigende Situation bestehen, dass ich dem Grund des Verschwindens kein bisschen näher gekommen war.

Und noch etwas anderes beunruhigte mich. Während der ganzen Zeit auf der Lippewiese hatte ich das Gefühl gehabt, von jemandem beobachtet worden zu sein. Dies allein war sicher nicht schlimm. Was mich daran verunsicherte, war der Umstand, dass ich diesen Späher nicht hatte entdecken können.

Die erstochene Leiche

Wieder in Crange, konnte ich mich des Eindrucks nicht erwehren, dass meine Ankunft sehnlicher erwartet worden war als die des Messias. Die Zugbrücke war heruntergelassen und es standen sechs Wachen auf ihr. Zwischen ihnen ein zappeliger Rodger, der sofort, als er unserer ansichtig wurde, auf mich zugestürmt kam, um mich mit den neuesten Nachrichten zu versorgen.

Insgeheim hatten sie wohl alle darauf gehofft, dass ich mit der Botschaft zurückkommen würde: »Der Werwolf ist tot, es ist vorbei.« Aber es war nicht einmal so lange vorbei, bis ich wieder in Crange anlangte. Denn schon am heutigen Morgen hatte der Dorfpfarrer bei seinem Gang über den Friedhof ein Erlebnis gehabt, das ihn hatte so erzittern lassen, als habe der Satan persönlich seine Seele von ihm gefordert.

Als er, immer noch an allen Gliedern schlotternd, in der Burg aufgetaucht war und niemand anderen als den Grafen selbst sprechen wollte, konnte dieser seiner Rede immerhin so viel entnehmen, dass der Bruder Bertram wieder auferstanden war. Zwar nur als Leiche, aber er war samt seinem Sarg zurück auf die Erde gekommen.

Dort lag er neben seinem offenen Grab, und um alle Verwirrung komplett zu machen, steckte ein Dolch in seinem Herzen.

Zum Glück hatte der Pfarrer so viel Geistesgegenwart bewiesen, sich die Auswirkungen auszumalen, die ein solches Szenario auf seine Schäfchen haben könnte, die sich womöglich allesamt verflucht und von Dämonen verfolgt glauben möchten. Deshalb hatte er aus seinem Garten einige Bohnenstangen geholt, sie über die Grabstelle gelegt, und Bettücher darüber gebreitet.

So hatte der Graf den Tatort mit der erstochenen Leiche auch vorgefunden, den er sogleich durch seine Wachen abschirmen ließ. Und ich sollte mich dort unverzüglich einfinden.

Schon von weitem konnte man erkennen, dass die Bemühungen des Grafen um Geheimhaltung nicht von sonderlichem Erfolg gekrönt waren. An die hundert Leute waren herbeigelaufen und standen in Gruppen zusammen. Ihnen war das Betreten des Gottesackers einstweilen untersagt, und sie hüteten sich, gegen das Gebot des Herrn von Crange zu verstoßen. Allerdings waren ein paar ganz Schlaue auf die Idee verfallen, mit frischen Blumen aufzukreuzen, die man unbedingt jetzt auf das Grab eines lieben Verblichenen stellen müsse, es würde ja nur wenige Augenblicke dauern. Den Wachen rang ein solcher Versuch nicht einmal mehr ein Lächeln ab.

Wir durften selbstverständlich passieren und wurden unverzüglich zu einem steinernen Schuppen gebracht, der im Schatten der Kirche direkt an der Friedhofsmauer stand. Er diente zur Aufnahme von allerlei Gerätschaften, die zur Pflege des Geländes benötigt wurden, und enthielt für den Fall des plötzlichen Ablebens bedauernswerter Zeitgenossen auch einige rohgezimmerte Särge. Trotz des hellen Sonnenlichts wurde der Raum nur spärlich erhellt durch ein winziges Fenster, das hoch oben in der Wand saß und über die nahe Mauer hinausragte.

Hierher hatte man vernünftigerweise auch den Sarg mit Bruder Bertram geschafft, den man so den neugierigen Blicken der Masse entzogen hatte und der es einem mit infernalischem Verwesungsgestank dankte, so überwältigend, dass es mich auf der Schwelle verharren ließ. Ich hatte in meinem Leben wahrlich genug Leichen gesehen, von denen die meisten in einem besseren Zustand waren als dieser tote Mönch. Auf eine nähere Betrachtung konnte ich gut verzichten.

Von ganz anderer Wesensart war dagegen mein Freund Ossenstert, der sich so dicht über den Leichnam gebeugt hatte und buchstäblich an ihm herumschnüffelte, als sei er die Quelle sämtlicher Wohlgerüche eines orientalischen Serails.

Außer ihm waren hier drinnen nur der Graf und sein Verwalter anwesend, die sich so weit abseits wie möglich hielten und auch sonst den Eindruck vermittelten, nur aus reinem Pflichtgefühl die Stellung zu halten.

Ich selbst war ebenfalls nicht begierig, dem Leichnam und seinen Ausdünstungen zu nahe zu kommen, ihn auch nur mehr als oberflächlich zu betrachten. Daher fiel mir als Einzigem auf, dass sich der schwache Lichtschein bisweilen kaum merklich veränderte, und dass, obwohl der Himmel wolkenlos war. Irgendetwas musste draußen vor dem Fensterchen hocken und einen Schatten werfen.

Froh darüber, meinem Verdacht nachgehen und dazu den Raum verlassen zu können, drückte ich mich ohne Eile wieder zur Tür hinaus und bewegte mich auch sonst gemessenen Schrittes, um keinen Argwohn zu erregen. Leider kostete diese umsichtige Vorgehensweise zu viel Zeit, und als ich schließlich um die Ecke bog und auf die Mauer spähen konnte, gewahrte ich noch soeben eine schemenhafte Bewegung, die blitzartig von der Mauerkrone verschwand. Ich hatte den Eindruck, den diffusen Umriss einer weiten Kutte erkannt zu haben, hätte dies aber ehrlicherweise nicht beschwören können. Gehört hatte ich nichts.

Als ich wieder eintrat, war Ossenstert immer noch in seinem Element. Er war so weit über die Leiche gebeugt, dass er sie allen Blicken entzog. Ich bin der festen Überzeugung, dass dies keiner der Anwesenden bedauerte.

Ihr erinnert euch, meine geruchsempfindlichen Freunde, dass sich Freund Johannes bei ähnlichen Gelegenheiten getrocknete Lavendelblüten in die Nasenlöcher zu stecken pflegte. Ich nahm mir vor, ihn später danach zu fragen, warum er ausgerechnet hier darauf verzichtet hatte.

Als er endlich mit der Examination der Leiche fertig war, zog er vorsichtig das Messer heraus, das ihr in die Brust gestoßen worden war. Er wischte es am Leichentuch ab, übergab es dem Grafen mit einem Achselzucken, und verkündete mit sichtlich enttäuschter Miene: »Ein billiges Messer, wie es in jedem Haus und auf jedem Hof zu finden ist. – Es tut mir Leid, Euch sagen zu müssen, dass ich auf nichts gestoßen bin, das nicht auch schon vorher bekannt war.«

Grund genug, uns von diesem unfreundlichen Ort zu entfernen und alle in Richtung Burg in Marsch zu setzen, nachdem der Graf angeordnet hatte, man möge den Sarg wieder verschließen und ihn im Schutze der Nacht, wenn die Scharen der Sensationslüsternen abgewandert waren, ein zweites Mal vergraben.

»Warum, glaubt Ihr, begeht jemand eine so frevelhafte Tat, eine so ungeheuerliche Leichenschändung? Ich habe davon gehört, dass man in den östlichen Ländern Toten, die man für Vampire hält, einen angespitzten Pflock durch das Herz treibt, um sie endgültig zu töten. Aber hier, und dann noch bei einem frommen Mönch? Was geht hier vor?« Der Graf war bis in die Grundfesten seiner selbst erschüttert.

Ich konnte es ihm nachfühlen, helfen konnte ich ihm nicht.

Auch Ossenstert schüttelte nur den Kopf. »Es wird niemandem damit geholfen sein, bloße Vermutungen anzustellen. Ich brauche einige ruhige Stunden, damit sich die neuen Eindrücke erst einmal setzen können. Deshalb, Herr Graf, wenn Ihr gestattet, werden sich mein Freund, der vermutlich genauso denkt, und ich heute Abend zusammensetzen und uns um eine gewisse Systematik bemühen. Möglich, dass wir dann morgen schon ein wenig mehr wissen.« Dabei kniff er mir verstohlen ein Auge zu, als er gewiss war, dass es keiner bemerkte.

»Nur noch eins, Herr Graf, wenn Ihr mir die Frage verzeihen wollt. Ist Bertram so bestattet worden, wie er gefunden wurde, ich meine, in seinem Nachthemd?«

»Nein, natürlich nicht. Ich habe veranlasst, ihn zu waschen und angemessen herzurichten. Das Totenhemd habe ich aus meiner eigenen Wäschekammer zur Verfügung gestellt. – Schlimm genug, dass ich nicht mehr für ihn tun konnte.«

»Ich habe es mir schon so gedacht. Entschuldigt, die Frage diente nur meiner Sicherheit. – Macht Euch im Übrigen keine Sorgen und sucht schon gar nicht die Schuld an seinem Tod bei Euch. Es ist nicht erwiesen, dass es kein natürliches Ableben war. Ich halte es nicht für ausgeschlossen, dass Bertram zur selben Zeit an jedem anderen Ort der Welt auf dieselbe Weise hätte sterben können.« Dabei kniff er mir heimlich ein zweites Mal ein Auge zu und entfernte sich so schnell, dass ihn keiner mehr mit einer Nachfrage behelligen konnte.

Bertrams Aufzeichnungen

Kennen gelernt hatte ich Bertram nur als Leiche, der ich es verübelte, meinen Geruchssinn mit ihrem Verwesungsgestank zu behelligen. In euren Augen, meine nobel gesinnten Freunde, zweifelsfrei eine pietätlose und oberflächliche Einstellung, für die ich mich im Nachhinein umso mehr schämte, je mehr ich mich in die Aufzeichnungen des Mönchs vertiefte.

Der Graf hatte mir bei meinem kurzen Vorbeischauen auf der Burg eine lederne Mappe übergeben, in der sich allerlei Papiere von unterschiedlicher Größe und Beschriftung befanden. Dies erklärte sich so, dass sie teils von Bertram verfasst, teils von ihm gesammelt worden waren. Die folgende Einladung zu einem kleinen Mahl schlug ich aus. Zu deutlich war mir noch der faulige Gestank in der Nase, die bei mir in direkter Verbindung zu meinem Magen zu stehen scheint. Und zu begierig war ich herauszufinden, wie weit mein Vorgänger mit seinen Nachforschungen gekommen war.

Deshalb war ich ohne Verzug in den Gasthof und dort auf mein Zimmer geeilt, wo ich bereits seit einigen Stunden über den Aufzeichnungen brütete. So lange, dass ich nicht umhin kam, den Leuchter anzuzünden.

Bei den von Bertram gesammelten Papieren handelte es sich um drei Zettel, die bei oberflächlicher Betrachtung mit dem identisch waren, den Gernot kurz vor dem Erreichen der *Fetten Gans* vom Baum abgerissen hatte. Bei einem genaueren Vergleich fiel allerdings auf, dass manche Linien des kreuzartigen Gebildes im oberen Bereich der Zeichnung unterschiedlich ausgeformt waren, länger oder kürzer, gerade oder gewellt, oder teilweise ganz fehlten. Das mochte einen Sinn haben, den ich ohnehin nicht begriff, aber auch lediglich darauf zurückzuführen sein, dass sowieso nur eine grobe Ähnlichkeit der Skizzen gefordert war, bei der Nuancen keine Rolle spielten.

Gleichermaßen verhielt es sich mit dem Gekritzel an Rande der Blätter. Doch egal, wo, wie oder was, es brachte mich nicht weiter.

Informativer waren da schon die von Bertram selbst verfertigten Notizen.

Berücksichtigte man einerseits die Zeitspanne, derer seine Recherchen bedurften, und andererseits die ihm zu Gebote stehenden bescheidenen Möglichkeiten, hatte er mit seiner systematischen Vorgehensweise Enormes geleistet. Er hatte in manchen Fällen Verwandtschafts- und Freundschaftsverhältnisse der Verschwundenen ermittelt, ihre letzte Reise zu rekonstruieren und ihre letzten bekannten Gesprächspartner aufzutreiben versucht. Er war bemüht gewesen, Gründe ans Licht zu fördern, die dafür sprechen könnten, dass sie aus freien Stücken abgetaucht waren. Er hatte versucht, charakteristischen Gegenständen aus ihrem Besitz nachzuspüren. Und er hatte daran gearbeitet, eine durchgehende Verbindung zwischen den einzelnen Orten ihres mutmaßlichen Verschwindens zu knüpfen.

Allein, es ließ sich kaum ein gemeinsamer Nenner aller dieser Einzelschicksale herausfiltern.

Da waren es reiche Kaufleute aus dem Norden des Landes, und dort gab es herumvagabundierende Bettler, die es in der Kälte des Winters wieder zurück in den Süden zog. Glasbläser aus dem Osten waren ebenso dabei wie Leinweber aus dem Westen. Da waren es junge Frauen, dort alte Männer, und umgekehrt. Es waren Wanderer, Reiter, Wagenlenker. Greise und Kinder, Bürger und Leibeigene.

Außerdem war es nicht immer nur der Pferdemarkt von Crange gewesen, der sie angezogen hatte. Leute waren auf dem Heimweg von einer Kirchweih in Dülmen, andere kamen von der Hochzeit eines vermögenden Bauern aus Hattingen.

Es ergab keinen Sinn.

Erst, als ich alle Daten bereits das fünfte Mal miteinander verglichen hatte, kristallisierten sich einige Punkte heraus, von denen ich jedoch nicht einmal erahnte, ob als System oder als bloßer Zufall.

Mir fiel auf, dass es, war eine Gruppe von Menschen betroffen, nie mehr als sechs Personen zu Fuß oder mehr als zwei Berittene waren. Handelte es sich um Frachtwagen, wurden diese von nicht mehr als zwei Reitern eskortiert. Dies war allen Fällen gemein, und Bertram hatte insgesamt das Schicksal von dreiundsechzig Personen erfasst.

Natürlich hatte der umsichtige Mönch auch Berichte derjenigen gesammelt, die gleich mit der Suche vor Ort betraut worden waren. Doch auch die entsprechenden Protokolle waren unergiebig, denn nicht einmal von den sperrigen, langsamen Wagen waren auch nur ein Rad oder eine Deichsel mehr gesehen worden.

Der Wappengürtel aus Dorsten bildete die große Ausnahme, aber der war Scharmann zuzurechnen.

Andererseits, war nicht sein Eigentümer Merselen Mitglied eines kleinen Trecks, der zu den verschwundenen zählte?

Es half nichts, meine Gedanken drehten sich im Kreis. Allmählich wurden meine Augen trübe, und mein gekrümmter Rücken schien zu versteinern. Ich reckte mich, bis meine Knochen knackten und das Blut mit prickelndem Kitzeln durch meine eingeschlafenen Beine pulsierte. Ich spürte sehr deutlich, dass ich längst die nötige Bettschwere erreicht hatte. Hohe Zeit, dem gemarterten Hirn eine Ruhepause zu gönnen.

Aber gerade, als ich mich anschickte, das Licht zu löschen, ließ sich vom Fenster ein leises Klicken vernehmen. Jemand warf kleine Steine gegen die Scheibe.

Mir war die Vorsicht der frühen Jahre so in Fleisch und Blut übergegangen, dass ich zunächst den Leuchter bis auf eine einzige Kerze ausblies und ihn so auf dem Boden platzierte, dass kein Schein von hinten auf mich fiel. Dann näherte ich mich, dicht an die Wand gepresst, seitlich dem Fenster, bis ich mit einem Auge hinausspähen konnte. Unten, bewaffnet mit einer abgeblendete Laterne, stand mein Freund Ossenstert und gestikulierte, dass ich ihn endlich hereinlassen sollte.

Über dem stundenlangen Lesen hatte ich unsere Verabredung völlig vergessen.

Jetzt zahlte es sich aus, dass ich ohne Rücksicht auf dessen Größe und Ausstattung ein Zimmer gewählt hatte, das über einen separaten Eingang verfügte, wenn man sich seiner auch nur bedienen konnte, indem man eine Außenstiege, eher einer Hühnerleiter als der Treppenflucht einer akzeptablen Herberge verwandt, hinaufkletterte.

Zu unserem Glück hatte er daran gedacht, einen kleinen Krug mit Wein mit sich zu führen, und zu unserem noch größeren Glück brachte er ihn auch heil die Stufen herauf.

Es waren zwar nur steile drei Meter, die mein dicker Freund zu meistern hatte, aber er pustete ganz schön, als er das Zimmer betrat. »Na, Herr Meisterdetektiv, war keine ebenerdige Kammer mehr frei, oder hast du ganz bewusst diesen Söller gewählt, um mich nach Laune schinden zu können?«

»Oh, ich habe dabei nur an deine Gesundheit gedacht. So etwas hält bei guter körperlicher Verfassung. Vielleicht wäre dir die Abfuhr bei deiner unbekannten Schönen erspart geblieben mit etwas weniger Speck um die Rippen – und mit einer geschickter gestohlenen Geschichte.«

»Die Geschichte war ja nur eine Methode, den Grad ihrer Bildung herauszufinden. Außerdem ist sie weder *meine* Schöne noch unbekannt. Sie heißt Gertrudis und ist auf der Burg höchst angesehen. Sie versteht sich auf die Heilmittel der Natur, kennt sich aus im Zusammenspiel der Gestirne und des menschlichen Gemüts, und war stets eine große Hilfe, wenn die Frauen des Dorfes Beistand bei der Geburt ihrer Kinder brauchten.«

Ich konnte mir ein Lachen nicht verkneifen. »Dafür, dass du erst so kurz hier bist, weißt du über eine Schöne, die nicht *deine* Schöne ist, aber eine ganze Menge. – Hoffentlich hat dir bei deinem Gebalze deine Anleihe bei Äsop nicht geschadet.«

Ossenstert musste ebenfalls lachen und machte eine wegwerfende Handbewegung. »Ach, was soll's, von solchen harmlosen Dieben wie mir ist unsere Welt doch voll. Und eine verlorene Schlacht ist noch lange kein verlorener Krieg. Im Übrigen«, dabei sah er mich auf eine schelmische Weise vorwurfsvoll an, »bin ich ein Mann des Geistes, wie du weißt. Was sollte also der despektierliche Hinweis auf meine achtungsgebietende Erscheinung. Ein dürrer Stammler vermag nicht halb so zu beeindrucken wie ein gut gebauter Plauderer, schon gar nicht, wenn er nur von seinen Schandtaten zu berichten weiß.«

Ein nur halb so gut gebauter Plauderer wäre allemal ausreichend, um zu beeindrucken, aber diese Anmerkung schenkte ich mir. »Genug der gewechselten Schmeicheleien. Wir sollten nicht vergessen, weswegen wir hier sind.«

»Wohl wahr.« Damit legte er eine dünne, versiegelte Schriftrolle vor mich hin.

»Dieses Pergament hier habe ich unter dem Hemd des Toten gefunden, und es müsste wahrhaftig mit dem Teufel zugehen, wenn es sich da schon seit seiner Ermordung befunden hätte. Dann hätte es nämlich unsichtbar sein und so fest an ihm kleben müssen, dass nicht einmal die Leichenwäscherin es herunter bekommen hätte. Ergo, Herr Agent, hat man sie ihm später untergeschoben. Aber warum? Ohne meine genaue Untersuchung hätte man Bertrams Sarg alsbald wieder verschlossen und hinabgelassen, Erde drauf und Schluss. Niemand hätte dieses Schriftstück je zu Gesicht bekommen. Wenn man es verschwinden lassen wollte, warum nicht simpel verbrennen? Wenn man es aber bekannt machen will, warum übergibt man es nicht gleich der betreffenden Person?«

»Die Fragen hast du bereits selbst beantwortet, du gut gebauter Mann des Geistes. Einerseits verbergen, andererseits offenbaren, genau dieses Wechselspiel ist beabsichtigt. Die Aufzeichnungen sollten gefunden werden, aber nicht von irgendwem, sondern von dir beziehungsweise von uns. – Ich bin der festen Überzeugung, dass derjenige, der das Risiko der Leichenschändung auf sich nahm, bewusst diese Gefahr einging, weil er so mehrere Fliegen mit einer Klappe schlagen konnte. Primo, er gewährleistet, dass die Papiere in die richtigen Hände kommen. Secundo, er weist uns durch das Messer in Bertrams Brust darauf hin, dass der Mönch seiner Auffassung nach eines gewaltsamen Todes gestorben ist. Tertio, durch die Exhumierung schafft er eine Situation, die dich in die Lage versetzt, die vorher unzugängliche Leiche doch noch in Augenschein zu nehmen und vielleicht doch noch die exakte Todesursache zu ergründen. Quarto, der Mummenschanz mit all den nach sich ziehenden Gerüchten ist so gewaltig, dass die erste allgemeine Verunsicherung nur vergrößert wird und von ihm selbst ablenkt.«

Ossenstert strich bedächtig sein Haupthaar zurück. »Da könntest du tatsächlich Recht haben. Und das bedeutet, dass ...«

»Dass – secundo – der Schreiber als sicher davon ausgeht, dass Bertram ermordet worden ist. Womit wir zwingend bei tertio wären. Also, hast du etwas in dieser Richtung entdecken können?«

Jetzt hatte ich endlich Zeit, zwei Becher von einem Bord an der Wand zu nehmen und sie aus Ossensterts Krug zu füllen.

»Äääähh, jein. – Ich habe nichts an der Leiche entdeckt, was mir eine hilfreiche Erkenntnis vermittelt hätte. Die Verwesung war einfach zu stark fortgeschritten.«

Diese erinnernden Worte ließen sofort wieder jenen typisch süßlich-widerlichen Geruch meine Nase ausfüllen, und ich beeilte mich, einen ersten Schluck Wein hinunterzustürzen.

»Was hingegen noch zu erkennen war, deckte sich zur Gänze mit der Beschreibung, die uns Rodger geliefert hat und die von allen anderen Zeugen bestätigt worden ist. Aufgequollene Zunge, geplatzte Adern in den Augen und so weiter. Tatsächlich alles Folgen einer Strangulation, der aber die entsprechenden Würgemale am Hals fehlen. Es ist wie ... wie ... aber das ist zu weit hergeholt. – Ich kann mir schon vorstellen, dass da mancher auf den Satan als Mörder tippt.«

»Sprich nicht in Rätseln, Medicus. Dass das dämliche Volk dem Teufel selbst jeden Hagelschlag in die Hufe schieben möchte, ist mir klar. Doch nicht so ein beeindruckend gebauter Mann des Geistes wie du. – Nun also, was meinst du mit ›zu weit hergeholt‹?«

Er wiegte zweifelnd seinen Kopf. »Nur so eine Idee, nichts Richtiges. – Ich denke an Torquisium.«

»Torquisium, was soll das sein? Etwas, das einer Halskette ähnelt? Selbst wenn sie nur aus Samt bestünde, müsste man trotzdem Druckstellen sehen.«

»Nein, ich meine etwas, das in seinen Auswirkungen einer Halskette gleichkommt, die man zu einer Erdrosselung missbraucht hat. – Ein Gift.«

»Du meinst, man streicht eine Halskette mit einem bestimmten Gift ein, das über die Haut wirkt. Das ist doch Unsinn. Wie soll ein Mönch denn an eine Halskette ... oder warte, meinst du etwa seinen Rosenkranz, den jemand ...«

»Nein, du bist auf dem falschen Weg. Das ist nur im übertragenen Sinne gemeint. Lass es mich erklären. Es ist ein Gift, das man mit der Nahrung zu sich nehmen muss. Es ist von durchaus angenehmem Geschmack, ähnlich dem portugiesischen Wein, sodass es in aller Regel ein Leichtes ist, es dem Opfer zu verabreichen. Später lähmt es die Atmung und zerstört obendrein das Blut auf eine Weise, dass es von seinen Bahnen nicht mehr gehalten werden kann, sondern sie durchdringt. Es schadet in vielerlei Hinsicht, insgesamt aber auf eine Art, die den Menschen aussehen lässt, als hätte ihm eine unsichtbare Hand die Kehle zugedrückt. Wegen dieser völlig konträren Wirkung – zunächst Wohltat, dann Tod durch Erwürgen – hat man es mit einer Halskette verglichen, die als Geschenk zuerst erfreut, sodann durch ihr gewaltsames Zuziehen ermordet. Daher der Name, eben Torquisium.«

»Und wie kommt man an dieses Zeug, von dem ich alter Mörder bis heute nie gehört habe?«

»Genau das ist der Punkt, weswegen ich von ›weit hergeholt‹ sprach. Und das ist durchaus doppeldeutig gemeint. Denn eine unverzichtbare Ingredienz, die Radix Pedis Diaboli, gibt es nur im Land der Mohren. Und die Existenz dieses Giftes ist so wenigen bekannt, dass ich mir nur schwerlich vorstellen kann, dass in dieser Bauerngegend jemand davon Kenntnis haben könnte. Außerdem ist das nur ein Bestandteil von vielen. So gehören zum Beispiel noch drei verschiedene Sorten von Pilzen dazu.«

»Mein werter Medicus, dir wird gewiss nicht entfallen sein, wie einer meiner ehernsten Grundsätze lautet: Wenn alle anderen Möglichkeiten ausgeschieden worden sind, muss die allein übrig bleibende, mag sie auch noch so abwegig erscheinen, die richtige sein. Und, schließen wir eine Krankheit aus?«

»Ja; denn sonst hätte Bertram in den letzten Sekunden alles andere getan, als den Fußboden mit seiner kryptischen Botschaft zu bekritzeln.«

»Und, mein skeptischer und aufgeschlossener Kopf, schließen wir auch den Teufel und seine Dämonen als Täter aus?«

»Selbstverständlich!«

»Sollten wir uns dann nicht vielleicht doch auf dein ach so geheimes Gift konzentrieren?«

»Einverstanden; aber erst, wenn du mir jemanden bringst, der noch eine kleine Probe davon bei sich hat. – In diesem Zusammenhang sollte ich wohl nicht vergessen zu erwähnen, dass dieses Gift ein höchst flüchtiger Stoff ist. Sind alle seine Zutaten erst einmal zusammengebracht, ist es nur eine gute Viertelstunde lang wirksam. Danach zerfällt es und lässt sich mit den uns bislang zu Gebote stehenden Mitteln auch nicht mehr nachweisen. Es bleibt dann lediglich die besondere Art des Todes als Indiz.«

»Habe ich das recht begriffen, dass alles einheimische Zutaten sind, außer diesem Teufelsfuß?«

»Die Teufelsfußwurzel. Genau. – Und die ist sehr selten und, wenn sie überhaupt zu haben ist, furchtbar teuer. Ich bin in meinem ganzen Leben bloß zweimal auf sie gestoßen. Sie besitzt, in winzigster Dosierung genossen, die Fähigkeit, vor dem geistigen Auge des Betroffenen ein farbenprächtiges

Feuerwerk abzubrennen und zugleich die ihm erscheinenden Dinge in ihr Gegenteil zu verkehren. Reiche Müßiggänger haben sich mit ihr berauscht, bis sie süchtig nach ihr waren, und hernach mit ihrer Gesundheit, teils auch mit ihrem Leben, dafür bezahlt. Die nicht gestorben sind, vegetieren in einem dauerhaften Wahnzustand vor sich hin.«

»Du hast mich überzeugt. Sollte ich je auf eine Phiole stoßen, die mir verdächtig erscheint, werde ich frühestens eine Viertelstunde später einen Schluck daraus nehmen. – Doch jetzt sollten wir uns endlich das Pergament vornehmen.«

Also landete der Leuchter wieder auf dem Tisch, und alle Kerzen wurden entzündet.

Ich kannte die Neugier meines alten Freundes. Deshalb wusste ich genau, welche Anstrengung es ihn gekostet haben musste, seinen inneren Schweinehund niederzuringen und sich davon abzuhalten, das Siegel vorzeitig zu brechen. Nur der große Auftritt, den er sich bis jetzt aufgespart hatte, konnte ihm dabei zur Seite gestanden haben.

Ossenstert setzte die erwartete feierliche Miene auf, rückte den Leuchter mehr als nötig zurecht und schnitt dann mit einem kleinen, aber robusten Allzweckmesser den Lackklumpen vom Pergament. Dann entrollte er langsam das Schriftstück und fixierte es auf dem Tisch, indem er es oben mit dem Kerzenhalter und die unteren Ecken mit unseren Bechern beschwerte.

Bei dem Pomp, den der gute Johannes entfaltet hatte, war ich vom Inhalt des Schriftstücks einigermaßen enttäuscht. Sein veränderter Gesichtsausdruck verriet mir, dass es ihm ähnlich ging.

In einer Schrift, die nicht von Bertram stammte, fanden sich dort lediglich die Namen von verschiedenen Personen sowie verbindende Worte, die weniger erklärten als verwirrten.

Und dafür beging jemand eine Leichenschändung und ging damit das Risiko ein, bei lebendigem Leibe verbrannt zu werden?

Um bei der Schrift zu bleiben, sie war gestochen scharf, ohne eine einzige Korrektur, und flüssig wie aus einem Guss. Dahinter steckte kein Mensch, der nur selten zur Feder griff, und schon gar kein niedrig gebildeter. Ein solcher Schreiber wird genau Gefahr und Wichtigkeit seines Tuns abgewogen haben. Er hatte sich für diese Vorgehensweise entschieden, und das ließ zwingend darauf schließen, dass seine Botschaft von weit größerer Bedeutung war, als es zunächst den Anschein erweckte.

Grund genug, das Schreiben Wort für Wort zu beleuchten.

Der unbekannte Verfasser hatte mit dem Mann begonnen, der sich uns als vornehmer und wohlhabender Händler präsentiert hatte. Dort stand: *Bühler – er ist in Freiburg unbekannt.*

Mein Freund und ich sahen uns an und zuckten wie auf ein Kommando die Achseln. Was sollte das? Mochte Bühler dort bekannt oder unbekannt sein, mochte er uns hinsichtlich seiner Herkunft also die Wahrheit gesagt oder belogen haben, welchen Fortschritt sollte uns dies bei unseren Nachforschungen hinsichtlich der verschwundenen Personen bringen?

Als Zweites stand dort: *Gernot – sucht giftige Pilze im Wald.*

Gernot war Jäger im Dienste des Grafen von Crange. Dass er sich die meiste Zeit im Wald aufhielt, lag in der Natur der Sache. Und giftige Pilze suchen – konnte der Schreiber überhaupt selber giftige von ungiftigen Pilzen unterscheiden?

An dritter Stelle kam der Hinweis: *Gertrudis – geht öfters zur Hexe.* Unser Achselzucken wiederholte sich. Hatten wir es hier mit einem Märchenerzähler zu tun?

Den vierten Platz nahm unser alter Wegbegleiter Rodger ein. *Stapelmann – schmuggelt des Nachts Dinge aus der Burg zur Dreven.*

Zuletzt stand dort: *Tenhove – ein Mann ohne Vergangenheit.* Ja und? Ich zum Beispiel hatte davon umso mehr, ohne dass dies etwas mit den Verschollenen zu tun hatte.

Das alles mutete eher wie der Merkzettel eines neugierigen Tratschweibs an, das seine Nachbarn bespitzelt und hausgemachte Gerüchte in die Welt setzt. Und für eine solche Auflistung diese dramatische und gefahrvolle Unternehmung auf dem Friedhof?

Wir waren uns Köpfe schüttelnd einig. Alles Blödsinn, dem man nur mit einem großen Schluck begegnen konnte.

Habe ich euch, meine Bacchus verehrenden Zuhörer, eben erzählt, der von Ossenstert mitgeführte Krug wäre klein? Nun, in Wahrheit war er sehr klein, und deshalb war meinen Bemühungen, unsere Gläser aufzufüllen, auch kein Erfolg beschieden. Was nichts daran zu ändern vermochte, dass wir beide noch durstig waren.

Da ich trotz der fortgeschrittenen Stunde noch Geräusche aus dem Schankraum hören konnte, schlug ich Ossenstert vor, dort unten unser Glück zu versuchen, um in der veränderten Atmosphäre für heute auf andere Gedanken zu kommen.

Bei mir hat diese Methode meistens funktioniert. Mein Freund Johannes konnte hingegen nicht leicht verdauen, dass sich die von ihm so nachdrücklich angeschmachtete Schöne auf einer Liste wiederfand, die auf Verbindungen zu Mord und anderen Missetaten hinzuweisen schien.

Daher setzte ich meine ganze Hoffnung auf den schwersten Wein des Wirtes, und, sollte dieser Trunk nicht genügen, auf den einen oder anderen Schluck Branntwein.

Auf diese berauschenden Tropfen hatten offenbar auch noch andere gesetzt, denn die Schankstube war zu meiner Überraschung besser gefüllt als zu dieser Nachtzeit zu erwarten. Noch besser gefüllt waren aber die knapp zehn Gäste, was erklärte, dass von ihnen kein größerer Lärm zu uns heraufgedrungen war. Die meisten hockten, über den Tisch gebeugt, auf den Bänken, und brachten nicht einmal mehr die Kraft auf, ihren Becher, wenn sie ihn nicht schon mit fahrigem Gebaren umgeworfen hatten, bis zur Neige zu leeren. Von drei Spielern, die längst in den Schlaf gefallen waren, lag einer auf dem Boden und schnarchte röchelnd mit den anderen um die Wette, die Würfel noch in der Hand.

Der erschöpfte Wirt konnte sich hinter seiner Theke selber nur noch mühsam aufrecht halten. Man sah ihm an, dass er am liebsten die ganzen Zecher mitsamt dem Tagesschmutz vor die Tür gekehrt und sich zur Ruhe begeben hätte. Aber einem Gast seines Hauses wollte der geschäftstüchtige Mann ein letztes Glas dann doch nicht abschlagen.

Weil er den Wein extra aus dem Keller hätte holen müssen und wir sein Entgegenkommen nicht ausnutzen wollten, setzten wir uns mit Bier und Korn in eine Ecke, so weit wie möglich von den Schnarchern entfernt. Wie gut die Wahl unseres Platzes war, zeigte sich kurz darauf, als ein unregelmäßiges Furzen der scheintoten Zecher anhob, das den Wirt schließlich dazu zwang, Fenster und Türen aufzureißen.

Zum Glück saß in unserer Nähe nur ein jüngerer Mann, der, obwohl ebenfalls berauscht und über seinem Humpen nach vorn gesunken, einen sauberen und ordentlichen Eindruck machte.

Nachdem sich die Luft gebessert hatte und das Bier wieder nach Bier schmeckte, zeigte sich, dass die von mir erhoffte Ablenkung bei Ossenstert nicht lange genug angehalten hatte. Mochte es daran liegen, dass ihm wegen seines beständigen Umgangs mit Leichen die blähenden Innereien einer Legion von Säufern nichts mehr anhaben konnten, mochte es sein, dass Gertrudis ihn stärker beeindruckt hatte, als gut für ihn war. Jedenfalls griff er nach einem tiefen Zug das alte Thema wieder auf.

»Verrate mir, mein Freund, was für einen Grund es geben könnte, Gertrudis Namen dieser Liste von Verdächtigen hinzuzufügen? Es kann doch nicht sein, dass eine so prächtige Frau etwas mit Bertrams Tod zu tun hat. Getrudis ist ein herrliches Geschöpf, wie du selbst gesehen hast. Sie ist eine hilfsbereite, gebildete ...«

»... verdorbene Schlampe und elende Metze, die der Teufel holen soll, diese Gertrudis!«

Diese verblüffende, anbetungsgleiche Lobeshymne wurde vom unverhofft zum Minnesänger gewordenen Trunkenbold am Nebentisch herübergemurmelt, der sich dazu kurz aufgerappelt hatte.

Obwohl aufgrund meiner Profession etwas anderes von mir erwartet werden könnte, so bin ich doch, meine friedfertigen Zuhörer, in vergleichbaren Situationen überwiegend geneigt, die Sache auf sich beruhen und mich auf derartiges Tavernengeschwätz gar nicht erst einzulassen. Hat die Erfahrung doch oft genug gezeigt, dass sich die forschen Redner nach ihrer Ausnüchterung meistens an ihre eigenen Worte nicht mehr erinnern können oder wollen und ihnen alles selbst höchst peinlich ist. Ich will jedoch an dieser Stelle nicht verhehlen, dass viele anders als ich darauf reagieren und deshalb schon mancher aus seinem Rausch auf dieser Welt nicht mehr erwacht ist. Also halte besser jeder den Mund, der nicht sicher sein kann, dass sein Dolch auch nach dem zwanzigsten Becher noch schneller ist als seine Zunge.

So umsichtig war unser Tischnachbar offensichtlich nicht, den ein altes Waschweib mit einem nassen Tischtuch hätte von den Beinen hauen können.

Dies war natürlich auch Ossenstert nicht verborgen geblieben, unserem galanten Kavalier, und mochte den einzigen Grund dafür darstellen, dass mein ansonsten so friedfertiger Freund dem Fremden nicht unverzüglich an die Kehle ging.

Der musste instinktiv gespürt haben, dass er sich in eine bedrohliche Lage gebracht hatte, denn plötzlich trat ein ernüchterter Blick in seine Augen. Er nahm eine aufrechte Position ein und gab unaufgefordert eine Erläuterung seiner gehässigen Worte ab.

»Ich bin Karl Brockstett aus Hameln und habe an den Grafen Bücher verkauft, gute Geschäfte gemacht, bis das mit dieser Schlampe passiert ist.«

Nun, auch für diesen Fall eines plötzlichen Beichtbedürfnisses hatte ich meine Wirtshauserfahrung, und so signalisierte ich dem Wirt, er möge drei neue Becher auffahren.

Nachdem wir alle drei zusammen angestoßen und so die Anspannung vertrieben hatten, rückte unser neuer Bekannter an unseren Tisch. »Entschuldigt, wenn ich euch durch meine Worte verletzt habe. Ich weiß nicht, in welcher Beziehung ihr zu dieser Gertrudis steht und welche Meinung ihr von ihr habt. Aber seid versichert, mir hat sie übel mitgespielt.«

Ossenstert, den ich vorsichtshalber unter dem Tisch angestoßen hatte, äußerte sich glücklicherweise nicht, und ich entgegnete bloß: »Wir sind ihr nur einmal kurz auf der Burg des Grafen begegnet und können eigentlich nichts zu ihrer Person sagen.«

Ich hoffte, dass Karl genug getrunken hatte, um Ossensterts blumige Schilderung der Besagten schon wieder vergessen zu haben. Aber unser Gast war nicht dumm und hatte wohl verstanden, doch er winkte nur ab.

»Glaubt mir, sie ist eine falsche Schlange. – Ich komme öfters auf der Burg vorbei, denn ich handele mit Büchern und besorge dem Grafen gelegentlich einige ausgewählte Exemplare für seine Bibliothek. Dabei ist sie mir über den Weg gelaufen.«

Sein verschleierter Blick wanderte zwischen Johannes und mir hin und her. »Euch brauch ich doch wohl nichts zu erzählen von den Weibern. Ihr habt sie doch gesehen, so wie sie aussieht und wie sie tut. Und wie sie genau weiß, wie sie auf uns Kerle wirkt. Na ja, da bin ich eben etwas um sie herumscharwenzelt. Ich bin nicht verheiratet, wer will es mir also verübeln? Gut, sie tat am Anfang ein bisschen spröde, aber bestimmt nur, weil ich jünger bin als sie. Aber ich kann ganz schön beharrlich sein, und ... ja, auf Eure Gesundheit, Ihr Herren, und danke für das Bier ... und dann ... wo war ich gleich? ... Ja, und dann, als ich schon gar nicht mehr damit gerechnet habe, lädt sie mich auf einmal zu sich ein.«

Der Alkohol hatte jede Tarnung abgewaschen. Man sah ihm jetzt noch die Vorfreude auf sein amouröses Abenteuer an, die ihn damals gepackt hatte. Hier saß ein enttäuschter Mann, der uns unverhohlen sein Herz ausschüttete.

»Na ja, ihr könnt Euch sicherlich ausmalen, wie mir zumute war. Ich habe auch extra ein schön besticktes Mundtuch mit feinstem Spitzenrand als Geschenk besorgt. Und dann? Sie heißt mich Platz zu nehmen, kredenzt mir süßen Wein, und dann? Dann glotzt sie mich bloß noch an, als wäre ich ein Kalb mit zwei Köpfen. Ich erzähle meine lustigsten Geschichten, um sie zum Lachen zu bringen. Aber ihr schales Grinsen ist gezwungen, nicht echt. Sie schenkt immer wieder nach, ohne selber mitzutrinken. ›Mir ist nicht wohl‹, dieser

Quatsch, ihr kennt das ja. Verdammt, bei ihrem Gestarre hatte ich auf einmal die Idee, sie hat mir da ein betäubendes Mittel oder so eingeflößt, aber zum Glück war nichts dergleichen. Also noch einen Becher. Vielleicht wollte sie, dass ich umfalle, aber ich kann einiges vertragen.«

In der Tat, für die Richtigkeit dieser Behauptung lieferte er uns gerade einen überzeugenden Beweis.

»Je nun, ich trinke auch den noch und denk mir so, noch einen und es klappt wirklich nichts mehr. Deshalb will ich sie endlich in den Arm nehmen. Doch sie stößt mich weg, als wäre ich aus einer Jauchegrube geklettert, und fängt das Schreien und Krakeelen an. Schwupp, sind auch gleich zwei andere Weiber da, und ich steh vor der Tür. – Als Erstes hab ich dann mein Geld gezählt, war jedoch alles da. Bloß schade um das Mundtuch. – Die Weiber, sag ich euch, die Weiber sind ...«

Bedauerlicherweise habe ich nie erfahren, was seiner Ansicht nach die Weiber sind, denn unser Philosoph, der nun doch die Grenze seiner Trinkfestigkeit erreicht hatte, glitt ganz gemächlich von seinem Schemel und war eingeschlafen, bevor er sich zur vollen Länge auf dem Boden ausgestreckt hatte.

Ossenstert beeilte sich, den Umhang unseres Saufkumpans zusammenzurollen und ihm als Kissen unter den Kopf zu schieben.

Hatte mein weichherziger Johannes eben noch in ihm einen niveaulosen Konkurrenten gesehen, waren sie jetzt plötzlich Brüder aus Enttäuschung. Mir sollte es recht sein, war damit zumindest erreicht, dass mein Freund kurzfristig auf andere Gedanken gekommen war. Mir dagegen würde allenfalls ein weiteres Glas helfen.

Im Hexenhaus

Es muss wohl ein Glas zu viel gewesen sein, denn als es am nächsten Vormittag an meine Außentür polterte, lag ich noch immer im Bett. Ossenstert musste über ein wirksames Mittel verfügen, die Nachwehen einer durchzechten Nacht in Grenzen zu halten. Jedenfalls machte er einen weitaus muntereren Eindruck als ich, und selbst das Erklimmen der Hühnerleiter hatte ihm diesmal nicht zugesetzt.

»Während du in Morpheus Reich noch deine Heldentaten vollbringst, habe ich mich in der Realität umgetan. Mir wollte unsere geheime Botschaft nicht aus dem Sinn gehen. Kein Mensch mit Verstand setzt sich einem solchen Risiko aus, wenn die dadurch übermittelte Nachricht ohne Belang ist. Sie muss etwas zu bedeuten haben, und zwar nicht wenig. Also habe ich mich erkundigt, was es mit dem Punkt auf sich haben könnte, der am allerunsinnigsten erscheint. Nämlich nach der Hexe. Und siehe da, es soll hier wirklich eine geben. Immerhin tuscheln so die Leute. Sie heißt Stiena und lebt in einer Hütte im Wald. Gernot hat mir genau beschrieben, wo sie liegt, weil man sie sonst kaum finden kann.«

Während ich erst beim dritten Gähnen angelangt war, sprudelte es aus meinem schelmisch dreinblickenden Freund nur so heraus. »Und da habe ich gleich die zweite Fliege mit einer Klappe geschlagen. Ich habe Gernot nämlich gefragt, ob er mir etwas Näheres über die Frau sagen könne, und wieder siehe da, er kennt sie ganz gut. Er sammelt nämlich Kräuter und Pilze in ihrem Auftrag, weil sie alt und nicht mehr besonders zu Fuß ist. Die entlegenen Plätze muss er deshalb für sie abgrasen. Sie gibt ihm dafür irgendwelche Mittelchen zur Linderung von Gelenkschmerzen und gegen die Krankheiten der kalten Jahreszeit.«

»Hoffentlich hat sie auch etwas gegen die Krankheiten des frühen Aufstehens. Aber da du schon eine solche Vorarbeit geleistet hast, will ich nicht hinter dir zurückstehen. Zur Not werden wir nach meinem Besuch wenigstens wissen, ob wir dieses ominöse Pergament vergessen können oder ob es nicht doch gehaltvoller ist, als es den Anschein erweckt. – Und auch nach deinen Nachforschungen auf der Burg. Denn du wirst dich darum kümmern müssen, was es für eine Bewandtnis mit Rodgers heimlichen Besuchen bei dieser Frau Dreven hat und was er ihr immer mitbringt.«

* * *

Hätte Gernot meinem Freund nicht eine so präzise Wegbeschreibung geliefert, ich hätte die Hütte nie entdeckt. Sie war gar nicht weit vom Rand des Dorfes entfernt, lag aber so perfekt in eine verkrautete Mulde auf einer Lichtung eingebettet, dass jeder Uneingeweihte nur ein paar Schritte entfernt an ihr vorbeigeritten wäre.

»Welche Ehre für mich, so ein hoher Besuch!« Die Stimme erklang hinter mir, als ich mein Pferd an einem Busch festgebunden und mich der niedrigen Eingangstür bis auf einen Schritt genähert hatte. »Tretet näher, vieledler Herr, und seid mein Gast.«

Das alte Hutzelweib, das neben mich getreten war, hatte wahrhaftig das Aussehen einer der Kreaturen, die die Inquisition so gerne als den fleischgewordenen Inbegriff allen Übels anprangert. Klein, mit einem gebogenen Rücken, einer spitzen, warzigen Nase und einem zahnlosen Mund. Sie sah zu echt aus, um wirklich zu sein.

»Nun, seid Ihr verwundert, mitten im Wald so viel Anmut und Grazie zu begegnen, Herr Frederik von dem Kerkhof?« Dabei wollte sie sich ausschütten vor Lachen. »Wartet ab, wartet ab, es ist nicht immer alles so, wie es scheint.«

Mit diesen Worten drückte sie sich um mich herum und öffnete mir die Tür zur Hütte, die mehr einem Bretterverschlag ähnelte, wobei sie einen Hofknicks imitierte und mich unter fortwährendem Gekicher hineinwinkte. »Tretet ein, schöner Mörder, und seht Euch in Ruhe um. – Oh ja, Ihr seid mir im Gedächtnis geblieben seit Eurem letzten Aufenthalt hier in Crange. Und auch Euer Auftritt auf dem Schafott von Münster wird nicht vergessen werden. – Ja, ja, hier im einsamen Wald erfährt man mehr, als Ihr glauben mögt.«

Mehr als ihre Worte versetzte mich das Innere der Hütte in Erstaunen. Nicht nur, dass sie weitaus größer erschien als von außen zu vermuten. Es herrschten auch eine peinliche Sauberkeit und Aufgeräumtheit, die der Wohnstube eines begüterten Handelsherren wohl angestanden hätten. Die Einrichtung war eine Mischung aus Kontor und Bibliothek, und an die angeblichen Hexenkünste der Hausherrin erinnerten nur zwei schmale Regale mit Tiegeln, Töpfchen und gläsernen Behältnissen, in denen sich zum überwiegenden Teil getrocknete oder in mir unbekannte Essenzen eingelegte Pflanzen, Beeren und Pilze befanden. Unter den Büchern gab es einige Folianten, die ich kannte und von denen ich wusste, dass sie ein Vermögen gekostet haben mussten.

Doch vor allem wurde der Blick des Gastes von einem Gemälde gefangen genommen, das mitten auf der gegenüberliegenden Wand prangte. Es zeigte eine in die Kleidung einer Adeligen gewandete, faszinierend schöne Frau in der Blüte ihrer jungen Jahre.

Als ich wie von selbst meinen Schritt verhielt, um dieses Meisterwerk zu betrachten, ließ die Alte erneut ihr meckerndes Lachen hören. »Sic transit gloria mundi, mein gebildeter Meuchler! Überfordert es Eure Phantasie, Euch vorzustellen, dass ich die Frau auf diesem Gemälde bin?«

Mein beredter Blick war ihr Antwort genug, denn sie fuhr fort: »Schon gut, schon gut, dass ich die Frau auf diesem Gemälde *war*. – Das ist viele Jahre her, und das Schicksal hat mich nicht geschont. Eine schlimme Verbildung meiner Knochen, Hand in Hand einhergehend mit einer leprösen Zersetzung meines Fleisches, und in kürzester Zeit wurde aus dem schönen Schwan das hässliche Entlein. Wie stolz war mein Mann gewesen, eine Schönheit wie mich zum Altar führen zu können. Ha, wie eitel war ich und wie hoffärtig! – Dann hat der Himmel mir gezeigt, dass die Bäume nicht bis zu ihm hinauf wachsen. Nun, ich habe schnell gelernt, und schließlich wollte ich meinem Gemahl nicht im Wege stehen. Und ich wollte auch sein Mitleid nicht. – Ich habe meinen Weg gefunden. Doch genug mit dem Beweinen der Vergangenheit. Was also kann ich für den hohen Herrn tun?«

»Dann ohne Umschweife, besitzt du die Radix Pedis Diaboli?«

»Ohohoh, gleich nach dem Teufelsfuß gelüstet es Euch. Bisweilen, mein Schöner, bisweilen besitze ich ihn. Er ist sehr selten, sehr wertvoll. Ich erlange ihn von Zeit zu Zeit im Tausch gegen ein Mittel, das sich förderlich auf gewisse Absichten gewisser Männer auswirkt, die in die Jahre gekommen sind und die es sich erlauben können, ihre Vergnügungen nicht durch Knauserigkeit einzuschränken.«

»Und du hast auch jetzt etwas davon?«

»Ich kann es nicht verleugnen, mein scharfsichtiger Herr, etwas davon ist noch da.«

»Und du weißt natürlich auch, was es bewirken kann?«

»Nur zu gut, mein Herr, im Bösen wie im Guten.«

»Was meinst du damit, im Guten? Es ist, selbst in geringster Dosierung, ein schleichendes Gift, das süchtig macht.«

»Gleichwohl, mein Herr, gleichwohl. – Und, bevor Ihr danach fragt, ich brauche es für einen Trank, den sich Gertrudis von Zeit zu Zeit von mir erbittet.«

»Soso, Gertrudis. In der Tat, ich wollte dich auch danach fragen. Da kannst du mir gleich ...«

Ihre Augen blitzten mich an wie die eines betrügerischen Hütchenspielers, der genau weiß, dass sein Gegner seine Absicht kennt und es dennoch auf ein Kräftemessen ankommen lassen will. »Was soll ich groß berichten? Kostet selbst, wenn Ihr es wagt. Kostet, mein Herr, es ist amüsant!«

Sie wartete meine Antwort gar nicht erst ab, sondern verschwand durch eine niedrige Klappe, die sich im Schatten der Regale befand, in einen hinteren Raum. Dort hörte ich sie eine Weile rumoren, das Klicken von Gläsern und das Knirschen eines Mörsers. Dann war sie zurück, einen dickwandigen Glasbecher in der Hand und ein sardonisches Lächeln im Gesicht.

»Hier ist das, was Gertrudis von mir erstrebt. Jetzt ist es an Euch, die eigene Erkenntnis daraus zu gewinnen.« Damit schob sie den Becher vor mich hin.

»Was hältst du davon, wenn du den ersten Schluck nimmst, Alte?«

»Es wäre Verschwendung, mein schöner Jüngling, denn bei meinesgleichen bleibt mein Sud ohne Wirkung. Doch wenn es dich beruhigt ...«

Dabei ergriff sie mein Glas und tat einen genügend langen Zug. Indessen, meine Skepsis wollte nicht weichen.

»Und wenn du nun gegen dein eigenes Gift immun bist?«

Ihr Lachen hatte genau den meckernden Ton, der zu ihrem Äußeren passte. »Dann lasst es doch einfach. Wer zwingt Euch überhaupt, davon zu trinken?

Ja, wer zwang mich überhaupt dazu? Was veranlasste mich, auf das Gewäsch dieser wandelnden Mumie zu hören, diese zweifelhafte Mixtur zu versuchen und dieser senilen Giftmischerin meine Gesundheit und mein Leben anzuvertrauen?

Ihr wisst es längst, meine vom Forscherdrang beseelten Freunde. Es war einer der stärksten Antriebe, die die Menschheit kennt, ohne den nicht das Feuer entdeckt und nicht das Rad erfunden worden wäre. Ohne den Adam nicht in den Apfel gebissen hätte und ich in meiner Profession nicht so erfolgreich gewesen wäre. Es war die Neugier, nichts als die schiere Neugier, die einen bisweilen härter zu peinigen vermag als der brutalste Folterknecht.

Also zog ich das Glas wieder zu mir heran.

Das Gebräu war von klarer, jedoch schlieriger Konsistenz und etwas dickflüssig. Sein Aroma von südländischen Früchten, gepaart mit dem Hauch eines Brennens auf der Zunge, war durchaus angenehm.

Kaum war es durch meine Kehle geronnen, als explosionsartig ein Gefühl einsetzte, als würde von innen die Luft aus mir herausgeblasen und durch verdampfenden Alkohol ersetzt. Augen und Nase füllten sich mit Wasser, und was ich einatmete, roch und schmeckte nach ätherischen Ölen. Hinter meinen Lidern funkelten irisierende Sterne, die den Himmel abwechselnd in smaragdenes Grün, Scharlachrot sowie ein kobaltglitzerndes Blau tauchten.

Als ich die Augen aufriss, verschwanden zwar Himmel und Sterne, doch die Farben und ihr Wechsel blieben. Durch sie sah ich nebelverhangen einen anderen Wechsel, und der vollzog sich mit der Hexe. Ihr Gesicht schien sich unmerklich zu weiten, wobei sich ihre Haut in einem Maße straffte, dass nicht ein einziges Fältchen übrig blieb. Ihr krummer Zinken schrumpfte zu einer kleinen Nase mit anmutig geschwungenen Flügeln. Ihre Figur wuchs und begradigte sich, erschlankte da und rundete sich dort, bis schließlich ein Weib vor mir stand, das mich verstehen ließ, warum die Griechen unter schwersten Opfern zehn Jahre lang gegen Troja angerannt waren. Obendrein strahlte mich diese perfekte Schöpfung an Weiblichkeit mit perlgleichen Zähnen so verführerisch an, als sei ich der einzige Mann auf Erden.

Ich musste unwillkürlich meine Arme und womöglich sonst noch einiges andere nach ihr ausgestreckt haben, denn sie wich mit einem spöttischen Lächeln und dem Bemerken vor mir zurück: »Du siehst mit diesem Trank im Leibe Helenen bald in jedem Weibe.« Worte, wie ich sie eher von einem Dichterfürsten als von einer Hexe erwartet hätte.

Bevor ich noch länger darüber nachgrübeln konnte, löste sich mein Traumgebilde in bunte Schleier auf, und ich war allein im Raum.

Hatte sich dies alles vor meinen Augen abgespielt, so war mir nun, als würden sich plötzlich meine Ohren schärfen, dass ein Luchs gegen mich als schwerhörig gelten müsste. Das Tupfen einer Fliege gegen das Fenster hallte wie Paukenschläge. Das Flattern einer Motte über die staubtrockenen Kräuterbüschel erinnerte an das Trampeln von Pferdehufen. Und das Herabgleiten einer Spinne an ihrem Faden ließ einen Ton hören, als fahre ein Musikant mit dem Fingernagel eine Saite entlang.

All diese Klänge verstärkten sich mehr und mehr, bis ihre Kakophonie hier drinnen eine Gewalt erreicht hatte, die mich zu erschlagen drohte.

Fluchtartig rannte ich nach draußen, wo mich gleich beim Überqueren der Schwelle eine vollkommene Stille umfing. Der Unterschied war so monströs, dass ich versuchte, mit meinen Fingern Wachs aus den Ohren zu reißen, das Odysseus selbst mir zum Schutz vor den Verlockungen der Sirenen hineingeträufelt haben musste.

Als alles nichts half, machte ich mich auf den Weg durch die helle Tonlosigkeit, um einen kühlen Bach zu finden, in den ich meinen Kopf stecken konnte.

Nach wenigen Schritten wusste ich nicht mehr, wo ich war. Die Landschaft hatte sich verändert, ich marschierte an sonnenbeschienenen Wacholderbüschen vorbei über warmen, sandigen Heideboden. Augen und Ohren normalisierten sich wieder, und allmählich stellte sich ein Gefühl allumfassenden Wohlbehagens ein, in dem ich wie auf einer weichen Wolke vogelgleich durch die Landschaft schwebte.

Dieser herrliche Zustand schwerelosen Genießens hätte meinetwegen bis zum Ende aller Tage andauern können, hätte die Szenerie nicht Veränderungen erfahren, die zunehmend bedrohlicher wurden.

Aus den phantastischen Farben wurde ein verwaschenes Schmutziggraubraun, das alles überlagerte. Die Bäume, zwischen denen ich mich bewegte, hatten ihr Laub verloren und ließen knotige Äste wie die gichtigen Arme eines Krüppels nach mir greifen. Sie rückten näher zusammen und zwangen mich, auf unbewachsene Flächen aus Treibsand auszuweichen, in den ich bis zu den Knien einsank. Ich kam nur mehr mit der Geschwindigkeit einer Schnecke voran und musste doch dazu alle meine Kraft aufbieten.

Endlich erreichte ich inmitten dieses lebendigen Sandmeeres einen massiven Felsen, hinter dem sich der Eingang einer Höhle verbarg. Obwohl mir aus ihrem Schlund ein infernalischer Pestatem vergleichbar dem Brodem des Dorstener Kerkers entgegenwehte, zog es mich zu ihr hinab.

Konnte ich anfangs noch aufrecht ausschreiten, wurde die Decke bald mit jedem Schritt niedriger. So niedrig, dass ich nach wenigen Metern mit meinem Kopf dagegen stieß. Aber es verursachte mir keinen Schmerz, denn sie war nicht hart wie Granit, sondern nachgiebig wie ein lebendes Wesen. Lederne Haut kleidete Boden, Wände und Decke aus wie der straffe Bezug eines gepolsterten Throns.

Noch ein paar Schritte und die glatte Oberfläche zeigte hier und da kleine Ausstülpungen, die mit jedem weiteren Eindringen in die Tiefe anwuchsen. Zunächst in der Form winziger Zweige, dann Verästelungen, nahmen sie schließlich zu meinem Erschauern die Konturen menschlicher Gliedmaßen an. Aus den Wänden ragten Füße hervor, aus dem Boden bohrten sich gekrümmte Knie samt der Schenkel nach oben, und aus der Höhlendecke wuchsen dünne Arme, deren Hände in schlafwandelnder Trägheit nach meinem Gesicht zu greifen suchten. Die Arme wurden länger und länger, bis sie am Ende des Höhlengrundes nur noch ein Nest von Ottern waren, die mit ihren Mäulern die aus den Wänden gesprossenen Gliedmaßen abrissen und versuchten, sie mir in dem Mund zu stopfen. In ihrer Mitte glühte in phosphornem Grün ein bockshörniger Schädel mit bizarren Ohren und fixierte mich mit hasserfülltem Blick. Dazu gab dieser furchtbare Ort schmatzende Kaugeräusche von sich, begleitet von einem säuselnden Singsang, als wolle eine Mutter ihrem kleinen Kind einen Brei schmackhaft machen.

Dieser blasphemische Höllenschlund wollte seinen Gast mit Menschenfleisch füttern!

Als mich diese Erkenntnis durchfuhr, war ich gleichermaßen in Schweiß gebadet wie innerlich erfroren. Ich wollte um

Hilfe rufen und hatte gleichzeitig panische Angst davor, dass mir, sobald ich meine Zähne auseinander gebracht hätte, der Rachen mit Leichenteilen verstopft würde.

Als sich gleichwohl der erlösende Schrei meiner Kehle entrang, war es für einen Moment, als würde die Zeit angehalten. Jedes Schlängeln, Schwingen, Gleiten verharrte in seiner Position, und nur der von mir ausgehende Ton wurde lauter und lauter, schwoll zu einem Dröhnen an, das die Wände der Höhle zu sprengen drohte, und entlud sich in einem Getöse, das die Gliedmaßen aus der alles umspannenden Haut fetzte und auf den Bocksschädel niederprasseln ließ. Dann endlich verflüchtigte sich das quälende Trugbild wie von einem unirdischen Leviatan aufgesogen.

Nachdem ich mir die Tränen abgewischt und einen Mund voll Schleim ausgespuckt hatte, merkte ich, dass ich immer noch unverändert auf meinem Platz am Tisch der Hexe saß, die nun wieder genau so alt und hässlich aussah wie bei meiner Ankunft. Ihr fröhlicher Spott war allerdings einer ehrlichen Besorgnis gewichen, die sie nicht verbergen konnte.

»Ihr seid ein besonderer Mensch, Herr Frederik von dem Kerkhof, ein besonderer Mensch. Doch ich weiß nicht, ob das auch zu Eurem Besten ist.« Dabei wackelte sie nachdenklich mit dem Kopf. »Nein, unterbrecht mich nicht. Ich weiß, was ich sage. Schon viele vor Euch haben diese Reise gemacht, von der Ihr gerade zurückgekehrt seid. Aber bei fast allen war es anders. Die haben nur eine verkehrte Welt gesehen, Ihr aber habt einen Blick in die Zukunft getan auf Dinge, die Ihr nie hättet schauen dürfen.«

Sie merkte sehr wohl, dass mir tausend Fragen auf den Lippen brannten, denn sie fuhr kopfwackelnd fort: »Nein, nein, mehr kann ich nicht sagen. Ich kann es selber nicht erklären, aber ich weiß, dass es so ist. Denn man wird nicht nur Euer Leben von Euch fordern, sondern auch Eure Seele. – Und jetzt geht, geht!«

Immer noch halb benommen, erhob ich mich und legte ihr einen Taler auf den Tisch. »Nur eines noch zum Abschied. Du hast gesagt, bei *fast* allen war es anders. Wer außer mir war noch die Ausnahme?«

Sie wand sich erst ein wenig, doch mochte der Taler den Ausschlag gegeben haben. »Nur einer sonst, ein Einziger. Es war ein Mönch mit Namen Bertram.«

Die frische Luft draußen tat mir gut. Und ich glaube, meine die Segnungen der Natur schätzenden Freunde, ich habe sie nie wieder in meinem Leben so genossen wie damals. Sie tat mir so gut, dass ich bereits nach der Hälfte des Weges in brillanter Klarheit meiner Gedanken gewillt war, den ganzen Zauber von vorhin als grotesken Humbug abzutun, der nur auf ein starkes Halluzinogen zurückzuführen war.

Ich hatte auch erkannt, was dieser Trank eigentlich bewirkte. Er verkehrte alles ins Gegenteil. Aus Trockenheit wurde Regen, aus Dunkelheit Licht. Alte Hexen wurden junge Weiber, doch vor allem: Anmutige Frauen wurden runzlige Vetteln.

Jetzt dämmerte mir, warum sich eine schöne Frau von Zeit zu Zeit ein solches Gebräu für einen Verehrer beschaffte. Dafür konnte es, wenn ich die menschliche Natur in ihren mannigfachen Spielarten bedachte, nur einen nachvollziehbaren Grund geben.

Der larmoyante Karl kam mir in den Sinn mit seinem Klagelied über die Wankelmütigkeit des weiblichen Herzens. Er hatte nichts begriffen, der arme Tropf.

Offene Geheimnisse

»Willst du mich nicht dafür loben, wie schnell und elegant ich in Erfahrung gebracht habe, was dich bewegt?«

Ossenstert, der sich mittlerweile auf meiner Hühnerleiter mit schlafwandlerischer Sicherheit bewegte, hatte diesmal einen etwas größeren Weinkrug mitgebracht. Es war kaum Mittag vorbei, doch für einen prächtigen Schluck gibt es keine Schonzeit. Und während Johannes einschenkte, wartete er mit seinen Neuigkeiten auf.

»Unser Rodger schleicht sich gerne zu einer Grete Dreven. Sie ist eine Witwe, die auf der anderen Seite des Dorfes in einem kleinen Kotten lebt und sich mühsam mit einer Kuh und ein paar Ziegen über Wasser hält. Obwohl das eine ganze Weile so geht, glaubt unser freundlicher Narr noch immer, ihr Verhältnis sei geheim. Dabei spricht bloß niemand darüber, weil es niemanden interessiert. Die Frau soll trotz ihrer bescheidenen Lebensumstände besonders mildtätig sein und auch das Wenige, das sie besitzt, mit den Menschen teilen, die noch ärger dran sind als sie. Insbesondere füttert sie elternlose Kinder durch, die sich regelmäßig bei ihr einstellen. Ich komme eben von ihr und hab das selbst gesehen. Kleine, verlauste Bälger toben da herum, und ein besonders zotteliger mit scharfen Zähnen hat mir in die Hand gebissen, weil ich ihm einen Apfel nicht schnell genug hingehalten habe. Nur gut, dass ich einen Handschuh getragen habe. – Der herzensgute Rodger unterstützt sie, wo er nur kann. Nachts bringt er die Reste aus der Burgküche rüber. Der Graf weiß natürlich davon und lässt extra immer etwas mehr bereitstellen, ohne dass Stapelmann etwas davon weiß. Das macht die Sache für unseren abenteuerlustigen Rodger nur spannender, und alle haben ihren Spaß dabei. Ich habe einfach Gernot gefragt, und der hat mir alles ohne Umschweife berichtet. – Und wenn du mir jetzt nichts Tolles von der Hexe erzählen kannst, dann sollten wir das Pergament wohl besser ins Feuer werfen. Dann hat sich nämlich jemand mit uns einen derben Scherz erlaubt, der obendrein sehr makaber war.«

»Tja, die Hexe. Die ist in der Tat ein wundersames Geschöpf.« Und ich erzählte ihm ausführlich von meiner Begegnung, wobei ich auch meinen Tagtraum nicht aussparte. Anschließend zeigte Ossenstert mehr Begeisterung, als ich erwartet hatte.

»Da siehst du es! Ich habe es ja gleich gesagt. Torquisium hat Bertram getötet, und die Alte hat alle dafür nötigen Zutaten. Der Fall ist gelöst. Wir brauchen sie nur noch zu fassen und dem Grafen zu übergeben.«

Jetzt kannte ich meinen Freund schon, ich weiß nicht, wie viele Jahre, und es gelang ihm immer noch, mich mit der Offenbarung ganz neuer Facetten seines Charakters in Erstaunen zu versetzen.

»Immer langsam, Herr Meisterdetektiv! Zum einen hat anfangs nicht viel gefehlt, und du hättest selbst der Meinung zugeneigt, dass der Teufel Bertram getötet hat. Zum anderen genügt es nicht, jemanden einer Tat zu überführen, bloß weil er über das mögliche Tatwerkzeug verfügt. Oder bist du etwa ein Notzüchtiger?« Ich konnte mir nicht verkneifen, zur Unterstreichung meiner letzten Worte mit dem ausgestreckten Finger zwischen seine Beine zu zeigen.

»Welches Motiv sollte die alte Stiena haben? Wie sollte sie Bertram in der Burg das Gift verabreicht haben? Wie sollte sie wieder aus der Burg hinausgelangt sein?«

Doch Ossenstert war in der Begeisterung für seine Idee nicht zu halten. »Dann hat sie eben nur das Gift geliefert. Oder willst du diese Möglichkeit etwa ausschließen?«

»Mir wäre wohler, ich könnte wenigstens mit Sicherheit davon ausgehen, dass Bertram überhaupt ermordet worden ist. Dann hätte ich zumindest eine feste Basis. Aber du konntest ja keine rechtzeitige Examination der Leiche vornehmen.«

Kaum hatte ich den Satz heraus, da verwünschte ich ihn auch schon. Mein empfindsamer Freund wurde rot im Gesicht, ehe er ein erstes Wort herausbringen konnte, und ihm schwoll buchstäblich der Kamm wie einem streitlustigen Hahn. Ich beeilte mich, seinem Lamento zuvorzukommen.

»Schon gut, beruhige dich! Es sollte kein Vorwurf sein. Du kannst ja nichts dafür, dass du nicht rechtzeitig vor Ort warst. Doch das Ergebnis bleibt das gleiche. – Aber wenn es dich zufrieden stellt, werde ich mich gleich morgen wieder auf den Weg zur Alten machen und sie fragen. – Doch nun, was hast du sonst noch herausgebracht in deiner wunderbar direkten Art? Hast du Bühler auch so ohne Umschweife angesprochen?«

Ich sehe es ein, meine gerecht denkenden Freunde, dass ich den guten Johannes nicht so anfahren sollte, hatte ich mich bei Stiena doch auch für den Frontalangriff entschieden. Bei ihr war es mir jedoch so erschienen, als gäbe es vor ihr keine Geheimnisse, als würde sie vielmehr alle meine Fragen bereits im Voraus kennen. Bühler hingegen machte mir diesen abgefeimten Eindruck, den ein Mann mit den Erfahrungen meiner Profession leicht erkennt. Wollte man bei ihm zum Ziel gelangen, musste man listenreicher vorgehen, wollte man ihm eine nützliche Antwort entlocken.

Ossenstert fühlte sich von meinem unterschwelligen Vorwurf nicht getroffen. »Bühler war überhaupt nicht da. Unterwegs in Geschäften, so hieß es. Bereits seit gestern. Aber morgen Abend würde er zurück sein, so hieß es, oder auch erst einen Tag später. Und ...«

»Und von wem hieß es so, mein Freund? Wer auf der Burg weiß so genau über seine Pläne Bescheid?«

»Na, der Mann, der so was alles wissen muss, weil das zu seinen Aufgaben gehört. Der Verwalter, wer sonst? Er wird mich auch gleich benachrichtigen, wenn Bühler wieder zu sprechen ist.«

Mir leuchtete zwar nicht ein, dass sich ein Verwalter auch um die Zeiteinteilung eines Gastes seines Herrn kümmern musste, aber es würde nicht das Geringste bringen, über diesen nebensächlichen Aspekt mit meinem Freund zu rechten. Ich war froh, dass sein Zorn über meinen angeblichen Vorwurf seiner verspäteten Obduktion so schnell verraucht war.

Also hakten wir das Thema Pergament einstweilen ab und widmeten uns der Leerung des Weinkruges, was kaum eine halbe Stunde in Anspruch nahm.

Wie so oft, fallen einem die besten Fragen erst im Nachhinein ein. So auch jetzt, als mein Freund bereits wieder gegangen war. Ich hätte nämlich noch gerne von ihm gewusst, ob man auch bei dem für Gertrudis zubereiteten Gebräu den Teufelsfuß zur Erhaltung der Wirkung erst kurz vor dem Trinken hinzugeben muss. Doch wahrscheinlich konnte er diese Frage, da er die übrigen Ingredienzien nicht kannte, gar nicht beantworten. Besser wäre es auf jeden Fall, direkt aus der Quelle zu schöpfen. Und deshalb wartete ich nicht erst bis zum nächsten Tag, sondern machte mich zu dieser frühen nachmittäglichen Stunde erneut auf den Weg zur Hütte im Wald.

Den hätte ich mir allerdings sparen können, die Alte war nicht zu Hause. Ich rief einige Male ihren Namen, doch niemand antwortete. Außer dem leisen Rauschen der Blätter, in denen der Wind spielte, und dem vielstimmigen Gesang der Vögel war nichts zu hören.

Misstrauisch, wie mich meine Profession gemacht hatte, trat ich dennoch ein und sah mich kurz in ihrer Behausung um. Alles war noch so, wie ich es in Erinnerung hatte. Zu meiner Erleichterung fehlten jede Unordnung und Spuren einer gewaltsamen Auseinandersetzung. Ich schüttelte vor mir selbst den Kopf und schalt mich einen Narren. Das Gefühl, mit meinen Nachforschungen auf der Stelle zu treten, hatte meine Nerven überreizt, dass nicht mehr viel fehlte, um in jedem Eichhörnchen einen Waldgeist zu sehen. Vermutlich war sie einfach unterwegs, um wieder irgendwelche Kräuter zu sammeln.

Ich umrundete die Hütte einmal im weiten Bogen, rief erneut und vergeblich ihren Namen und machte mich sodann unverrichteter Dinge auf den Rückweg.

Dabei glaubte ich, hauchdünn das für sie so typische meckernde Lachen zu hören, und zwar aus der Luft über mir. Natürlich war da nichts außer einem Schwarm tschilpender Spatzen, die sich über mich lustig zu machen schienen, sodass mir meine Vernunft dringend riet, mich in die nächste Schenke zu begeben und mir einen Branntwein kredenzen zu lassen. Und wie ihr wisst, meine rationalen Freunde, ist euer alter Frederik kein Mann, der sich gegen die Vernunft sperrt.

Weil der Pfad in der Nähe des Häuschens der Grete Dreven vorbeiführte, verhielt ich in einiger Entfernung kurz meinen Schritt in der Hoffnung, mir selbst ein Bild von Rodgers Angebeteter machen zu können. Was ich zu Gesicht bekam, waren an die zehn Kinder, die sich auf einer Wiese neben einem kleinen Fachwerkhaus um eine Frau geschart hatten, die sie mit Brot und Käse versorgte. Mit bunten Blumen in einem winzigen Garten und einer weißen Holzbank neben der Eingangstür wirkte die Behausung durchaus gemütlich. Aber abblätternde Farbe und schadhafte Fensterläden legten ein beredtes Zeugnis davon ab, dass dieses Haus schon einmal bessere Tage gesehen hatte.

Nicht anders verhielt es sich mit seiner Herrin. Ein rundliches, mütterliches Wesen mit freundlichem Gesicht, in das sich die Falten der kargen Jahre gegraben hatten. Sie trug einen sauberen Kittel und eine ebensolche Schürze, die auch aus der Distanz einen zerschlissenen Eindruck machten. Das Wenige, das sie hatte, teilte sie aber mit solcher Freude mit den Kleinen, dass ich Rodgers Zuneigung zu ihr ohne weiteres nachvollziehen konnte.

Ich machte mich davon, bevor sie merken würde, dass sie beobachtet worden war.

Tod eines Handelsreisenden

Zwei Tage waren seither vergangen, in denen ich mir Bertrams Hinterlassenschaft Stück für Stück vorgenommen und seine Aufzeichnungen studiert hatte, ohne einen einzigen Schritt vorangekommen zu sein. Ossenstert, der in der Burg weiterhin Augen und Ohren offen hielt, war mir diesmal, und das zu seinem größten Bedauern, auch keine Hilfe, denn er brachte nichts weiter heraus, was uns nicht schon längst bekannt war. Es war ihm, dem wissenschaftlich vorgehenden Medicus, merklich peinlich, dem öfters nachfragenden Grafen und seinem Verwalter nicht einmal beweiskräftig darlegen zu können, dass Bertram nicht doch von einer unirdischen Macht getötet worden war. Zwar spielte das Torquisium in unseren Überlegungen nach wie vor eine Rolle, doch blieb sie nichts als reine Spekulation.

Glaubt mir, meine empfindsamen Freunde, es war für mich beschämend, mir ein solches Versagen eingestehen zu müssen. Frederik von dem Kerkhof, Spezialist in verworrenen Intrigen und heiklen Mordsachen sowie mit dem besten Willen angetreten, sich dem Grafen gegenüber für frühere Wohltaten erkenntlich zu zeigen, drehte sich ohnmächtig im Kreis wie eine hirnlose Fliege, die mit einem Bein im Honigtropfen festklebte. Da war es mir kein Trost, dass es einem analytischen Geist wie Ossenstert nicht besser ging.

Um meine Zeit nichts vollends zu vertun, hatte ich mich vor dem Zubettgehen erneut lustlos über Bertrams Papiere gebeugt, besonders die merkwürdigen Zeichnungen, die er gesammelt hatte. Was hatte Rodger noch in ihnen zu erkennen geglaubt, einen Bocksschädel? Ich legte die Zettel dicht aneinander und rückte die Kerze näher. Vielleicht lag es an dem ausreichenden Quantum Wein, das ich genossen hatte, um meine Phantasie empfänglich für solcherart Theorie zu machen. Jedenfalls schienen mir die Linien bei meinem zugestandenermaßen nicht mehr ungetrübten Blick mit einmal einen Verlauf zu nehmen, der diese Auffassung stützte. Mit unendlicher Langsamkeit wollten sie sich verschlingen, überlappen und ineinander übergehen, bis sich endlich auch vor meinem geistigen Auge das Bild eines gehörnten Schädels formte, der von oben mit einem Kruzifix oder einem Dolch mit Parierstange durchstoßen schien.

Doch diese Erscheinung hielt nicht lange vor. Bald darauf wollte sich dieses Gewirr von Tintenschlangen nämlich wie der auf mich zufahrende Bug eines unter vollen Segeln gehenden Schiffes ausnehmen, und kurz danach war es bloß noch ein kopfstehender Pilz.

Ich hatte jetzt den Zustand erreicht, in dem ich nicht mehr zu unterscheiden vermochte, ob ich von Rausch oder Erkenntnis durchdrungen war. Ich platzierte das bei dem Toten gefundene Pergament neben den Zeichnungen, mehr aus einer Laune denn aufgrund eines zielgerichteten Gedankens, und auch dies brachte mir nichts ein. So traf ich, wie so oft, eine kluge Entscheidung, die auch diesmal so aussah, dass ich mich niederlegte.

Mein Schlaf war unruhig und kurz. Heimgesucht von einem wirren Traum, in dem mich die alte Stiena zu einem Ritt auf dem Hexenbesen einlud, menschliche Arme und Beine körperlos nach mir griffen und traten, und Gertrudis mit ihren Gefährtinnen auf einer Wiese aus rotem Gras einen schwarzen Wolf umtanzte, der sich abwechselnd in Rodger und Gernot verwandelte, klebte mir das Nachthemd schweißnass am Körper, als mich meine weinpralle Blase von der Lagerstatt trieb. Ich schaffte es gerade noch bis zur

Hintertür und pinkelte der Einfachheit halber die Treppe hinunter.

Der nächste Tag verlief in ähnlich deprimierender Ereignislosigkeit.

Also wartete ich, wenngleich ohne sonderliche Spannung, auf die Rückkehr Bühlers, um der Vollständigkeit halber den letzten Punkt des ominösen Pergaments abhaken zu können. Sollte auch dieser Hinweis ohne Bedeutung sein, würde ich das hoch überschätzte Schriftstück seiner einzig vernünftigen Bestimmung zuführen und ihm bei meinem folgenden Besuchs des Abtritts eine letzte Gelegenheit bieten, sich doch noch als nützlich zu erweisen. Herr Bartholomäus Bühler selbst sollte allerdings sehr viel mehr Bedeutung erlangen, als ich erwartet hatte. Und obendrein auch sehr viel schneller.

Ich hatte mich mittlerweile so daran gewöhnt, allmorgendlich von einem die Hühnerleiter mit Schwung nehmenden Ossenstert aus meinen Träumen gelärmt zu werden, dass ich das zögerliche, vorsichtige Pochen an der Hintertür beinahe überhört hätte. Vor mir stand ein halbwüchsiger Knabe, der verängstigt in mein verschlafen-fragendes Gesicht schaute und mehrmals ansetzen musste, bevor er seine Botschaft losgeworden war. Ich solle so schnell wie möglich zur Burg kommen, und so schnell, wie es ihm möglich war, war er auch wieder verschwunden.

»Wenig Inhalt für vier Sätze«, brummelte ich vor mich hin, machte mich aber gleichwohl auf den Weg – und sah schon von weitem, dass hier etwas nicht stimmte.

Die Burg war hermetisch abgeriegelt. Obwohl die Zugbrücke hochgezogen war, standen zusätzlich Wachen auf ihrer Dorfseite. Hinter den Turmfenstern sah man Armbrustschützen, und um den gesamten Burgkomplex patrouillierten Vierertrupps.

Bei meinem Herannahen gab einer der Wächter ein Zeichen, und sofort rasselte die Brücke hernieder. Umringt von seinen riesigen Wolfshunden, die von der allgemeinen Nervosität angesteckt schienen, nahm mich der Herr von Crange persönlich in Empfang und geleitete mich gleich in die kleine Wachstube im Tordurchgang, aus der er alle anderen hinausscheuchte.

Der Graf, ein Mann von stabiler Statur und robustem Wesen, machte den Eindruck, als hätte ihn der Atem des Schicksals gestreift. Niedergeschlagen, graugesichtig, gebückt, mit tiefen Ringen um die Augen, wirkte er mit seinen stoßweisen Atemzügen wie jemand, der um das Leben seines Kindes gekämpft und verloren hatte. Er bemühte sich, mir die Geschehnisse so nüchtern und folgerichtig wie möglich darzubieten, unterbrach sich dabei aber beständig mit Ausrufen wie »Schon wieder! Schon wieder unter meinem Dach!« und »Haben sich denn alle Dämonen der Hölle gegen mich verschworen?«, sodass er es endlich für besser hielt, nach seinem Verwalter schicken zu lassen, der den Rapport übernehmen sollte. Der könne das sowieso besser, da er als einer der Ersten vor Ort gewesen sei.

Tenhove fasste das Ungeheuerliche dann auch in seiner nüchternen Art knapp zusammen. Bühler war gestern Abend eingetroffen. Er hatte dem Grafen eine gläserne Statuette mitgebracht und sich von seinem dankbaren Gastgeber, der ihn bis zur Tür seiner Kammer begleitet hatte, zur Nacht verabschiedet. Der Graf höchst selbst war Zeuge dafür, dass sich Bühler danach eingeschlossen hatte. Als der nicht zum Morgenmahl erschien und auch auf Klopfen und Rufen von Stapelmann, den man hingeschickt hatte, nicht aufmachte, sollte die Tür mit dem Hauptschlüssel geöffnet werden. Dies gelang jedoch nicht, da sie, wie man hernach feststellte, von innen mit einem Stuhl zusätzlich verkeilt worden war. Als man ihn, Tenhove, geholt und auf sein Geheiß die Tür aufgebrochen hatte, sah man Bühler im bunten Licht der Butzenscheiben bäuchlings auf dem Boden liegen. Man hatte ihn offensichtlich von hinten erstochen. Er habe daraufhin sogleich Stapelmann zum Grafen gehetzt, sich selbst um Bühler gekümmert und zur Sicherheit die Tür notdürftig schließen und den gesamten Korridor von den Wachen beaufsichtigen lassen. Er sei bereit, den heiligsten Eid zu schwören, dass bis zum Erscheinen des Grafen niemand sonst den Raum betreten oder verlassen hätte. Jede Hilfe für Bühler sei jedoch vergeblich gewesen, der von hinten durch zwei Stiche getötet worden war.

»Ach ja, fast alle Burgbewohner sind in der tiefsten Nacht durch einen grässlichen Schrei aus dem Schlaf gerissen worden. Weil sich aber nicht ergründen ließ, woher er kam, und danach auch keine sonstigen Geräusche mehr gehört wurden, schritten die Wachen nur die Gänge ab und kehrten danach, weil sie nichts entdeckt hatten, auf ihre Posten zurück. – Das dürfte alles von Belang sein, was ich zu berichten habe.«

»Was ist mit Ossenstert? Hat er schon eine Untersuchung der Leiche vorgenommen?«

»Noch nicht, aber er hält sich bereit. Wir wollten erst auf Euer Eintreffen warten.«

Ich nickte dazu. Tenhove schien die Sache im Griff zu haben. Wir ließen den Grafen, der sich schwer tat, diesen neuerlichen Todesfall in seiner Burg zu verdauen, in der Gesellschaft seiner treuen Tiere zurück und begaben uns in das erste Stockwerk des Hauptgebäudes, wo sich die Kammern der Gäste befanden. Der breite Flur wurde bereits an der Treppe bewacht, und vor der Tür des Mordzimmers befanden sich weitere Wächter, in ein Gespräch mit meinem ziemlich wütenden Freund vertieft. Als er mich erkannte, hellte sich seine Miene schlagartig auf.

»Sie wollen mich nicht hineinlassen, diese Hohlköpfe, mich, einen berühmten Medicus und kundigen Apotheker, der auf ausdrücklichen Wunsch des Herrn von Crange hier ist. Sie vermögen nicht zu begreifen, dass ein Mann wie ich viel eher zu ...«

»Sie führen nur meine Befehle aus, und sie tun ausgesprochen gut daran, Herr Medicus.« Tenhove zeigte sich weiterhin unerschütterlich. »Doch nun soll Eurem Forschungsdrang nichts mehr im Wege stehen.«

Auf seinen Wink zerrten die Wachen an der schadhaften Tür und ließen uns eintreten. Ossenstert, der als Erster im Zimmer war, bedeutete uns mit ausgestrecktem Arm, Abstand zu halten.

Tenhove blieb unter dem Türbogen stehen. »Als ich feststellte, dass Bühler tot war, habe ich ihn wieder so hingelegt, wie ich ihn vorgefunden habe. Mehr weiß ich nicht dazu zu sagen. Macht Euch Euer eigenes Bild. Wenn Ihr so kundig seid, wie der Herr Graf meint, wird es ja nicht lange dauern, bis ...«

Langsam konnte ich Rodger verstehen. Auch mir passte Tenhoves herablassender Tonfall nicht. Hohe Zeit für mich, jedermann zu verdeutlichen, wer hier das Amt des Oberinquisitors bekleidete und vom Grafen mit den entsprechenden Befugnissen ausgestattet war.

»Dann verlässt auf der Stelle außer meinem Freund und mir jedermann diesen Raum. Die Tür wird von außen geschlossen und erst wieder geöffnet, wenn ich es verlange. Ist das allen klar?«

Tenhoves Gesichtsausdruck wurde noch um einiges starrer, aber er tat wortlos, was ich angeordnet hatte. Wie dagegen in diesem Moment mein Gesichtsausdruck ausgesehen haben mag, brauche ich euch, meine selbstbewussten Zuhörer, bestimmt nicht zu erklären.

Nachdem meine Befehle ausgeführt worden waren, schnitt Ossenstert, der immer ein kleines, ungemein scharfes Messer mit sich führte, das blutbefleckte Gewand des Toten von oben bis zur Hüfte auf. Er hatte nur flüchtig in die gebrochenen Augen des seitlich gedrehten Kopfes gesehen, auf den ersten Blick erkannt, dass hier kein Leben mehr zu retten war, und sich sofort an die Erforschung der Todesursache gemacht.

Da ich hierbei mehr störend als von Nutzen sein konnte, begann ich mit der Durchsuchung des Raumes. Der war zwar mit einem Himmelbett, Truhe, Schrank, Waschtisch, einem Sessel sowie einem weiteren Tisch und zwei Stühlen ziemlich komfortabel ausgestattet, doch war die Durchsuchung schnell beendet, da Bühler nicht mit großem Gepäck reiste. Truhe und Schrank enthielten überwiegend Kleidung des Opfers sowie Degen und Dolch, alles von beeindruckender Qualität, nebst einer nicht unbeträchtlichen Barschaft, die der Mörder unangetastet gelassen hatte. In drei großen Reisetaschen, die in einer Ecke lagen, fanden sich einige Spitzenkragen, Spangen, Ziernadeln und Ketten, die nach meiner Schätzung keinen allzu hohen Wert verkörpern mochten. Den übrigen Inhalt der fast leeren Taschen hatte Bühler wohl in Schrank und Truhe gepackt. Irgendwelche Dokumente wie Quittungen über An- oder Rechnungen über Verkäufe gab es nicht.

Ein merkwürdiger Handelsreisender, schoss es mir durch den Kopf, der sich weit von seiner Niederlassung entfernt hatte, um mit einer handvoll billigem Tand einen beträchtlichen Lebensstandard zu finanzieren. – Sollte sich das

Pergament doch noch als für uns hilfreich erweisen? Ich nahm mir jedenfalls vor, den Grafen nach Bühler zu befragen.

Während Ossenstert sich weiter mit der Leiche beschäftigte, die er inzwischen auf die Seite gedreht hatte, ging ich hinaus und unterhielt mich mit den Wachen. Es handelte sich um diejenigen, die in der Frühe die Tür aufgebrochen hatten. Beide bestätigten ohne Umschweife die Darstellung, die Tenhove gegeben hatte. Sie gaben beide an, seit mehr als zehn Jahren im Dienst des Grafen zu stehen, worauf sie sichtlich stolz waren, und verwiesen von sich aus auf Stapelmann, der ebenfalls Zeuge gewesen wäre.

»Ja, wir beide haben die Tür aufgebrochen. Mit einer Eisenstange als Hebel, da, auf der Seite, wo die Scharniere sind. Sie ging nicht anders auf als mit Gewalt, weil sie von innen verrammelt war. Ein Stuhl war dagegen gekantet. Der Mann lag so da, wie Ihr ihn auch jetzt gefunden habt, und man konnte von hier aus sehen, dass sein Rücken blutig war. Wir sind nicht einmal in seine Nähe gegangen, aber der Herr Verwalter hat sich sofort um ihn gekümmert. Und der Rodger ist auch sogleich losgelaufen zu dem Herrn Grafen, und wir haben die Tür notdürftig geschlossen und sodann bewacht.« Während dieser Bericht aus dem einen der Wächter ein wenig holprig hervorkam, nickte der andere heftig zu jedem zweiten Wort. Sie hatten beide die flammende Rede nicht erfunden, doch es war ihnen nicht ein Fünkchen Unsicherheit anzumerken, kein verräterisches Zucken der Lider, kein ausweichender Blick, kein nervöses Vibrieren der Finger. Hier standen alte Kämpen, die nichts als die Wahrheit kannten. Summa summarum, es gab nicht den geringsten Anlass, an der Richtigkeit ihrer Schilderung zu zweifeln.

Ich verließ sie mit dem strikten Befehl, auch in unserer Abwesenheit niemanden mit Ausnahme des Grafen persönlich in das Mordzimmer zu lassen, und ging wieder hinein. Ossenstert stand vor dem Fenster und wischte sich die Hände mit einem Tuch ab. »Bist du hier fertig?«

Er nickte. »Wie ich schon sagte, zwei Stiche in den Rücken mit einer glatten Klinge ohne Besonderheiten.«

»Du hast nichts gesagt, du hast nur vor dich hin gemurmelt. – Dass er die Tür zusätzlich verrammelt hat, lässt darauf schließen, dass er um Leib und Leben fürchtete. Bedenkt man, dass er sich erst relativ kurze Zeit in Crange aufhielt, dürfte die Zahl derer, die ihm hier nachstellen könnten, nicht unermesslich sein. Ergo müssen wir jetzt nur noch herausfinden, wer alles von dem Geheimgang zu diesem Zimmer wusste, und der Kreis der möglichen Mordbuben lässt sich beträchtlich einengen. Ich denke, unser Gastgeber wird uns da weiterhelfen können.«

Ossenstert hatte schon intelligenter dreingeschaut. »Geheimgang? Was für ein Geheimgang zu diesem Zimmer?«

»Das liegt doch auf der Hand. Dieses herrlich bleiverglaste Fenster, vor dem du gerade stehst, das mit Hilfe der einfallenden Sonnenstrahlen die Leiche in ein Harlekinkostüm gewandet hat, lässt sich nicht öffnen. Von innen nicht, und von außen schon gar nicht, so ist es nun mal konstruiert. Die Tür war nicht nur verschlossen, sondern zusätzlich verkeilt.« Ich deutete dabei auf den Stuhl mit der zertrümmerten Lehne, der dem Ansturm der Wachen nicht gewachsen gewesen war. »Über einen Nachschlüssel, Dietrich oder dergleichen brauchen wir uns also keine Gedanken zu machen. Da diese Kammer ferner über keinen Kamin verfügt, sondern im Winter mit einem Kohlebecken beheizt wird, wie soll der Täter hineingekommen sein? Wenn der Mörder nicht die Fähigkeit besitzt, als Rauch durch das Schlüsselloch hineinzugelangen und auf dieselbe Weise wieder hinaus – eine

Annahme, die deinem analytischen Geist sicher nicht behagen wird –, muss es hier einen Geheimgang geben.«

Nun schmeichle ich mir gelegentlich damit, selbst einen analytischen Geist mein eigen zu nennen, doch sollte ich, meine spöttelnden Zuhörer, nur allzu schnell dazu gezwungen werden, darüber nachzusinnen, ob nicht doch jemand als Rauch durch ein Schlüsselloch zu gleiten vermag.

In dieser Burg existierte nämlich kein Geheimgang.

Der Graf war sich da mehr als sicher. In seiner Kindheit hatte er beim Spielen mit Freunden seinen ganzen Ehrgeiz darein gelegt, ein solch perfektes Versteck zu entdecken und unerwartet an einem anderen Platz wieder auftauchen zu können. Allein, eine solche Konstruktion war nicht aufzufinden. Als er später seinen Vater danach fragte, wurde ihm dies auch bestätigt. In späteren Jahren hatte er die Burg von einem Baumeister, dem er Gastfreundschaft gewährt hatte, vermessen lassen, der ihm in seinem abschließenden Bericht bewies, dass nichts dergleichen vorhanden war.

Da sich euer alter Frederik bekanntermaßen beharrlich weigert, an das Übersinnliche zu glauben, wollte ich mich mit alledem nicht bescheiden und machte mich selbst ans Werk. Mit der Unterstützung dreier Bediensteter kehrte ich in Bühlers Kammer das Unterste zuoberst, ließ die Wände abklopfen, steckte Messerklingen in haardünne Wandritzen, zog an Kleiderhaken, drückte auf Fußbodendielen und stellte mich sogar auf den Tisch, um eine Falltür in der Zimmerdecke auszumachen.

Doch es blieb alles ohne Ergebnis.

Hier lag ich nun, ich armer Mohr, und war so klug als wie zuvor. Denn euer Frederik hatte sich, nachdem die Diener brummelnd abgezogen waren, schlussendlich enttäuscht, staubig und ermattet quer auf Bühlers Bett fallen lassen und zweifelte an seinem Verstand. Ich verfluchte tonlos die ganzen okkulten Spintisierereien, die hohlen Zeugen, die fehlenden Spuren, die Unsichtbarkeit von Zusammenhängen und in meiner aus der Niedergeschlagenheit geborenen Wut nicht nur den unbekannten Mörder, sondern auch seine Opfer, die dumm genug waren, sich umbringen zu lassen, sowie alle verschwundenen Reisenden, weil sie ihre dämlichen Reisen überhaupt angetreten hatten.

Am meisten aber verwünschte ich mich selbst, der ich so verrückt war, mich nach Crange locken zu lassen, hinein in eine tödliche Unfassbarkeit, die mich nichts anging, und obendrein ohne die geringste Aussicht auf eine angemessene Vergütung.

Von Geisterhand

Versunken in solche Gedanken, in denen ich überdies nicht sehr freundlich mit meiner Selbstachtung umging, ließ ich meine Finger über die Lagerstatt gleiten, bis einer wie von selbst in einem winzigen Riss im Laken hängen blieb. Zunächst ging ich spielerisch darüber hinweg, bis sich der Vorgang drei- oder viermal wiederholt hatte und ich schließlich einen Blick auf diese Stelle warf.

Es war ein höchstens fingernagelbreiter, glatter Schlitz im Bettlaken, der ziemlich frisch sein musste, da seine Ränder nicht ausgefranst waren. An ihnen befanden sich winzige Krümel einer bröseligen Substanz, die sich mühelos zwischen Daumen und Zeigefinger zu rotbraunen Spuren zerreiben ließ. Ich tippte sofort auf geronnenes Blut, und dies genügte, mich wie ein Katapult von der Lagerstatt hochschnellen und meinen Geist unter einem eiskalten Guss erwachen zu lassen.

Nach einem Moment der Besinnung war mir zwar nicht offenbar, wie ich diese Entdeckung in Bezug auf Bühlers Ermordung einzuordnen hatte. Sollte mir Ossenstert jedoch bestätigen, dass ich hier tatsächlich auf Reste von Blut gestoßen war, musste ein Zusammenhang mehr als wahrscheinlich sein.

Also unterzog ich das Leintuch einer genaueren Untersuchung, indem ich mein Gesicht beinahe darauf legte und es so Handbreit für Handbreit in Augenschein nahm. Aber der Riss blieb der einzige, und mit den Krümeln verhielt es sich nicht anders.

Daher zog ich das Laken ganz langsam ab und nahm mir nun das Unterbett vor. Und, siehe da, passgenau unter dem

Schlitz befand sich sein Zwillingsbruder, wenngleich von bestechender Sauberkeit und ohne jedwede Brösel. Ich legte meine Hände zu beiden Seiten flach auf das Unterbett und drückte vorsichtig dessen Füllung nach unten, förderte aber auf diese Weise nichts aus der Öffnung zutage.

Dann drehte ich das Unterbett um – und machte auf diese Weise Bekanntschaft mit dem dritten Drilling der Schlitzfamilie.

Damit bestand für mich keinerlei Zweifel daran, dass hier ein gerader Stich mit einer schmalen Klinge geführt worden war. Anlass genug, mich auch mit der deckungsgleichen Stelle des hölzernen Unterbaus zu beschäftigen.

Allein, es fand sich in der Pritsche keine Fortführung der Klingenspur. Das wellige Holz wies keine wahrnehmbare Beschädigung auf, so nahe ich mein Adlerauge auch an die in Frage kommende Stelle brachte.

Mir blieb nur, am Laken die restlichen Krümel zu sichern und in die Kerzenschale eines Leuchters zu kratzen, damit Ossenstert sein sachverständiges Urteil fällen konnte. Ich rief einen Diener herbei, um Schale und Auftrag überbringen zu lassen, und wartete.

Es dauerte nicht lange, bis ich meinen aufgeregten Freund heranhasten hörte. »Wie du gleich vermutet hast, es ist Blut. Wo hast du es gefunden?«

Ich schilderte ihm meine Entdeckung, und mein systematischer Johannes ließ es sich nicht nehmen, alle meine Schritte nachzuvollziehen und die Dinge persönlich zu beäugen. Anschließend schüttelte er ungläubig den Kopf. »Aber wie soll das gehen? Seine Brust ist doch unverletzt.«

»Wie soll *was* gehen?«

»Ich halte es für ausgeschlossen, dass Bühler in einer anderen Position als auf dem Bett liegend gestochen worden ist.

Einen solchen Zufall gibt es einfach nicht, dass man ihm einen Stich versetzt und er auf das Bett und dort genau auf die schadhafte Stelle fällt, um dort sein Blut zu hinterlassen. Nein, der erste Stich wurde geführt, als Bühler auf dem Bett lag. Er schreckt blitzartig hoch, was erklärt, wieso erst so wenig Blut ausgetreten war, von dem erst nur eine Hauch durch sein Hemd dringen konnte, erhält den zweiten Stich in den Rücken und bricht dort zusammen, wo er gefunden wurde.«

Ossensterts Stimme war ruhig und präzise, doch sein Kopfschütteln wollte kein Ende nehmen.

»Laken und Unterbett sind mit derselben Klinge durchstochen worden. Wie die Blutreste beweisen, lag das Opfer auf dem Laken. Die Einstiche sind aber im Rücken des Toten, und zwar nur im Rücken. Also kann ihm niemand, als er auf dem Bett lag, einen Degen oder Ähnliches durch die Brust gestoßen haben. Außerdem findet sich auch kein Stichende im Holz. Weil die drei Schnitte alle gleich breit sind, eine Stichwaffe sich aber zur Spitze hin verjüngt, müsste dieser verlängerte, dünnere Abschnitt zwangsläufig das hölzerne Untergestell mit durchstoßen haben. Dafür gibt es jedoch nicht das kleinste Anzeichen.

Bleibt also nur die Möglichkeit, dass der Liegende von unten erstochen worden ist. Dann hätte aber das Holz erst recht durchbohrt worden sein müssen. Außerdem ist die Pritsche so niedrig, dass kein Mensch darunter passt, geschweige denn, von dort noch einen geraden Stoß mit solcher Wucht führen könnte. – Es gibt einfach keinen Sinn.«

Oh Himmel, noch ein unerklärlicher Mord! Denn neben der Unmöglichkeit der Tatausführung blieb obendrein die Unmöglichkeit der Anwesenheit eines menschlichen Täters in diesem so komplett abgeschlossenen Raum. Da fehlte wirklich nicht mehr viel, und auch ich hätte mich der Theorie vom Morddämonen angeschlossen, versehen mit dem guten Rat an den Grafen, besser einen Exorzisten für seine Burg und die Heilige Inquisition für sein Volk zu ordern.

Ossenstert ging es nicht besser, und so ertappten wir uns dabei, dass wir uns gedankenlos-verloren eine ganze Weile mit einem Gesichtsausdruck gegenüber saßen, der einem bestohlenen Dieb alle Ehre gemacht hätte.

»Er muss von Geisterhand ermordet worden sein. Anders ist sein Tod nicht zu erklären.«

»Aber erklären kannst du dann doch sicher, warum der Geist ein Messer gebraucht hat, um ihn umzubringen?«

Von solcher Güte war unsere anschließende Unterhaltung.

In dieser verzweifelten Lage blieb mir nur noch ein einziger Schritt übrig. »Wenn du hier nichts mehr zu tun hast, mein lieber Johannes, dann lass mir vom Diener einen Krug Wein bringen. Ich werde in diesem Zimmer noch ein wenig verweilen und abwarten, ob sich nach der Einnahme meines Allheilmittels nicht doch noch ein Erfolg einstellen wird.«

Ihr, meine getreuen Freunde, die ihr um alle meine vielen Stärken und wenigen Schwächen wisst, habt euch natürlich schon längst gefragt, wieso ich erst jetzt auf diese brillante, wenngleich auf der Hand liegende Idee gekommen bin. Daran mögt ihr ermessen, in welchem Ausmaß dieser Fall den Geist der Beteiligten durcheinander brachte.

Und ihr täuscht euch ebenfalls nicht in der Annahme, dass mein segensreicher Begleiter in starken wie in schwachen Stunden auch heute wieder nicht nur den Fluss des Harns, sondern zugleich den der Gedanken förderte, was bereits öfter zu stillen Momenten der Muße und Entspannung geführt hat, in denen bisweilen kluge Ideen freigesetzt wurden. Nicht, dass meine Vorstellung von der Tatausführung urplötzlich fest umrissen war, doch zeichneten sich im Grau meiner Visionen zunehmende Konturen ab, die mich erahnen ließen, in welche Richtung mein nächster Schritt zu lenken war. – Und dabei hatte ich den Krug erst zur Hälfte geleert!

Ich machte mir gar nicht erst die Mühe, einen Diener herbeizurufen, sondern begab mich gleich selbst zu meinem Freund trotz meines schwirrenden Schädels. »Mach Schluss mit der sinnlosen Grübelei und zeig dich als Mann der Tat. Ich habe da so eine gewisse Vorstellung, die sich jedoch durch das Ergebnis deiner Untersuchung konkretisieren muss. Kurzum, es ist nötig, dass du dich mit deinem schärfsten Messer erneut an den toten Bühler heranmachst und den Verlauf der beiden Stiche untersuchst. Achte außerdem darauf, ob sich in den Wunden noch etwas finden lässt, was bei einem normalen Stoß so nicht auftritt. – Ich selbst habe noch einen Besuch abzustatten. Morgen früh sollten wir dann unsere Ergebnisse zusammenbringen und sehen, ob sie unserer Sache förderlich sind.«

Berauscht wie ich war, dachte ich an einen anderen Rausch von einem anderen Trank, und wollte nun die Fragen stellen, die ich da nicht gestellt hatte. Ich machte mich auf den Weg zur Hexe.

Degusti

Ich hatte mich für einen Fußmarsch entschieden, obwohl sich im Zusammenballen grauer Wolken ein Sommerregen ankündigte. Zu viele Gedanken schwirrten mir durch den Kopf, als dass ich in ihnen ein geordnetes Schema hätte erahnen können, das mich auf die Spur der Verschollenen gesetzt hätte. Ich konnte gegenwärtig nur versuchen, Fragmente zu sammeln, bei denen ich lediglich darauf spekulieren konnte, dass sie sich einmal zu einem großen Gesamtbild würden zusammenfügen lassen.

Bereits nach wenigen Schritten in den Wald hinein hatte ich das Gefühl, dass meine Entscheidung richtig war. Unter dem Schatten spendenden Blätterdach war es angenehm kühl, und ein zarter Duft nach Waldmeister schwebte in der Luft. Bienen umsummten mich zu vielstimmigem Vogelgezwitscher, das einen darauf hoffen ließ, die Welt würde nicht nur aus Mord und Hinterlist bestehen.

Nach einigen weiteren Schritten in den Wald hinein hatte ich den Beweis, dass meine Entscheidung falsch war. Ohne dass ich ein spezifisches Geräusch vernommen oder jemanden hätte in meine Nähe treten sehen, erhielt ich einen derartigen Hieb gegen den Schädel, dass es mich blitzartig zu Boden streckte. Während farbige Bilder durch mein Hirn tanzten wie nach dem Hexengebräu, musste ich zwanghaft an jenen eng anliegenden, unauffälligen Helm denken, den Sir Desmond mir schon vor Jahren aus einer federleichten Legierung geschmiedet hatte, und an seinen guten Rat, ihn bei jeder möglichen und unmöglichen Gelegenheit, versteckt unter meinem Barett, zu tragen. Mit dem Bild, wie dieses lebensrettende Kunstwerk unnütz zu Hause in meiner Truhe lag, verschwanden auch die anderen Visionen, und es wurde dunkel um mich.

Wie lange ich mich in diesem Zustand befunden hatte, wusste ich nicht. Von allen meinen sieben oder acht Sinnen, die mir teils die Natur angeboren und die ich mir teils durch jahrelange Erfahrung erworben hatte, funktionierte der Geruch als Erster wieder. Eindeutig gebratenes Kaninchen, gemischt mit feuchtem Waldboden, zart angereichert mit dem Odeur frischer Pferdeäpfel.

Das Sehen sollte eigentlich als Nächstes kommen, doch damit tat ich mich schwer. Denn sobald ich meine Lider auch nur einen winzigen Spalt öffnete, durchzuckten grelle Lichtblitze meinen Schädel, der im selben Moment an einem Punkt hinter meinem linken Ohr im Takt des Herzschlags zu pochen begann.

Ich wiederholte diese Tortur dreimal mit demselben Ergebnis, bis mir mein kluges Hirn dringend empfahl, von einem vierten Versuch zumindest gegenwärtig Abstand zu nehmen. Gleichermaßen gab ich meine parallelen Bemühungen auf, mich aus meiner liegenden in eine sitzende Stellung zu bringen, und ließ mich mit einigem Geächze wieder zurücksinken.

In dieser Position blieb ich eine Weile, bis sich eine kräftige Hand unter meinen Rücken schob, um mich halb aufzurichten. Zugleich wurde meine Duftpalette um die Note eines aromareichen Weines erweitert.

Nun, meine genusssüchtigen Freunde, ihr könnt euch bestimmt vorstellen, dass es für den alten Frederik kaum einen größeren Anreiz geben kann, in das Diesseits zurückzukehren, als die Aussicht auf einen erlesenen Tropfen. Deshalb versuchte ich es auch noch mit einer ganz realen Aussicht und zwang mich, wider alle Vernunft die Augen aufzumachen. Der sofort einsetzende Schmerz wurde zum Glück stark durch den großzügigen Schluck gemildert, den ich mir von dem schweren Roten unter meiner Nase gestattete. Und als ich endlich mit leicht tränenden Augen den Boden des Bechers erkennen konnte, waren sämtliche Sinne wieder so weit beieinander, dass ich mich rundum wiederhergestellt fühlte. Sieht man von der Beule ab, die hinter meinem Ohr vor sich hin klopfte.

Meinem Samariter, der mir den Becher erneut füllte und mich dabei mit einem halb mitleidigen, halb belustigten Blick anlächelte, war nicht entgangen, dass ich ganz zwangsläufig die schmerzende Stelle befühlte. Er schlug die Kapuze seines kuttengleichen Umhangs zurück und präsentierte mir ein Gesicht, das in seiner Schärfe und Klarheit an einen Bussard erinnerte. Augen von einem Schwarzgrün, wie ich sie noch nie gesehen hatte, über einer schmalen, gebogenen Nase. Dunkler Bart, der seine Mundpartie umschloss, ebenso kurz geschnitten wie sein Haupthaar, das an drei Stellen in seine breite Stirn ragte, als hätte sich von hinten eine schwarze Kralle über seinen Schädel gelegt.

Mit versöhnlicher Geste reichte er mir auf einem schlanken, aber stabilen Dolch eine Kaninchenkeule herüber. »Mein Name ist Salvatore Degusti, und ich muss mich vielmals bei Euch entschuldigen für die ungestüme Art, mit der Rudolfo seinen Auftrag ausgeführt hat, Euch zu einer vertraulichen Unterredung zu mir zu bitten.«

Im Moment sah ich außer meinem Gastgeber keine Menschenseele, aber immerhin war es möglich, dass noch ein paar von Rudolfos Sorte im Gebüsch hockten, um mir bei Gelegenheit wieder so ein Ding zu verpassen. Daher schob ich mich rückwärts so weit an einen Felsbrocken heran, bis ich mich dagegen lehnen und meine momentane Situation in

Ruhe in mich aufnehmen konnte, ehe ich zu einer Entgegnung ansetzte.

Ich befand mich, rings von dichtem Wald umgeben, auf einem flachen, kiefernnadelgepolsterten Sandhügel, aus dem eine felsige Gesteinsformation aufstieg. Von zwei in den Boden gesteckten Stangen zog sich gefirnisste Leinwand zu dem Felsen hinter mir, die unser kleines Lager und das Feuer, auf dem das Karnickel briet, vor dem leichten, aber stetigen Regen schützte. Einige Schritte entfernt, unter einer ausladenden Kastanie, waren zwei Pferde angebunden, die mit ihrem frischen Misten für einen Teil der Würzmischung gesorgt hatten, durch die ich aus meiner Bewusstlosigkeit erwacht war.

Da ich mich weiterhin aufs Schweigen beschränkte und meine Blessur betastete, machte Degusti mit dem Nächstliegenden weiter. »Es war ein Schnepper, nur ein Schnepper, mit dem Ihr überdies äußerst unglücklich getroffen wurdet. – Ich hatte den Burschen lediglich damit beauftragt, Euch um eine ungestörte Unterredung zu bitten. Nur Ihr und ich, Ihr versteht? Das muss der Kerl auf seine Weise gedeutet haben. – Ich werde mich ernsthaft mit ihm unterhalten müssen, damit so etwas in Zukunft nicht noch einmal vorkommt. – Ich bitte Euch erneut herzlich um Vergebung.«

Wenn nicht zum Zeichen meiner Huld, so doch des Verständnisses für die Unbotmäßigkeit tölpelhafter Untergebener zog ich das Bratenstück von der Klinge ab, sagte jedoch noch immer nichts.

Degusti schien das einstweilen zu genügen. »Ich glaube, ich bin Euch eine Erklärung schuldig.«

Ich zeigte mit dem Finger auf meine Beule. »Das glauben wir beide auch.«

Degusti streckte sich aus seiner Hocke in der Nähe des Feuers auf dem Boden aus, nachdem er unsere Becher aus einem Weinschlauch nachgefüllt hatte. Offensichtlich würde es eine längere Erzählung.

»Ihr braucht mir jetzt nicht zu antworten, aber ich bin der Überzeugung, dass wir beide dieselbe Sache verfolgen. Wenn auch aus unterschiedlichen Gründen, wenn auch mit unterschiedlichem Ziel. – Ihr wisst, dass es ein großes Risiko bedeutete, den toten Bertram wieder auszugraben, nur, um ein Pergament bei ihm zu verstecken und es von Euch finden zu lassen. Es war nichts als ein Pfeil in einen Schwarm Tauben hinein, aber er hat getroffen, denn die Aktivitäten, die Ihr daraufhin entfaltetet, bestätigten mir, dass ich mich in Euch nicht getäuscht habe. – Bertram würde es mir im Übrigen nicht verübelt haben, er war einer von uns. Deshalb musste ich Euch jetzt sprechen, weil ich nach Bühlers Tod das Gefühl habe, dass uns die Zeit davonläuft. Wie gesagt, mein Name ist Salvatore Degusti, und ich komme, wie Ihr sicherlich gleich erraten habt, aus Italien. Wer Ihr seid, ist mir bekannt, und ich weiß auch, was Ihr früher getan habt und in welchem Ruf Ihr steht. Also werde ich Eure Intelligenz nicht unterschätzen und davon ausgehen, dass Ihr sehr wohl die Verbindung erahnt, die zwischen dem angeblichen Wirken des Satans hier in der Gegend und dem Auftauchen von Männern aus Italien besteht, die sich damit befassen sollen.«

Weil er eine kleine Pause einlegte und mich dabei erwartungsvoll ansah, blinzelte ich ihm spöttisch zu. »Habt Ihr da nicht eine etwas zu hohe Meinung von meinem Verstand, wenn ich Euch nun sage, dass ich in einem solchen Fall eher das Erscheinen der Inquisition erwartet hätte?«

Er blinzelte auf dieselbe Art zurück, wenngleich noch ein wenig spöttischer. »Ganz und gar nicht, wie mir Eure Überlegung beweist. Es ist nur so, dass in Rom mittlerweile ein Umdenken stattgefunden hat, das man aus Gründen, die ich den Bereichen der höheren Diplomatie zuordnen will, einstweilen noch geheim halten wird. Der Heilige Stuhl ist nämlich durchaus in der Lage zu erkennen, dass es auf Dauer niemandem zuträglich ist, die göttlichen von den weltlichen Dingen so weit zu trennen, dass durch die Verfolgung von Hexen, Häretikern und Ketzern wirtschaftliche Werte im Übermaß zerschlagen werden. Gut, könnte man argumentieren, was schadet es, hier und da eine runzlige Kräutersammlerin zu verbrennen, um das gemeine Volk auf dem rechten Weg zu halten und ihm gleichzeitig noch etwas Abwechslung zu bieten? Warum soll man nicht ab und an einen abweichlerischen Mönch exekutieren, um die anderen bei der Stange zu halten? Aber bedenkt, sind solche Fälle erst ruchbar geworden und musste die Inquisition mit ihrem ganzen Pomp ihre Schauspiele veranstalten, dann ist eine Lawine losgetreten, die ein Eigenleben entfaltet und kaum noch aufzuhalten ist. Wie schnell sind auf der Folter Geständnisse abgelegt, die einen nicht wiedergutzumachenden Schaden anrichten?«

Die Wildkeule schmeckte ausgezeichnet und stand dem Wein in nichts nach. Da auch das Klopfen in meinem Nacken nachgelassen hatte, fand ich allmählich Gefallen an meiner Lage. »Ich halte die Folter nicht für ein probates Mittel, der Wahrheit näher zu kommen. Unter ihr würde selbst der Papst gestehen, Satans Stellvertreter auf Erden zu sein. Aber diesen Gesichtspunkt meint Ihr bestimmt nicht. Also wie habe ich Euch zu verstehen?«

»Ich meine damit, dass dadurch der Kreis der Beschuldigten ständig erweitert wird und es letztlich Leute erwischt, an deren Tod der Kirche nicht gelegen sein kann, Künstler, Wissenschaftler zum Beispiel. Der Vatikan ist längst nicht mehr so blind, wie er sich nach außen hin darstellt, um den konservativen Kräften, die zur Zeit noch zu stark sind, zu genügen. Auch in Rom gibt es Menschen mit Visionen, die von der Vernunft geprägt sind. Oder meint Ihr vielleicht, ich selber würde daran glauben, dass ein altes Weib auf einem Besen durch die Luft zum Blocksberg fliegt, um dort dem Satan den Arsch zu küssen? Und es gibt noch einige Dinge mehr, die ich mir nicht einreden lasse. Denkt allein an die Idiotie mit der Wasserprobe und was dabei herauskommt: eine tote Verdächtige, so oder so. Aber würden wir uns heute schon offenbaren, wir müssten damit rechnen, selber allesamt als Ketzer verbrannt zu werden. Und ich schwöre Euch, es wären sogar einige Kardinäle dabei! Daher müssen wir die Dinge im Geheimen angehen und unsere Sache behutsam vorantreiben.«

Ich streckte meine Hand aus, in die er mir wortlos eine neues Stück Braten legte. »Geheim und behutsam, das sind Vorgehensweisen, die ich mein Leben lang zu schätzen weiß. Der Sinn Eurer Worte ist mir aber immer noch unklar, denn wie kommt Ihr hierbei ins Spiel?«

»Ich«, und jetzt lachte Degusti laut heraus, »ich bin der, der das Feuer austritt, bevor es entfacht wurde. – Lasst mich zum besseren Verständnis das Pferd von der anderen Seite aufzäumen. Was wird geschehen, wenn sich nicht endlich Licht in das Verschwinden der vielen Menschen bringen ließe und damit aufgeräumt würde, dass der Teufel in der Gegend um Crange persönlich umgeht? Die Gerüchte werden mehr und mehr, das dumme Volk wird die unglaublichsten Märchen dazuerfinden, und der Einmarsch der Inquisition wird unvermeidlich sein. Zunächst werden sich die freuen, die ihre unliebsamen Nachbarn denunzieren können, an deren Land, Weib oder Vieh sie sich bereichern wollen oder auf die sie aus irgendeinem Grunde wütend sind. Dann wird man über die Außenseiter herfallen und alle, die nicht die Billigung der Scheinheiligen finden, und man freut sich, die erbaulichen Darbietungen auf dem Schafott geboten zu bekommen. Doch dann schwingt das Pendel zur anderen Seite, wenn nämlich die Gefolterten alles und jeden der Hexerei und der Buhlschaft mit dem Teufel bezichtigen, nur um ihre Qualen zu verkürzen. Dann trifft es plötzlich die eigenen Frauen und Kinder, die Eltern, die Geschwister und denjenigen selbst, der noch einen Monat zuvor dem Henker zugejubelt hat. Auf diese Weise wird man eine Lage schaffen, in der sich der Henker am Ende noch selber exekutieren muss. – Wenn dann alles vorbei ist, ist ein ganzer Landstrich entvölkert, das Vieh verkommt, und auch die Äcker werden nicht mehr bestellt. Letztlich bekommt damit auch die Kirche nicht mehr ihren Teil. Wem soll das alles nützen?«

Ein kluger Vortrag meines Herrn Gegenüber. So viel Vernunft hätte ich mir bei etlichen Regierenden gewünscht, die mir während meiner Tätigkeit für den Fürstbischof begegnet waren.

»Bedenkt man ferner, dass wir in einer Zeit des Umbruchs leben, in der die Reformatoren im Inneren und Äußeren des Reichs an den Grundfesten der katholischen Kirche rütteln, wird nur zu klar, dass die Vorausschauenden am Heiligen Stuhl eine schnelle Lösung finden mussten. Sie fanden eine, denn auf dem Boden dieser Erkenntnis wurde die geheime Gesellschaft Umbra Diaboli geschaffen, deren Abgesandten Ihr hier vor Euch seht.« Dabei erhob er sich und wies mit einem Schmunzeln im Gesicht mit beiden Händen von oben nach unten an seinem Körper entlang, wie es mit eingezogenem Bauch ein Fettsack tut, der damit prahlt, seinem Wanst seit einer Woche den Krieg erklärt zu haben.

Ich passte mich seiner Fröhlichkeit an. »Des Teufels Schatten? Ein merkwürdiger Name für eine christliche Organisation.«

Er wiegte skeptisch den Kopf. »Oh, zunächst ist ein Name wohl immer eine Sache des Geschmacks, und über den lässt sich bekanntlich nicht streiten. Und obendrein nicht gar so merkwürdig, wenn Ihr es von der praktischen Seite aus betrachtet. Der Schatten ist etwas, das kein Wesen jemals verliert. Mag es sich auch noch so lange in tiefster Finsternis verborgen halten, sobald es ans Licht muss, ist unweigerlich auch sein Schatten da. Und so wie der Schatten an jedem klebt, kleben auch wir am Teufel und werden ihn verfolgen, sobald er sich zeigt.«

Nun war es an mir, eine gewisse Skepsis an den Tag zu legen. »Nach Euren Worten von eben hatte ich die Überzeugung gewonnen, dass Ihr nicht erwartet, einen bocksbeinigen Gehörnten aus dem Dunkeln springen zu sehen.«

»Ich meine auch nicht einen Teufel aus Fleisch und Blut, sondern sein Imago in der Vorstellung der Menschen. Wir sind dazu da, mit dem, was sich das Volk als Teufelswerk und satanisches Wirken erklärt, ein Ende zu machen, bevor dieses Feld von der Inquisition beackert wird. Und wenn es nur darum geht, eine Kuh zu heilen, die keine Milch mehr gibt, damit die Nachbarin nicht länger verdächtigt wird, sie mit einem Schadenszauber belegt zu haben.«

Weil ich gerade wieder einen Schluck genommen hatte, musste ich so losprusten, dass mir der Wein in die Nase stieg. »Fürwahr eine verdienstvolle und gefährliche Aufgabe, die das Geschick eines erfahrenen Kämpfers erfordert, noch dazu in allergeheimster Mission.«

Wider Erwarten ließ sich der Italiener von meinem fröhlichen Spott nicht anstecken. Vielmehr wurde sein Gesicht so ernst, wie ich es bei ihm noch nicht gesehen hatte.

»Es geht nicht immer nur um eine kranke Kuh oder einen untreuen Ehemann. Ich bin mit meinen Leuten hier, weil Menschen spurlos verschwunden sind und außerdem weiter südlich eine Handvoll Leichen aufgefunden wurden, die aussahen, als habe sie ein Werwolf zerfetzt.«

»Ja und? Was Werwolf oder Teufel angeht ... ich dachte, wir sind uns einig, was davon zu halten ist. Und Menschen verschwunden ... das gibt es so lange, wie es Menschen gibt. Ich verstehe, dass der Graf es sich zu Herzen nimmt, weil er ein rechtschaffener Mann ist, der im Pferdemarkt seines Ortes einen Grund sieht, der die Leute angelockt hat. Kehren sie anschließend nicht wohlbehalten nach Hause zurück, sucht er einen Teil der Schuld bei sich. Aber das ist, bei allem Respekt vor ihm, Unsinn. Ich halte das Verschwinden, berücksichtigt man den Zeitraum von Jahren, fast schon für natürlich.«

»Haltet Ihr es auch für natürlich, dass es mittlerweile über vierhundert sind, von denen jede Spur fehlt?«

Ich verschluckte mich ein zweites Mal, diesmal allerdings nicht vor Spaß. »Über vierhundert? Ist das möglich?«

»Nicht nur möglich, sondern sicher, geht man in der Rechnung an die zehn Jahre zurück und bezieht auch die umliegenden Gegenden mit ein. Weil sich die einzelnen Fälle weit über das Land verteilt ereigneten, hat zunächst niemand einen Zusammenhang gesehen. In die Bereiche zu vieler Herren war eingegriffen worden, von denen jeder sein Süppchen für sich kochte. Letztlich war es dann die Vielzahl der Verschwundenen, die die Unruhe im Volk schürte und damit uns auf den Plan rief. – Meine Leute und ich dürfen uns rühmen, bei unseren früheren Missionen ausgesprochen erfolgreich gewesen zu sein. Aber hier stehen auch wir vor einem Rätsel, das uns zwingt, zum kleinsten Strohhalm zu greifen.

Was sich für mich im Lauf der Zeit herauskristallisiert hat, ist, dass das Verschwinden immer Hand in Hand mit Ereignissen geht, die von einiger Dauer sind und verlässlich eine große Zahl von Menschen anziehen. Nehmt zum Beispiel eine Fürstenhochzeit, die über viele Monate vorbereitet werden muss und jede Menge Fremde an den Ort lockt. Hier und jetzt ist es der bedeutende Pferdemarkt, der sich über die Jahre etabliert hat und sich ständig vergrößert. Vor diesem Hintergrund bin ich davon überzeugt, dass sich das Unheil nun auf diese Gegend konzentriert, und wir das Geheimnis auch nur hier lüften können.«

Ich massierte mir unwillkürlich wieder meine Beule. »Wart Ihr davon überzeugt, dass Euch unser kleiner Rodger dabei von Nutzen sein könnte, oder warum wolltet Ihr ihm die gleiche freundliche Einladung überbringen lassen wie mir?«

Mein Gegenüber nickte bedächtig. »Dieser kleine Mann kann durchaus mehr wissen, als man annehmen mag. Möglicherweise sogar mehr, als ihm selber bewusst ist. Er bewegt sich ungezwungen überall im Schloss, genießt das Vertrauen des Grafen und ist auch bei den Dorfbewohnern beliebt. Ich wollte ihn dafür gewinnen, Bertrams Platz einzunehmen. Doch nun ...«, dabei lächelte er auf die gewinnende Art eines wohlbeleumundeten Winzers, der es nicht nötig hat, seine Kunden von der Güte seines Weines zu überzeugen, »hat mit Euch ein wahrer Fachmann die Bühne betreten, sodass mir all die anderen Gestalten entbehrlich erscheinen. – Und falls Ihr Euch in der Lage fühlt, noch heute Nacht einen harten Ritt hinter Euch zu bringen, will ich Euch den Beweis liefern, dass es für uns eine erste Spur gibt. Möglich, dass auch Ihr dann anders über die Wolfsdämonen denken werdet.«

»Wolfsdämonen?«

Sein Lächeln war nun verschwunden und seine Miene so ernst, wie es der Sache angemessen war, als er mir seine offene Hand entgegenstreckte. »Wartet nur ab. Tut Euch mit uns zusammen, und ich verspreche Euch, dass es Euer Schaden nicht sein wird. Gemeinsam werden wir beide an unser Ziel kommen. – Doch ich will Euch nicht überrumpeln. Entscheidet erst, wenn wir unseren Besuch gemacht haben. Wollt Ihr mich dazu begleiten?«

Die Erfahrung hatte mich gelehrt, dass es oft am besten war, eine Aufgabe ganz alleine zu erledigen. Handelte es sich bei meinem Gegenspieler aber um eine Macht, die in der Lage war, Dutzende, vielleicht Hunderte von Menschen einfach im Nichts verschwinden zu lassen, wäre es im höchsten Maße töricht, auf diesem Prinzip zu beharren. Daher schlug ich ohne langes Zaudern ein.

Die Zeugin

Umringt von saftigen Wiesen bot das frisch geweißte Fachwerkhaus mit seinen rothölzernen Stallungen inmitten der Obstbäume ein friedvolles, anheimelndes Bild. Eine Sau mit etlichen Ferkeln wälzte sich zufrieden in einer abseits gelegenen Suhle, zwei mittelgroße Hunde tollten durch das Sonnenlicht, und ein kleiner Junge neckte eine schwarzweiße Katze, die nicht müde wurde, einem Schilfkolben hinterherzurennen, den er immer wieder im letzten Moment vor ihren Krallen wegzog.

Ein Bild, so friedlich, dass es mir in dieser Zeit vollkommen unwirklich vorkam.

Degusti und ich hatten am Waldrand Rast gemacht und so lange gewartet, bis die Sonne aufgegangen war und sich auf dem Bauernhof in der welligen Senke erstes Leben zeigte. Dann ritten wir hinunter.

Ich hatte am Abend zuvor seinen Rat befolgt und war gar nicht erst zum *Güldenen Apfel* zurückgekehrt, sondern hatte mich gleich in seinem Lager für ein paar Stunden hingelegt, bevor wir uns kurz vor Mitternacht unter einem vom Vollmond erhellten Himmel auf den Weg in Richtung Köln gemacht hatten. Unser Ziel war dieses prächtige Gehöft, das in einiger Entfernung und außer Sicht von der Handelsstraße lag.

Als wir das Ende des sachten Hangs erreicht und uns den Gebäuden bis auf etwa fünfzig Schritt genähert hatten, kamen uns aus dem Hauptgebäude zwei Männer entgegen. Ein dritter, den ich zuvor nicht wahrgenommen hatte und der eine riesige, lackschwarze Dogge am Strick führte, tauchte aus dem Schatten der Stallungen auf und gesellte sich wortlos dazu. Die beiden waren mit Degen und Dolch bewaffnet, der mit dem Hund hielt eine Armbrust in der anderen Hand. Zusätzlich steckte ein Dolch in seinem Gürtel.

Eindeutig keine Knechte auf dem Weg zur Feldarbeit, sondern Männer, denen das Schädeleinschlagen weniger Mühe machen sollte als das Strohdreschen. Ich war froh, dass Degusti diese Leute kannte.

Es war nicht einmal ein fragender Blick von meiner Seite aus nötig, mein Begleiter antwortete auch so. »Sie ist, soweit ich weiß, immerhin die einzige lebende Zeugin. Wenn es auch nicht sonderlich verständlich ist, was sie zu sagen hat. Sie ist außerdem das einzige Kind ihres Vaters. Der ist weiß Gott kein armer Mann und kann sich diese Bewachung leisten.«

Degusti hatte mir unterwegs von Anna berichtet, der jungen Frau, die ich hier treffen sollte. Sie war vor vier Jahren mit zwei Begleitern von Köln aufgebrochen, um Freunde in Haltern zu besuchen. Als man sie in einem Heidegebiet vor den Toren der Stadt fand, war sie allein und hatte nichts bei sich als das, was sie auf dem Leibe trug. Offensichtlich hatte sich ihr Geist verwirrt, denn sie war nicht in der Lage, auch nur eine halbwegs brauchbare Erklärung für ihren Zustand zu liefern. Ihr Vater hatte sie daraufhin auf einem einsamen Gehöft untergebracht, wo er sie Tag und Nacht bewachen und betreuen ließ.

Ein großes Begrüßungszeremoniell war nicht gefragt, dies hier war eine eingespielte Truppe. Daher genügte ein knappes Nicken in die Runde, um zum Wesentlichen zu kommen. Der Hundeführer wies mit dem Kopf die Richtung. »Sie ist hinter dem Haus beim Weiher.«

Nachdem Degusti ein Leinensäckchen aus seiner Satteltasche genommen hatte, gingen wir außen an den Gebäuden vorbei und kamen so zu einem größeren Tümpel, der auf der Obstwiese als Tränke für die Tiere diente. An seinem Rand saß auf einem gepolsterten Schemel eine junge, ungewöhnlich dicke Frau, fast noch ein Mädchen, die seltsame Tonfolgen vor sich hin summte und leuchtend grüne Frösche bei ihrer Jagd auf schlanke Libellen beobachtete. Dabei quakte sie verschiedentlich selbst, als wolle sie sich mit den Lurchen unterhalten. Immer, wenn es einem der glitschigen Gesellen gelang, im Sprung ein Insekt zu erbeuten, juchzte sie kurz auf, rief entzückt »Fröschchen, Fröschchen« und klatschte in die Hände, bevor sie ihren Singsang fortsetzte.

Sie sah nicht auf, als wir neben sie traten. Die einzige Reaktion, die unser Erscheinen bei ihr hervorrief, war ein rhythmisches Wiegen des Kopfes und Anheben der Töne.

Für Degusti war dies offenbar nicht neu. Er redete mit leiser Stimme besänftigend auf sie ein und hielt ihr einen Beutel hin, in dem sich kleine Rosinenbrötchen mit glänzendem Zuckerguss befanden.

Dies schien sich wie ein Erkennungszeichen auszuwirken. Ihr Gesang verstummte, das Wiegen hörte auf, und während sie sich mit einer Hand aus dem Säckchen bediente, drückte sie mit der anderen Degustis Arm und rief fröhlich, ohne die Frösche dabei aus den Augen zu lassen: »Mein Oheim, mein Oheim ist wieder bei mir. – Erzählst du mir wieder eine Geschichte?«

Degusti nickte mit einem warmen Lächeln und bedeutete mir zugleich mit einer versteckten Handbewegung, ein wenig Distanz zu halten. »Natürlich, mein liebes Kind, natürlich. Du musst uns aber hinterher auch eine Geschichte erzählen. Hier, ich habe extra meinen Freund mitgebracht, dem ich von dir berichtet habe. Er ist schon ganz begierig darauf, deine Geschichte vom Schattenhaus zu hören. Wirst du uns diesen Gefallen erweisen, Anna?«

Das Mädchen richtete seinen Blick zum ersten Mal auf mich. Alte, ausdruckslose Augen im bildschönen Gesicht einer jungen Frau. An dem Tag, an dem sich ihr Geist verwirrt hatte, musste es ihren Eltern das Herz zerrissen haben.

Ich wanderte um den Weiher herum und hörte dabei Bruchstücke aus der Geschichte vom Streit zwischen einer weisen Eule und einem eingebildeten Frosch, der hier am Tümpel lebte und sich für einen Vogel hielt, weil er es geschafft hatte, auf einen Baum zu klettern. Als er zu fliegen versuchte, landete er mit seiner Schnauze im Matsch, was nicht nur die Eule in der Fabel, sondern auch Anna so belustigte, dass sie nunmehr Degusti ihre ganze Aufmerksamkeit schenkte. Der nutzte diese Gelegenheit und rief mich schnell heran.

»Nun musst du aber auch dein Versprechen halten und meinem Freund etwas erzählen. Ich weiß, dass dich die Geschichte vom Schattenhaus ängstigt, aber es ist sehr wichtig.«

Sie streifte mich nur mit einem kurzen Blick und wandte sich wieder den Fröschen zu. Doch sie begann zu sprechen.

»Es war stockfinster. Paul war dabei. Heinrich hat mich vom Bock gezerrt und unter einen Dornbusch gestoßen. Aber das Schattenhaus hat ihn erschlagen. Dann kamen die Wolfsdämonen mit den glühenden Augen. Alles hat gestunken, und dann das viele Blut.«

An dieser Stelle versagte ihre Stimme, und nachdem sie einige Male geschluckt hatte, fuhr sie mit ihrem Singsang fort. Degusti legte noch einmal den Arm um sie, drückte ihr zum Abschied einen Kuss auf den Scheitel und nahm mich mit einer Entschuldigung heischenden Miene beiseite. »Es ist immer dasselbe. Mehr ist aus ihr nicht herauszubringen. Ich wollte aber, dass Ihr sie selber seht und ihre Geschichte selber hört. – Paul und Heinrich waren übrigens damals ihre Reisebegleiter. Sie sind seit jenem Tag nie wieder gesehen worden.«

Ich wusste nicht recht, was ich von der Geschichte zu halten hatte. »Ihre Worte waren ziemlich kurios. Schließt Ihr aus, dass diese beiden Burschen ihr vielleicht in irgendeiner Ruine Gewalt angetan und sich danach aus dem Staub gemacht haben? Die Dämonen mit den glühenden Augen könnten Ratten gewesen sein, die sich nachts dort herumgetrieben haben.«

»Oh, das schließe ich völlig aus. Paul war ein Bediensteter der Familie, der seit mehr als einem Jahrzehnt zum Haushalt gehörte. Und Heinrich war ihr Vetter, der von jeher ihr Beschützer war. – Sie war übrigens mal das schönste Mädchen von Köln, schlank wie eine Gerte, und selbst adelige Sprösslinge haben sich um sie bemüht. Seit jenem Tag spricht sie kaum und stopft stattdessen alles Essbare in sich hinein, das sie finden kann. Verständlich, dass ihr Vater sein ganzes Hab und Gut dafür geben würde, denjenigen in die Finger zu bekommen, der dafür verantwortlich ist.«

»Dann haben wir also ein Haus, das Menschen erschlägt, und eine wölfische Dämonenhorde, die verschlingt, was dieses Schattengebilde übrig gelassen hat. So könnte man es sich jedenfalls zusammenreimen. – Ich kann nicht gerade behaupten, dass die Sache dadurch verständlicher würde. Im Gegenteil. Ich habe den Eindruck, je mehr Einzelheiten bekannt werden, desto undurchsichtiger wird alles. Im Übrigen sehe ich nicht den geringsten Zusammenhang zwischen dem Verschwinden der Menschen, dem Tod Bertrams und der Ermordung Bühlers. – Es ist zum Haareraufen.«

»Dann werdet Ihr Euch eventuell mit einem Plan anfreunden können, der seit langem in mir reift? – Hier, nehmt dies.«

Dabei drückte mir Degusti mehrere Zettel in die Hand, wie sie schon Gernot erbeutet und man sie in der Hinterlassenschaft Bertrams aufgefunden hatte. »Es ist dies die Art und Weise, wie sich die Mitglieder von Umbra Diaboli miteinander verständigen. Die Einzelheiten werden Euch dabei kaum interessieren, und wenn doch, darf ich sie Euch gleichwohl nicht offenbaren. Insoweit mag Folgendes genügen: Wenn Ihr mich sprechen wollt, heftet ein Blatt draußen neben Eure Tür, und ich werde noch am selben Abend in der Schenke auf Euch warten. – Ich will Euch nicht übertölpeln. Lasst Euch meinen Vorschlag in Ruhe durch den Kopf gehen, denn er ist nicht ungefährlich. Ganz im Gegenteil, Ihr riskiert dabei nicht weniger als Euer Leben. Aber wenn nun auch Ihr keine andere Lösung wisst, bleibt wohl nur dieser Versuch. Außerdem wäre es nicht ohne Reiz. Ich habe Euch ja gesagt, dass Annas Vater ungeheuer reich ist. Ich würde die von ihm für die Ergreifung des Täters ausgesetzte Belohnung redlich mit Euch teilen.«

»Und wie soll er aussehen, Euer Versuch?«

»Wir müssen dem Gegner einen Köder anbieten und ihn erwischen, wenn er wieder zuschlägt.«

»Und wer wird der Köder sein in Eurem Spiel auf Leben und Tod?«

»Wir selber natürlich!«

Im Hohlweg

Der größte Teil des Rückwegs war geschafft. Wenn wir die Pferde ihr Tempo selbst bestimmen ließen, müssten wir es in gut einer Stunde geschafft haben.

Bei ihrem ruhigen Trab, der milden Luft und dem würzigen Duft des Waldes fühlte ich mich von einer warmen Wolke umfangen, die mich schützend von der übrigen Welt abschloss und mir Muße gab, meinen Gedanken nachzuhängen. Degusti schien zu erfühlen, dass ich noch unentschlossen war, ob ich voll und ganz auf seine Seite wechseln und mich seinen Plänen anschließen sollte. Zugegeben, seine Worte hatten Hand und Fuß, jedoch übernahm ich verständlicherweise lieber die Rolle desjenigen, der die Ziege als Köder anband, als die der Ziege selbst.

Wir waren von der breiten Straße mit ihren ausgefahrenen Karrenspuren abgewichen und kürzten die Strecke auf einem schmalen Pfad ab, der meinem Begleiter vertraut war. Er war teilweise so eng, dass wir gezwungen waren, hintereinander zu reiten, doch herrschten hier so viel Schatten und Kühle, dass unsere erfrischten Tiere von selbst weiter ausgriffen und uns umso schneller voranbrachten.

Degusti ließ an einer Stelle, an der eine Nebeneinanderreiten möglich war, sein Pferd zurückfallen, sodass ich aufschließen konnte.

»Nun, mein schweigsamer Gefährte, wollt Ihr mich nicht teilhaben lassen am Ergebnis Eurer tief schürfenden Erwägungen?«

Ich gab ihm mit einem Achselzucken zu verstehen, dass ich noch keineswegs zu einem endgültigen Entschluss gelangt war. Das und mein zweifelnder Gesichtsausdruck entlockten ihm ein herzliches Lachen.

»Oh, ich will Euch nicht drängen. Aber bedenkt, dass die Zeit nicht gerade unser Freund ist. Ein zu langes Zaudern könnte erneut das Leben Unschuldiger kosten. – Doch ich sehe schon, es ist besser, Euch noch ein wenig Ruhe zu gönnen.«

Mit diesen Worten trieb er sein Tier leicht nach vorn und legte etwa vier Pferdelängen zwischen uns. »Möglich, dass etwas Musik den Geist beflügelt und ihn entschlussfreudiger macht.«

Das Lied, das er dazu in italienischer Sprache anstimmte, war der Lobgesang auf das Dasein als Schmuggler, der keinem einen Tribut zollt und sich selbst ausgiebig an den Dingen bedient, die er bei Nacht und Nebel und den königlichen Booten vorbei in sein Höhlenversteck an der Küste schippert. Was er sich mit seinem ergaunerten Lohn für Weiber gefügig machte und was er mit ihnen anstellte, will ich euch, meine zart besaiteten Zuhörer, lieber verschweigen. Es mag insoweit ein beredtes Zeugnis ablegen, wenn ich offenbare, dass Degusti laut und mit offenkundigem Vergnügen an seinem Text sang. »Es ist eine Weise aus England, doch bin ich dieser Sprache nur unvollkommen mächtig. Deshalb habe ich mir die Freiheit genommen, ihren Inhalt auf meine Weise zu interpretieren. Ich hoffe, es verletzt nicht Euer Schamgefühl.«

Degusti, der sich selbst immer wieder durch ein Lachen unterbrach, schmetterte aus voller Kehle. Obwohl ich seinen Gesang durchaus beachtlich fand und er es sicherlich mit einem fahrenden Sänger aufnehmen konnte, ließ ich mein Pferd noch etwas weiter zurückfallen, denn wir erreichten soeben wieder einen Hohlweg, der den Schall verstärkt wiedergab und auf wahre Wirtshausstärke anschwellen ließ.

Wie weise meine Entscheidung war, zeigte das nachfolgende Geschehen, welches bewies, dass es weiß Gott Gefährlicheres geben kann als ein unanständiges Lied.

Weil ich durch den größeren Abstand nicht steil nach oben starren musste, wie es für Degusti nötig gewesen wäre, erblickte ich viel früher als er den Wegelagerer über ihm auf der Kante der sandigen Wand. Eine Pistole hätte ich nicht mehr rechtzeitig ziehen können, mir blieb kaum noch die Zeit zu einem Warnruf.

Degusti reagierte mit der Geschwindigkeit eines zustoßenden Falken. Intuitiv riss er steil den Arm mit dem Dolch hoch, der wie durch Zauber in seiner Hand erschien, und erwischte den Schurken, der keine Chance mehr hatte, seine Richtung zu korrigieren, mitten im Sprung. Eine Meisterleistung auch für einen erfahrenen Kriegsmann, selbst wenn man bedenkt, dass er nach vorne freie Sicht hatte und nach hinten von mir abgedeckt war, ein Angriff folglich nur von oben kommen konnte.

Zu einem entsprechenden Lob blieb mir jedoch keine Zeit. Denn im selben Moment rauschte ein weiterer Körper mit einem Fluch schräg hinter mir zu Boden. Das Schwert des Schurken bohrte sich in den Sand, ohne Schaden anzurichten. Reines Glück. Mein Leben war allein dadurch gerettet worden, dass ich zugleich mit meinem Schrei auch mein Pferd angetrieben hatte und dadurch vom Angreifer verfehlt worden war.

Weil vor Degusti drei neue Schurken aufgetaucht waren, zwei im Hohlweg und einer links oben auf der Kante, kümmerte ich mich zunächst nicht weiter um den Feind in meinem Rücken, der nur mit einem Schwert bewaffnet war und mir also aus der Distanz nicht gefährlich werden konnte. Vielmehr zog ich meine Pistole und feuerte auf den Kerl links, bevor er herabspringen konnte. Einen Schuss auf die beiden im Hohlweg konnte ich bei der Streuung meiner Waffen nicht wagen, ohne Degusti und sein Pferd ebenfalls zu treffen.

Weil ich nicht erkennen konnte, ob der Gauner unter seinem Wams eine Panzerung trug, hatte ich bewusst hoch angelegt. Weil der Kerl blitzartig seinen Kopf einzog, jagte die größere Menge der Ladung über ihn hinweg. Ein Teil der Wolke aus klein gehacktem Blei klatschte jedoch vor seine Stirn, was genügte, ihm den halben Schädel wegzureißen.

Derweil hatte Degusti sein Pferd dazu gebracht, auf der Hinterhand emporzusteigen und einem seiner Feinde mit den Vorderhufen den Brustkorb zu zerschmettern. Der andere hatte sich zur Flucht gewandt, wurde von ihm aber mit einem Degenstich in den Rücken erledigt.

Er hatte sein Tier noch nicht gewendet, als zu meiner Rechten ein neuer Angreifer den Hang herabrutschte und mit einem langstieligen Beil nach mir schlug. Da ich immer noch die leere und damit nutzlose Pistole in der Hand hielt, ließ ich mich nach links aus dem Sattel und die Waffe zu Boden fallen. Und dabei genau vor die Füße des ersten Wegelagerers, der mich vorhin mit seinem Schwert so knapp verfehlt hatte. Jetzt hatte er einen sicheren Stand und bereits zum Schlag ausgeholt.

Während ich noch hilflos nach der zweiten Pistole fingerte, wurde mir im Bruchteil einer Sekunde klar, dass das dümmliche, narbenentstellte Gesicht des Halunken das letzte Bild sein würde, das mich auf meiner Reise in eine angeblich bessere Welt begleiten würde, als dieser plötzlich wie von der Faust eines Riesen zurückgeschleudert wurde.

Oben auf der Kante sah ich gerade noch eine schemenhafte Gestalt mit einer Armbrust abtauchen, einen Vermummten, der mit einem Fehlschuss seinen Gefährten getötet und mir damit das Leben gerettet hatte, als auch mein letzter Widersacher sein Beil fallen ließ und mit einem Stöhnen in die Knie sank, hinterrücks durchbohrt von Degustis Dolch.

Endlich hatte ich Zeit, meine Pistole zu ziehen und die Umgebung auszuspähen, den Rücken durch mein Pferd gedeckt.

Degusti war ebenfalls aus dem Sattel und hielt eine Armbrust in der Hand. »Wenn Ihr mir freundlichst Deckung geben wollt!« Dann war er mit drei Sprüngen den Hang hinauf.

Wenig später war er wieder da, ein Lächeln auf den Lippen. »Scheint, als hätten wir das Pack in die Flucht geschlagen. Jedenfalls sind wir die einzigen auf der Walstatt. – Ich danke Euch übrigens für die Warnung. Ohne Euch hätte mich gleich der Erste dieser Halunken erledigt.«

»Oh, den Dank gebe ich gerne zurück.« Dabei zeigte ich auf den Toten, dessen Beil halb unter seinem Körper lag.

»Es war mir ein Vergnügen.« Und dabei feixte er, dass ich mir sicher war, dass er es genauso meinte, wie er es ausgedrückt hatte, und dass es für ihn bedeutend unangenehmere Dinge gab, als glücklose Räuber aufzuschlitzen.

»Trotzdem brauche ich Euch nach einem solchen Erlebnis wohl nicht mehr zu fragen, ob Ihr Euch noch mit mir zusammentun wollt.«

»Weit gefehlt, mein Herr.« Ich hielt ihm meine Hand hin. »Jetzt bin ich erst recht begierig zu erfahren, was wir beide zusammen vollbringen können.«

Diesmal war es an ihm, ohne zu zögern einzuschlagen.

Zweierlei Mörder?

Du bist wirklich mitunter ein komischer Kauz, weißt du das? Gestern bist du den ganzen Tag über nicht auffindbar, und heute liegst du bald bis mittags im Bett.«

Ossenstert marschierte wie ein wütender Kommandeur in meinem Zimmer auf und ab, den Finger anklagend auf mich gerichtet, während ich dabei war, mir im hellen Sonnenlicht, das auf mein Bett fiel, den Schlaf aus den Augen zu blinzeln.

»Dabei ging es dir mit der Untersuchung doch angeblich gar nicht schnell genug. Nun, hier habe ich das Ergebnis. Das heißt, ich hatte auch gestern schon das Ergebnis, aber mein kluger Freund war ja nicht da, um es sich anzuhören. Muss ja ausgesprochen wichtig sein, meine Arbeit, wenn man so begierig auf sie ist. Da müht man sich und hetzt, um einem Freund ...«

»... hoffentlich nicht mit solchem Weibergekeife Hirn und Gehör zu zerstören, du gekränkte Jungfrau. Lass mir lieber«, und niemand wunderte sich über meine schlaftrunkene Bestellung mehr als ich, »ein Glas Milch und etwas Brot mit Honig bringen, und ich werde dir erklären, warum ich wo gewesen bin und welche Strapazen ich auf mich genommen habe. Und dann darfst du mir endlich in der vollkommenen Breite, die der Bedeutung deiner Forschungen angemessen ist, darlegen, was du herausgefunden hast.«

Das Essen war schnell verzehrt, doch noch schneller war Ossenstert mit seinem Bericht, mit dem er dem meinen zuvorkam. Ich hatte mir kaum den letzten Krümel vom Mund gewischt, als er die ganze Geschichte doppelt und dreifach heruntergehaspelt hatte, so aufgeputscht war er noch immer von seiner Entdeckung.

»Wenn der Täter also nicht mit zwei verschiedenen Waffen zugestochen hat, dann haben wir es hier mit zwei Mördern zu tun.«

Ossenstert hatte nämlich zunächst, was offenkundig war, zwei Einstiche von identischer Breite vorgefunden, einen zum Herzen, den anderen auf der rechten Seite in die Lunge. Doch die nähere Examination ergab, dass die rechte Wunde einen etwas schmaleren Einstich überlagerte, der von einer geringfügig schmaleren Klinge herrührte, die überdies in einem etwas anderen Winkel eingedrungen war. Ein Faktum, das von einem durchschnittlichen Medicus sicherlich übersehen worden wäre. Nicht aber von meinem Freund, der in seiner Arbeit ein Muster an Sorgfalt war.

Entsprechend geizte ich auch nicht mit dem zu Recht erwarteten Lob. »Doch trotz oder gerade wegen deines meisterlichen Könnens, mein Freund, wird damit unser Fall nicht klarer. Wenn unmöglich ist, dass *ein* Mörder in den verschlossenen und verrammelten Raum hinein- und wieder herausgekommen ist, wie haben gleich ihrer zwei das geschafft?«

Die Frage hatte ich mehr an mich als an ihn gerichtet, gleichwohl wäre ich für eine Antwort dankbar gewesen. Aber so sehr wir auf der Basis der gewonnenen Tatsachen auch Lösungsmöglichkeiten durchprobierten, sie waren allesamt zu lächerlich, als dass ich euch, meinen gewieften Zuhörern, damit kommen dürfte. Erspart mir also freundlichst die Blamage absurder Konstruktionen und begnügt euch damit, dass auch Ossensterts Euphorie verflogen war und er wie eine nasse Katze abzog, als ich ihm bekennen musste, wie wenig förderlich mein Besuch bei der verstörten Anna gewesen war.

Um mich abzulenken, machte ich anschließend einen Rundgang durch das Dorf, das hier und da erstaunlichen Wohlstand zeigte mit seinen prächtigen Fachwerkhäusern und weiten Koppeln. Den Menschen hier schien es rundum gut zu gehen. Umso stärker würden sie sich durch die unerklärlichen Ereignisse verunsichert und letztlich bedroht fühlen. Ich konnte den Grafen verstehen, wenn er verzweifelt darum rang, die Ruhe in seinem Land wieder herzustellen.

Am Abend traf ich mich noch einmal mit Freund Johannes, aber auch ihm hatte die Zwischenzeit zwar eine neue Erkenntnis, jedoch nicht einen Funken der Erleuchtung beschert. Im Gegenteil.

»Es hat mir keine Ruhe gelassen, und also habe ich mir die Leiche noch einmal angesehen. Und weißt du, was ich entdeckt habe? Die Mörder wollten offenbar besonders sicher gehen und dem Opfer nicht den Hauch einer Chance lassen. Denn sie haben nicht nur zu zweit auf Bühler eingestochen – eine Klinge, die schmalere, war obendrein vergiftet. Wenn ihr Stichkanal auch überlagert worden ist, so fanden sich bei genauester Untersuchung doch eindeutige Spuren von Gift. Ich vermute, es handelt sich dabei um eine Mischung aus Spinnen- und kristallisiertem Schlangengift. Mehr kann ich aber nicht sagen, da mir hier in Crange die Mittel zu einer besseren Analyse fehlen. Doch ich bin mir ziemlich sicher, dass ich Recht habe. – Bloß, hilft uns das in der Sache weiter?«

Natürlich nicht. Es machte alles eher noch konfuser.

So bestand schließlich unser klügster Einfall darin, uns im *Güldenen Apfel* einen knusprigen Schweinebraten auftragen zu lassen, den wir mit reichlich Bier hinunterspülten. Und selbst im Nachhinein betrachtet bin ich der Überzeugung, dass wir auf sehr viel dümmere Ideen hätten verfallen können.

Als ich auch am nächsten Tag lieber an Schweinebraten als an die Morde dachte, wusste ich, dass es jetzt soweit war, mir Degustis Vorschlag näher erläutern zu lassen. Bevor ich zu Bett ging, heftete ich folglich einen seiner Zettel neben meine Tür.

Der Plan

Als ich am nächsten Abend die Dorfschenke betrat, erwartete mich dort in der Nische am Kamin ein wissend lächelnder Degusti, der es sich bei kaltem Braten und Bier gemütlich gemacht hatte.

»Es freut mich, dass Ihr Euch so schnell entschlossen habt. Denn es ist noch einiges vorzubereiten.«

Der Wirt, der mir noch von meinem ersten Besuch nicht in bester Erinnerung war, hielt sich außer Sichtweite und schickte als Vertretung einen jungen Schankburschen. Dieser beeilte sich, diensteifrig einen günstigen Eindruck seiner Person zu vermitteln, und trug unter vielen freundlichen Worten unaufgefordert weiteres Geschirr sowie einen zusätzlichen Humpen des Gerstensaftes auf. Als sich der servile Knabe endlich geschlichen hatte, legte mir mein Gegenüber eine ziemlich dicke Pergamentrolle neben den Teller.

»Hier, das sind in chronologischer Reihenfolge die Namen der Personen, deren Verschwinden nach meinem Dafürhalten auf demselben Grund beruhen könnte. Natürlich würde ich nicht für jeden einzelnen Fall die Gewähr übernehmen wollen, doch bei einem Aufkommen von über vierhundert Personen sollte ein Dutzend mehr oder weniger keine Rolle spielen. Demgegenüber ist ein breiter Bereich des Landes erfasst und nicht auszuschließen, dass nicht noch weitere Landstriche betroffen sind. Gleiches gilt für den Zeitraum. Hier sind nur acht Jahre belegt, aber es mag alles viel früher begonnen haben.«

Ich entrollte die Schrift und ließ meinen Blick flüchtig darüber wandern. Die Namen sagten mir nichts, sieht man von dem des Bernt Merselen ab, der mir zufällig ins Auge sprang. Ich hatte sein imponierendes Wehrgehänge nicht vergessen.

Degusti war mein Zögern nicht verborgen geblieben. »Ihr kennt jemanden von ihnen?«

»Kennen ist zu viel gesagt.« Ich erzählte ihm die Geschichte vom verschwundenen Landsknecht und seinem bei einem angeblichen Werwolf wieder aufgetauchten Wappengurt.

Auf den Lippen meines Gegenübers machte sich ein zufriedenes Lächeln breit. »Sieh mal einer an! – Ich habe mir im Laufe der Zeit in der ganzen Sache eine Meinung gebildet, die ich bislang für mich behalten habe, weil sie zu abenteuerlich klingen würde, und ich überdies nicht die geringste Lust verspüre, den Respekt meiner Männer zu verlieren, indem ich mich zum Gespött mache. Nehmt es mir nicht übel, dass ich diese Geheimniskrämerei, wie meine Leute es nennen, auch noch ein wenig beibehalten werde. Nur so viel sei gesagt: Wenn ich Recht habe, wiederholt sich hier eine Geschichte, wie sie sich ähnlich vor über hundert Jahren im fernen Escotia zugetragen hat. Indessen, die landschaftlichen Voraussetzungen waren dort gänzlich anders. Dies ist der bislang unüberwindliche Punkt, den meine Überlegungen noch bezwingen müssen.«

Er klatschte hart seine Hände gegeneinander. »Gleichviel, Euer Bericht macht mir Mut, denn er scheint meine Theorie zu stützen. – Doch weiter.« Dabei zeigte er auf die Rolle. »Die Leute sind in Gruppen zusammengefasst, wie sie zusammen gereist sind. Ihr werdet sehen, dass keine größer ist als sechs Gefährten und dass immer mindestens die Hälfte von ihnen Frauen waren. – Und Ihr werdet noch etwas sehen. Die Bögen, die ich hinter die Gruppen gesetzt habe, beziehungsweise der schwarze Punkt, bedeuten, dass sie alle ihre Reise in der letzten Phase des abnehmenden oder der ersten des zunehmenden Mondes angetreten haben, zumeist aber dann, wenn es überhaupt keinen Mondschein gab.«

Genüsslich nahm Degusti einen tiefen Zug. »Die letzten vier Gruppen zogen von Crange aus. – Nun, ahnt Ihr bereits, worauf ich hinauswill?«

Oh ja, ich ahnte es, genau wie ihr, meine scharfsinnigen Freunde. »Ihr tippt auf eine Bande, groß genug, um mit einer kleinen Gruppe in Windeseile und ohne Spuren zu hinterlassen fertigzuwerden, die sich die Dunkelheit zunutze macht. Das leuchtet mir ein. Nur, was ist so neu daran?«

»Neu und wahrhaft außergewöhnlich ist daran, dass in aller Regel nicht das geringste Relikt übrig bleibt. Die Spur hört im Nichts auf. Wo sind die Pferde geblieben? Was ist aus den Wagen geworden? Sicherlich waren auch etliche Arme unter den Opfern, aber bei der Vielzahl der Fälle muss in den Jahren eine riesige Menge an Beute angefallen sein. Wo ist die gelandet? Ja, gäbe es einen Raubritter mit Burg und Gefolge, der könnte so etwas bewerkstelligen – aber andererseits niemals über die Zeit geheim halten. Außerdem liegen die Tatorte vielfach Tagereisen auseinander. Wo will man sich mit einer solchen Truppe untertags verbergen? Und überdies, was sind das für Wesenheiten, die nur deshalb alle Spuren so vollkommen verwischen können, wenn sie in der Nacht genauso gut sehen können wie wir bei Tage? – Wie gesagt, vermuten kann man viel, doch ohne schlagenden Beweis bleibt man bloß ein dummer Schwätzer.«

Degusti lachte leise und ohne Fröhlichkeit vor sich hin, als er zu seinem Humpen griff. »Was nützt es also, dass ich über die Jahre hier und da etwas aufgeschnappt habe von Leuten, die mit Leuten gesprochen haben, die angeblich jemanden kannten, der als Letzter einer Reisegruppe übrig geblieben war? Nichts als Gerede wie bei Anna. – Ihr wisst, wie die einzige Möglichkeit aussieht, um alle unsere Fragen zu beantworten?«

Die Antwort war so klar, dass ein bloßes Nicken meinerseits genügte.

»Dann sollten wir uns jetzt um die Einzelheiten kümmern. In sechs Tagen beginnt der Neumond.«

Glühende Augen

Hinter mir war nur das Rattern des Frachtwagens zu hören, das sich dem Takt des Pferdegetrappels angepasst hatte. Ich ritt allein voraus in die Schwärze der Nacht und musste mir eingestehen, dass mir nicht wohl in meiner Haut war.

Ihr wisst, meine geduldigen Zuhörer, dass ich so manches Abenteuer bestanden und so manche Klinge gekreuzt habe. Aber glaubt mir, es ist etwas ganz und gar anderes, Auge in Auge gegen einen Gegner antreten und dabei alle Risiken abschätzen zu können, als sich auf solch eine Reise ins Ungewisse einzulassen, von der einige hundert Menschen nicht zurückgekehrt waren. Was nützte selbst das an Ehrlichkeit nicht zu überbietende Kompliment der Feinde, zu den besten Fechtern und sichersten Schützen gezählt und deswegen gefürchtet zu werden, wenn man nicht erahnen konnte, ob dem unsichtbaren Widersacher überhaupt mit gewöhnlicher Bewaffnung, Finten und Fähigkeiten beizukommen war?

Allein, welche andere Möglichkeit hätte mir zu Gebote gestanden, als mich auf Degustis Plan einzulassen? Und da ich mich nun einmal entschieden hatte, half mir jetzt auch kein Lamentieren.

Wie verabredet, hatte ich mich in der Abenddämmerung auf die Straße nach Südwesten begeben und mich nach Einbruch der Dunkelheit so lange auf ihr gehalten, bis mir mit einem zweifachen scharfen Pfiff das vereinbarte Zeichen gegeben wurde.

Rechts von mir tat sich ein schmaler Pfad auf, der sich nach wenigen Schritten hinter einem Knick zu einer Lichtung erweiterte. Hier lagerte Degusti mit seinen Leuten vor einem

Frachtwagen, dessen niedrige Seitenwände im hinteren Teil flach mit einer Plane überdeckt waren. Auf dem Boden um ein winziges Feuer herum, das nicht einmal ausreichend Licht spendete, um ihre Gesichter unterscheiden zu können, hockten sechs Männer und drei Frauen, die sich nur murmelnd verständigten. Gleichwohl merkte man ihnen die enorme Spannung an, unter der sie alle standen.

Ich konnte es ihnen bestens nachfühlen. Warum sollte es ihnen nicht genauso gehen wie mir?

Jetzt erst merkte ich, dass auf der Ladefläche drei weitere weibliche Wesen hockten, jedoch vollkommen stumm und bewegungslos.

Degusti erhob sich und kam zu mir herüber. »Da seid Ihr ja endlich. Zuerst dachte ich, Ihr hättet es Euch im letzten Moment noch anders überlegt, aber bei dieser Finsternis ist das Vorankommen wirklich keine Kleinigkeit. – Wie Ihr seht«, dabei deutete er auf den Wagen, »habe ich mich Euren Bedenken nicht verschlossen und mich entschieden, die Frauen keiner Gefahr auszusetzen. Ihr könnt Euch selber überzeugen, dass sie würdige Vertreterinnen gefunden haben, die zwar keine angenehme Gesellschaft im Bett, dafür aber den unbestreitbaren Vorzug bieten, niemals auch nur ein einziges Widerwort zu geben.«

Vom Kreis um das Feuer kam leises Gelächter, und ich betrachtete mir die Gestalten hinter dem Kutschbock näher. Es waren Strohpuppen, zusammengebastelt mit einiger Kunstfertigkeit und in weibliche Kleidung gewandet.

»Unsere drei leibhaftigen Schönen hier«, dazu erhob sich ein leicht überdrehtes Gekicher der Angesprochenen, »die sich bei unserer Abreise allen Betrachtern so augenfällig präsentiert haben, werden auf dieser Lichtung beschützt die Nacht verbringen und erst am helllichten Tag, dafür umso sicherer, zurückgeleitet. Sie werden für den Rest der Fahrt von den drei Strohköpfen da für unsere Zwecke hinlänglich vertreten. Der Wagen ist ebenfalls so präpariert, wie ich es Euch versprochen habe. Übermittelt dazu Eurem Freund Ossenstert meinen herzlichsten Dank. Ich habe von dem Tau ein Stückchen abgeschnitten und damit eine Probe gemacht. Es hat fabelhaft funktioniert. – Ihr reitet knapp voraus, ich selber führe die Zügel, und unter der Plane warten Rudolfo, dessen Treffsicherheit Ihr ja bereits kennt, Fortunato, Giuseppe und Ignazio. – Und dann werden wir hoffentlich irgendwann sehen, ob wir es mit Menschen, Bestien, Dämonen oder dem Satan persönlich zu tun bekommen.«

* * *

Ich hatte das Gefühl, dass es weit nach Mitternacht sein musste, doch das mochte an dieser allumfassenden Dunkelheit liegen, die keine Ablenkung durch wechselnde Landschaftsbilder zuließ.

Einmal begegnete uns ein aus vier Wagen bestehender, mit Laternen ausgestatteter Handelszug, der mit zwölf Mann Bedeckung unterwegs war und nach menschlichem Ermessen nichts zu fürchten hatte. Da wir uns an einer Engstelle nur langsam aneinander vorbei manövrieren konnten, was durch die ausgefahrenen Karrenspuren zusätzlich erschwert wurde, blieb Zeit für eine kurze Unterhaltung. Sie versicherten uns, dass wir die Einzigen seien, die sie seit ihrem Aufbruch getroffen hätten, und dies wohl eine verdammt einsame Gegend sein müsse, denn sie hätten schon lange kein Haus mehr am Wegesrand gesehen.

Wie vorsichtig Degusti unsere Mission anging, merkte ich erst, als die kleine Karawane vorbei war. Rudolfo, der seinen

Schnepper mit einer Hebelspannerarmbrust vertauscht hatte, war unsichtbar vom Wagen geglitten und hatte, selbst im Gebüsch verborgen, den Treckführer nicht aus dem Visier gelassen.

Degusti klopfte ihm anerkennend auf die Schulter.

Dann wurde er plötzlich sehr ernst. »Auf die Idee bin ich auch erst jetzt gekommen, dass ein solcher Treck genau das sein könnte, was wir zu finden befürchten. Bis zu sechs Personen hätten die mühelos niedergemacht, die Toten aufgeladen und den erbeuteten Wagen, kaschiert mit einer neuen Plane, einfach ihrem Zug zugesellt.«

Er blickte mich kopfschüttelnd an und klatschte sich mit der flachen Hand vor die Stirn. »Was bin ich nur für ein Idiot, nicht auf eine solche Variante zu kommen. Statt folgerichtig zu denken, lasse auch ich mir den Geist von Teufelsvisionen, Werwölfen und solchen Spinnereien vernebeln. Und Ihr, denke ich, habt auch nicht anders reagiert. Wie die Dorftrottel haben wir uns einfangen lassen vom Geschwätz der Schenken und dem Gewäsch zittriger Weiber. Man muss einen Unsinn nur oft genug wiederholen, und schon fallen selbst kluge Köpfe wie die unseren darauf herein. – Mein schöner Plan mit sechs erstklassigen Kämpfern und dem Überraschungsmoment auf unserer Seite! Ha, die eben hätten *uns* überrascht, und wir lägen jetzt alle tot auf unserem eigenen Wagen.«

Degustis Kopfschütteln wollte kein Ende nehmen. Sein Selbstvertrauen war schwer erschüttert, schwerer, als sein Atem ging. Rudolfo reichte ihm wortlos einen Weinschlauch herüber. Doch gleichgültig, welcher Güte sein Inhalt war, ein solches Maß an Ernüchterung beseitigte auch der beste Malväser nicht.

»Warum, zum Henker, habe ich nicht versucht, mich in die Lage desjenigen zu versetzen, der all diese Leute hat verschwinden lassen? Warum habe ich mir nicht überlegt, wie ich es selber angestellt hätte? – Was bin ich nur für ein Tölpel!«

Nach einer Weile, in der unsere Pferde im Schritt dahingetrottet waren, schien er sich ein wenig beruhigt zu haben. Er war sogar wieder in der Lage, sich ein gequältes Lachen abzumühen.

»Ein Gutes hat das Ganze jedenfalls, wir können wieder umdrehen und in Crange noch ein wenig Schlaf finden. Danach sollten wir die Sache erneut und zur Gänze überdenken und den Schwerpunkt darauf legen, welche größeren Trecks zu den fraglichen Zeiten in der Nähe der jeweiligen Tatorte waren. Habe ich nicht selbst dazu erwähnt, dass es bei einem Raubritter hätte klappen können? Ich bin nur nicht darauf verfallen, dass er über eine fahrende Burg verfügen könnte, verflucht. – Und wir sollten so viel trinken, dass wir wenigstens für ein paar Tage vergessen können, wie viel wertvolle Zeit wir durch unnütze Überlegungen mit unserem selbstbeschränkten Verstand vertan haben. – Und nie mehr, gottverdammt, will ich etwas hören von Teufeln, Dämonen und menschenfressenden Werwölfen!«

Weil niemand antwortete – seine Leute hatten sich wieder auf ihre Lager unter der Plane verzogen, und ich hing meinen eigenen Gedanken nach –, bewegten wir uns noch immer in die ursprüngliche Richtung. Degusti hatte natürlich Recht. Also hielt ich meine Augen, die sich mittlerweile ganz gut an die Dunkelheit, aus der überdies der eine und andere Stern hervorlugte, gewöhnt hatten, nach einer Stelle offen, an der wir auf dieser schmalen, holprigen Straße unser sperriges Gefährt ohne Schwierigkeiten wenden könnten.

Dabei gewahrte ich durch die Büsche, an die zweihundert Schritte voraus und rechter Hand, einen hellen Schein. Ich gab Degusti, der mit den Sichtverhältnissen anscheinend noch besser fertig wurde als ich, mit der Hand ein knappes Haltzeichen.

»Wenn wir schon so weit gekommen sind, sollten wir uns das da nicht näher ansehen?«

Der immer noch von Resten seines Selbsthaders gepeinigte Degusti knurrte mürrisch zurück: »Was wird es schon sein? Die mickrige Kate eines armen Köhlers, der vor Hunger nicht schlafen kann. Doch es kann sein, dass sich die Straße dort ein bisschen verbreitert. Und vielleicht können wir da besser ...«

»Und vielleicht können wir *hier* besser über die Worte der Kaufleute von vorhin nachdenken und uns ins Gedächtnis rufen, dass sie auf dieser Strecke kein Haus und keine Hütte gesehen haben. Was also soll das für ein Köhler sein, der sich, erschöpft von der Tageslast, zu Bett begeben hat, um dann wieder aufzustehen und nach Mitternacht sein Haus zu illuminieren? – Und vielleicht, vielleicht ... und vielleicht war Euer Plan doch nicht so schlecht.«

In tiefster Dunkelheit ging die Sonne auf, wenn auch nur auf Degustis Gesicht. »Gut dann.« Er pochte leicht auf seine Kutschbank, und gleich waren seine Leute in Alarmbereitschaft. Er deutete nur in Richtung des Lichtscheins, weitere Anweisungen brauchte es bei einer solchen Truppe nicht. Ruhig setzten wir unseren Weg fort.

Nach der Hälfte der Strecke ließen sich die Konturen eines kleinen Hauses ausmachen, in dem zwei Fenster hell erleuchtet waren. Dies mitten in der Einöde mit der verlockenden Aussicht auf eine warme Mahlzeit und ein geschütztes Lager mochte jedem erschöpften Wanderer wie der Himmel auf Erden erscheinen. Ermattet vom beschwerlichen Weg, durchgerüttelt von der holprigen Fahrt und in ständiger Furcht vor Wegelagerern mochte jeden Reisenden der Wunsch, endlich an eine Tür klopfen und um Herberge bitten zu dürfen, jede Vorsicht vergessen lassen.

Es war die perfekte Falle.

Ich konnte buchstäblich fühlen, wie die Spannung der Kämpfer hinter mir vibrierte. Leises Schaben und Knacken auf dem Wagen, das Spanngeräusch einer Armbrust – sie brachten sich in Position. Ich wandte mich kurz um, konnte aber außer Degusti niemanden von ihnen ausmachen.

Kaum hörbar flüsterte er: »Ich bevorzuge hier das Schwert.«

Er hatte es kaum ausgesprochen, als ihm über die Lehne des Kutschbocks ein Bihänder zugeschoben wurde, wie er ungewöhnlicher kaum sein konnte. Zwar mit der üblich ausladenden Parierstange, war seine Klinge jedoch ein gutes Drittel kürzer als normal und ohne Spitze. Dafür von doppelter Breite und sich nach oben hin verdickend, schien es mir eher ein übergroßes Richtschwert zu sein. Mit der Verlagerung des Schwerpunkts zum Kopf der Schneiden würde es sich schwingen lassen wie eine Axt.

Degusti deponierte es zu seinen Füßen und winkte mir, mein Pferd leicht anzutreiben. Dann wandte er sich noch einmal an seine Leute. »Denkt daran, was ich euch immer eingeschärft habe: Das Wichtigste sind eure Augen. Ihr könnt im Kampf die Nase verlieren, die Ohren, ein paar Finger oder auch einen Fuß. Aber ohne Augen seid ihr auf dieser Welt nichts, seid ihr tot. Also haltet alles und jeden auf Distanz und nehmt euch in Acht!«

Weitere hundert Schritte, und nach rechts führte ein Pfad, wenig breiter als unser Wagen, auf das Haus zu. Dieses wirkte auf mich, je näher ich ihm kam, als würde es zunehmend seine Stabilität, der First seine starre Form verlieren und sämtliche Konturen verschwimmen. Obwohl völlige Windstille herrschte, machte seine Silhouette plötzlich den

Eindruck, als würde sie von innen heraus von einem Sturm zerblasen.

Der Weg hinter mir war durch unseren Wagen blockiert, sodass mir ohnehin keine andere Wahl blieb. Also trieb ich mein Pferd nach vorn, mit links die Zügel fest in der Hand, rechts eine Radschlosspistole.

Ich war schon so nahe, dass ich glaubte, durch die leere Fensteröffnung hindurchspringen zu können, als ich die glühenden Augen erkannte, die mich zu Dutzenden aus den Büschen ringsum fixierten. Der Schrei, mit dem ich meine Kameraden warnte, war erst halb aus meiner Kehle, als das Haus über mir zusammenstürzte.

In der Wolfshöhle

Ich habe euch ja schon berichtet, meine aufmerksamen Zuhörer, dass sich in meiner Profession in all den langen Jahren nicht nur die naturgegebenen Sinne verfeinert haben, sondern auch solche, die man vorher nicht gekannt und die der ständige Umgang mit dem Tod hinzugefügt hat.

So hatten auch jetzt die kaum merklichen Verschiebungen der Umrisse des Hauses, das geringfügige Dehnen seiner Wände und das Unstete seiner Beleuchtung eine Saite in mir zum Klingen gebracht, die die allermeisten unter euch niemals hören werden. Doch seid froh darüber, beweist dieser Umstand doch, dass ihr ein ausgeglichenes Leben jenseits aller Gefahren führt.

Mein Leben hingegen wurde durch meinen siebten Sinn gerettet, der mich instinktiv die Zügel nach rechts reißen ließ, als sich der Giebel zur Erde beugte. So traf mich das, was da auf mich herabprasselte, nicht am Kopf, sondern streifte bloß meine linke Schulter. Es war kein steinernes Mauerwerk, sondern ein massives Stück Holz, einer Zeltstange nicht unähnlich, und auch von vergleichbarer Funktion. Denn diese mit Leinwand bespannte hölzerne Rahmenkonstruktion war geschaffen worden, den arglosen Opfern die Fassade einer schützenden Herberge vorzugaukeln. War der nichts ahnende Reisende nur nahe genug heran, ließ man dieses Gebilde wie ein Netz über ihn fallen und hatte so leichtes Spiel, auch seine Begleiter niederzumetzeln, die kaum begreifen dürften, was sich da vor ihnen abspielte.

Diese Erkenntnis durchzuckte mein Gehirn mit der Geschwindigkeit und der phantastischen Illumination eines Blitzes. Deshalb entging ich auch der Attacke dreier zotteliger Wesen, die, mitgerissen durch ihren eigenen Schwung, an meinem Pferd vorbeistießen.

Just in diesem Moment blitzte es auch außerhalb meines Schädels, wurde die Szenerie in ein gleißendes Licht getaucht, dem Mündungsfeuer einer Feldschlange nicht unähnlich. Giuseppe, dem diese Aufgabe übertragen worden war, hatte die rings um den Wagen genagelte, von Ossenstert mit einer speziellen Mischung aus Pulver und Salpeter angereicherte, daumendicke Zündschnur angesteckt, die sogleich kometenhaft zu sprühen begann.

Im selben Augenblick wurden die ebenso präparierten Strohpuppen vom Wagen in die Menge geschleudert, wo sie mit ihrem grellweißen Feuer die Geschöpfe der Nacht blendeten.

Degusti hatte dazu den Bolzen der Deichsel gezogen, sodass die verschreckten Zugpferde davonlaufen und den Wagen nicht ins Wanken bringen konnten. Er selber stand mitten auf seiner feurigen Empore und ließ das Schwert seine vernichtenden Bahnen ziehen.

Fünf, sechs der Kreaturen mit den verfilzten Mähnen hatten den Wagen erklettert, bevor die Lunte zu sprühen begann und ihnen dort unten den Vorteil der Schwärze nehmen konnte. Kurios-grauenhafte Wesen in schmutziger Kleidung, die von Männern und Frauen, Edelleuten und Leibeigenen stammen mochte. In ihren klauenartigen Händen Messer, Dolche, kurze Schwerter und ein Degen.

Degusti mähte sie in der gelassenen Präzision eines Schnitters nieder, der weiß, wie man die Sense anzulegen hat. Er musste nicht fechten, fintieren oder Ausfallschritte machen. Ihm genügten eine gelegentliche Verlagerung seines Gewichts oder eine halbe Drehung. Dann flogen abgetrennte Gliedmaßen durch die Luft, polterte ein Kopf samt Schulter und anhängendem Arm auf den Wagenboden, brach eine der

Kreaturen, der ein Bein oberhalb des Knies abgetrennt worden war, mit gellendem Schrei zusammen.

Neue krummrückige Zottelwesen mit glühenden Augen und spitzgefeilten, gebleckten Zähnen erkletterten seinen hölzernen Olymp, um sogleich verstümmelt, zerteilt, zerfetzt in den Hades geschleudert zu werden.

Einmal sah es so aus, als würden sie den über und über in fremdes Blut getauchten Fels erschüttern können, als ihn zwei Angreifer gleichzeitig von vorne und hinten ansprangen. Doch in einem einzigen, fließenden Bewegungsablauf zerschmetterte Degusti mit einer weiten Ausholbewegung dem Wolfsmenschen hinter ihm den Kinnbacken, während er die Hände nach oben riss und so dem Angreifer vor ihm die scharfkantige Parierstange in den geöffneten Rachen rammte, dass der Stahl im Nacken wieder heraustrat.

Fortunato und Giuseppe, jeweils mit Rapier und Degenbrecher bewaffnet, standen zu beiden Seiten des Wagens, den Rücken durch die Planken gedeckt, wo sie es mit Geschick verstanden, sich eines Knäuels von Mordgierigen zu erwehren, das sogar Dreschflegel herangeschleppt hatte.

Aus den Büschen, in denen sich Ignazio und Rudolfo ihre Plätze gesucht hatten, zischte Pfeil auf Pfeil und löschte die Bedrohung aus, die gerade am größten schien.

So faszinierend dieses Schauspiel auch war, hatte ich dabei doch alle Hände voll zu tun, mein eigenes Leben zu retten.

Es waren nicht nur die drei, die zu Anfang auf mich eingestürmt waren. Die hatten den Fehler begangen, so dicht beieinander zu bleiben, dass ich sie mit einem einzigen Schuss aus Sir Desmonds faszinierender Pistole erledigen konnte.

Sie bildeten nur die erste Welle eines Stroms, von dem ich dachte, dass er nie versiegen würde. Zum Glück war mein Reittier ein erprobtes Schlachtross, dem auch dadurch nicht beizukommen war, dass man an seinem Schwanz riss und ihm in die Flanke stieß. Als wüsste das Tier, dass seine Verletzungen zwar schmerzhaft, jedoch nicht lebensbedrohlich waren, ließ es sich nicht aus der Bahn werfen und setzte seine anerzogenen Fähigkeiten ein, indem es auskeilte, hochstieg und niedertrampelte.

Ich feuerte meine zweite Pistole in die Menge und ließ sodann von meinem sich auf der Hinterhand drehenden Ross mein Rapier in einem mörderischen Tanz auf die Schädel, in die Hälse und Körper meiner Angreifer fahren, bei denen es sich, soweit man dies in der Hitze des Gefechts überhaupt zu unterscheiden vermochte, um Männer, Frauen und Kinder handelte, sämtlich mit irrem Blick und gierend danach, mit ihren scharfen Zähnen meine Kehle zu erreichen.

Dann war der Albtraum zu Ende.

Verschiedentlich ein Stöhnen, da und dort ein Wimmern, manchmal noch ein Todesröcheln. Rudolfo ging vorsichtig, ein sichelförmiges Messer in der Hand, von Kreatur zu Kreatur und besorgte den Rest.

Als sich nichts mehr rührte, holten wir die Pechfackeln vom Wagen, entzündeten sie und verteilten sie auf dem Gelände. Was sie uns in ihrem Licht offenbarten, kannte ich sonst nur von den sakralen Gemälden frommer Meister, die den Sündern in schreienden Farben die Qualen der Hölle vor Augen zu führen trachteten.

Kaum einer der Erschlagenen verfügte noch über einen vollständigen Körper. Am schlimmsten waren diejenigen zugerichtet, die es mit Degusti zutun gehabt hatten. Eines dieser Wesen, der Kleidung nach eine Frau, war mit einem einzigen Streich durch die Taille in zwei Teile gehauen worden. Allesamt zerstückelte Menschen, die keine waren – nach ihrem Tod nicht und vorher erst recht nicht.

Rudolfo trat zu uns und streckte eine flache Hand nach oben. Die Fingerspitzen, mit denen er einer Leiche über die Augen gefahren war, strahlten in grünlichem Feuer. »Sie haben sich mit einem Zeug angemalt, wie man es wohl unter der Erde gewinnen kann. Ich habe so etwas schon mal bei einem Mann gesehen, der im Erzbergbau arbeitete.«

Degusti überprüfte es, und auch seine Finger begannen zu schimmern. »In der Tat. Wenn man es so betrachtet, bleibt nicht viel an Dämonischem übrig.«

Der einzige Tote auf unserer Seite war Fortunato – ein makaberer Witz des Schicksals, der bewies, dass Namen wahrhaftig nur Schall und Rauch sind. Seine Kehle war aufgerissen und sein Gesicht zerbissen worden. Sie mussten ihn erwischt habe, als er gerade dabei war, seine Armbrust zu spannen.

Wir anderen hatten lediglich Kratzer und flache Fleischwunden, die nicht der Rede wert waren.

»Schade um ihn, er war ein guter Mann.« Degusti war ehrlich betrübt. »Immer fröhlich, und außerdem der Jüngste von uns. Ich hoffe, wir schaffen es, ihn in geweihter Erde begraben zu lassen.«

Und zu uns allen gewandt: »Hat jemand eine Ahnung, wie diese Horde unser Verschwinden samt Wagen bewerkstelligt hätte, wenn sie mit uns fertiggeworden wären?«

Niemand wusste darauf eine Antwort.

»Dann, so paradox es sich anhört, bleibt nur zu hoffen, dass einem die Flucht gelungen ist und er eine so deutliche Spur hinterlassen hat, dass man ihr folgen kann. Ich schlage vor, wir machen uns gleich an die Suche, denn bis zum Morgengrauen verlieren wir womöglich zu viel Zeit, und wenn doch jemand entkommen konnte, gewinnt er einen zu großen Vorsprung.«

Es war mehr als einer entkommen, doch geholfen hatte es ihnen nichts.

Wir hatten uns jeder eine Fackel gegriffen und schritten in immer länger gezogenen Bögen die Gegend hinter dem vermeintlichen Haus ab. Giuseppe wurde als Erster fündig.

Ein junger Mann, dem der Bart kaum als Flaum spross, aber mit der verfilzten Mähne wie alle anderen, lag etwa dreißig Schritte entfernt auf der Seite. Er stöhnte dumpf vor sich hin und versuchte vergeblich, mit beiden Händen die aus seinem Leib quellenden Gedärme zurückzuhalten. Als Degusti merkte, dass er nicht ansprechbar war, schnitt ihm Rudolfo auf sein Zeichen die Kehle durch.

Der Nächste hatte es zwanzig Schritte weiter geschafft. Er war nicht so schwer verletzt, brabbelte aber unentwegt unverständliches Zeug, bis sich Rudolfo auf die ihm eigene Art auch seiner annahm.

Da beide vom Haus weg auf einer geraden Linie gelegen hatten, blieben wir nun dichter beisammen und marschierten in dieser Richtung weiter.

Als wir schließlich den fünften Verwundeten erreichten, waren wir nur noch einen Steinwurf von einem sumpfigen Gelände entfernt, in dessen Morast man augenblicklich knietief einsank. Ignazio, der den Versuch einer Durchquerung unternommen hatte, zuckte schnell zurück. »Hier geht es nicht weiter, es sei denn, wir wollen das Werk der Wolfsmenschen vollenden und uns selber töten. Noch ein paar Schritte, und wir werden alle als Moorleichen enden. – Immerhin wird uns keine von diesen Bestien entschlüpft sein.«

Degustis Gesicht verzog sich voller Skepsis. »Es muss eine andere Lösung geben. Warum sollten die Verletzten sonst ausnahmslos in diese Richtung gelaufen sein? Schutz durch das Moor? Pah, dazu zieht sich der Sumpf zu weit hin, den hätten sie auch auf anderem Wege erreicht. – Nein, hier muss es einen Durchlass geben. – Rudolfo!«

Der Gerufene brauchte keine weitere Erklärung. Er zog unter seinem Umhang ein dünnes Seil hervor, das er mehrfach um seinen Leib geschlungen hatte, und reichte das eine Ende Ignazio, während er das andere fest um seine Hand wickelte.

Sehr behutsam setzte sein Gefährte daraufhin wieder die Füße ins Wasser und arbeitete sich allmählich vor. Nach kaum zehn Armeslängen war das schwankende Grün zwar immer noch saftig und dicht, doch stieg der Boden darunter wieder an und war bald in der Lage, das Gewicht eines Menschen zu tragen, ohne an ihm zu ziehen. Die morastige Barriere entpuppte sich als Wassergraben, von Menschenhand zu dem Zweck geschaffen, den Beginn eines undurchdringlichen und alles verschlingenden Moores vorzuspiegeln.

Schnell folgten wir Ignazio nach und entdeckten im Licht unserer Fackeln auf dem nun wieder sandigen Boden eine blutige Kriechspur, die am Rand eines flachen Hügels endete. Dort endete auch das Leben ihres schwerverletzten Verursachers, den sich Rudolfo packte, bevor er in einem hinter Gebüsch verborgenen, höchstens halb mannshohen Erdloch verschwinden konnte.

Degusti hielt seine Fackel hinein, und wir konnten sehen, dass der sich weitende, wie ein Streb im Bergbau abgestützte, sanft abfallende Stollen nach fünf Schritten einen scharfen Knick nach rechts tat, der uns jede weitere Sicht nahm.

Rudolfo wechselte stumm einen Blick mit seinem Anführer und übernahm dann die Spitze. Er band sein Seil an den Spanner seiner Armbrust, machte zwei schnelle Schritte in den Gang und schleuderte den so geschaffenen Wurfanker mit Wucht um die Ecke, während er nur einen Wimpernschlag später kräftig an dem Seil riss.

Mit einem Schrei, von dem ich nicht zu sagen vermag, ob er vor Schmerz oder Überraschung ausgestoßen wurde, zerrte seine Konstruktion einen zappelnden Wolfsmenschen hervor, fast noch ein Kind, dem Rudolfo mit dem Kolben der Armbrust den Schädel einschlug, bevor der seine Lage begriff.

Degusti grinste beifällig und klopfte mir auf die Schulter. »Diesen Trick beherrscht er wie kein anderer. Nicht das erste Mal, dass er mich so vor einem Hinterhalt bewahrt hat.«

Einer nach dem anderen bogen wir um die Ecke und mussten in einem infernalen Horror erkennen, dass der von mir schon beendet geglaubte Albtraum eine unirdische Schreckensdimension erreicht hatte.

In einer Höhle mit niedriger Decke, aber enormer Grundfläche sah es aus wie in einem Schlachthaus, in dem Legionen von Metzgern und Schindern einem unersättlichen Oger zuarbeiteten. An den Wanden und zwischen den Stützpfeilern befanden sich nicht enden wollende Gestelle, an die mit Haken tierische, aber weitaus überwiegend menschliche Gliedmaßen gehängt waren. Arme, Beine, aufgeschlagene und von den Innereien befreite Torsi, die man in Lake gewässert und gepökelt hatte. An einer Wand standen Fässer mit eingesalzenem Gedärm, und über erkalteten Feuern hingen Kessel mit ausgekochten Schädeln. Daneben waren unzählige, der Größe nach geordnete Knochen aufgeschichtet.

Der wechselnde Schein unserer Fackeln machte alles noch schlimmer. An den Wänden schienen die Glieder miteinander zu tanzen. Hände griffen nach Beinen, Füße zuckten unter Körpern, ohne mit ihnen verbunden zu sein, Knochen wollten sich zu Skeletten fügen, die keinem Lebewesen entsprachen.

Darüber hing der atemlähmende Gestank nach gegerbten Häuten und getrocknetem Blut.

Wir alle, die wir hier standen, hatten es uns zur Aufgabe gemacht, dem Tod beinahe täglich ins Auge zu blicken. Doch was sich uns hier darbot, drückte einem jeden mit einer eisigen Hand die Luft ab und ließ das Blut in den Adern gefrieren. Als Erster zeigte Ignazio in dieser blasphemischen Vorratskammer einer Menschenfresserbande eine Reaktion, als ihn ein ersticktes Würgen schüttelte und sein Magen doch nur Schleim hervorbrachte.

Dieser Moment der Unpässlichkeit genügte, Degusti zu seiner gewohnten Form zurückfinden und sich um das Wohl seiner Leute sorgen zu lassen. Er deutete mit dem Schwert die Wände entlang, in denen balkengefasste Durchlasse zu weiteren Höhlen führten. »Bleibt zusammen und nehmt sie euch der Reihe nach vor. Herr Frederik und ich werde hier warten und absichern.«

Dann wandte sich Degusti mit einem unerwartet zufriedenen, fast glücklichen Gesichtsausdruck an mich. »Es ist die Monstrosität der Wirklichkeit, die einen erschlägt, aber im Grunde bin ich nicht groß verwundert. – Ihr erinnert Euch an unser Gespräch und meinen Hinweis auf längst vergangene Ereignisse in Escotia? Dort hat eine inzestuöse Großfamilie von Menschenfressern in zwanzig Jahren an die tausend Opfer gefordert. Sie konnten diese Ungeheuerlichkeit so lange treiben, weil die Natur sie begünstigte. Sie lebten nämlich in einem Höhlengewirr an der schottischen Küste, dessen Zugang bei Flut vom Wasser verdeckt wurde. – Alles schien auch hier zu passen, bis auf die Höhle. Ich konnte mir einfach nicht vorstellen, dass sich so etwas hier künstlich schaffen ließ, noch dazu in solcher Größe. Hier muss jemand über große Erfahrung in der Kunst des Bergbaus verfügen. – Als Ihr mir dann von diesem Landsknecht ... war sein Name nicht Merselen? ... und dem wieder aufgetauchten Gurt berichtetet, bestärkte mich dies in meinem Verdacht, wenn auch aufgrund einer gewagten Idee. Wäre es nicht denkbar, dass diese durch Inzucht geschaffene Bande hier gelegentlich ein Opfer quasi zur Zucht rekrutierte, um frisches Blut in die Gruppe zu bringen? Denkt an die letzten Worte Scharmanns! – Nein, ich bin kein Hellseher und auch kein Gedankenleser. Auch ich war in Dorsten in der Menge und habe Euch beobachtet.«

»Wie das? Ich habe Euch nicht gesehen?«

Trotz der grässlichen Umgebung stahl sich der Anflug eines Lächelns auf Degustis Lippen.

»Das ist genau das, was Leute zu sehen erwarten dürfen, die von mir beobachtet werden. – Könnte es nicht sein, dass Scharmann eine Weile mit ihnen gelebt hat und Teil der Familie geworden ist? Irgendwann ist er dann mit ein paar Beutestücken geflohen, oder man hat ihn sogar in Gnaden entlassen, weil man sicher war, dass er seine, nun, nennen wir sie einmal neuen Ernährungsgewohnheiten nicht mehr würde umstellen können. – Wir werden es letztlich nie erfahren, aber nur so passt es zusammen, glaubt mir.«

Inzwischen hatten seine Leute die Durchsuchung der Räume beendet. Die meisten waren Wohnhöhlen der unheiligen Familie, drei dienten der Aufnahme von Beutestücken wie Kleidung, Bewaffnung, Werkzeug und Hausrat. Geld, Gold oder Pretiosen ließen sich nicht auffinden.

Degusti nahm auch diese Kammern persönlich in Augenschein, griff plötzlich in einen Haufen von Kleidungsstücken und zog einen breiten, geprägten und mit Silberbeschlägen verzierten Leibriemen hervor, den er mir mit einem Augenzwinkern hinhielt. »Nun, erkennt Ihr die Ähnlichkeit? Ich bin mehr und mehr von der Richtigkeit meiner Theorie überzeugt.«

Bevor er seinen Faden weiterspinnen konnte, begaben wir uns auf einen Ausruf des überrascht klingenden Ignazio hin weiter in das Dunkel hinein. Am äußersten Höhlenende zwängten wir uns durch ein niedriges Loch in der Wand, das mit einem Vorhang verhängt war. In der Kammer befand sich nur ein einziges Möbelstück, eine Lagerstatt von solchen Ausmaßen, dass sie einem Fürsten zur Ehre gereicht hätte. Wahrscheinlich war dies der Ort, an dem das Oberhaupt der Menschenfresser dafür sorgte, dass sich seine Familie ständig vergrößerte.

Das Wesen, dass sich davon erhoben hatte und in die Ecke drückte, empfing uns mit einem gutturalen Fluch, der keine Worte brauchte, um den unbändigen Hass auszudrücken, der in ihm steckte. Hier hatten wir ihn leibhaftig, den Anführer einer Mörderbande, Stammvater von Menschenfressern, Satan in beinahe menschlicher Gestalt.

Das Wild war gestellt, hier gab es kein Entrinnen mehr. Der Mann stand im wahrsten Sinne des Wortes mit dem Rücken zur Wand. Ich reckte ihm mit links die Fackel entgegen und ließ ihren vollen Schein auf ihn fallen. Mit rechts setzte ich ihm die Spitze meines Dolchs an die Kehle und zwang ihn, den Kopf zu mir herumzudrehen. Dann ließ ich die Klinge weiter wandern und strich mit ihr die wilde Mähne beiseite, die ihm zottelig bis auf die Brust fiel. Mein Blick wanderte über ein Gesicht, dass ich heute zum ersten Mal in meinem Leben sah – und das mir zu meinem nicht geringen Erstaunen dennoch wohlvertraut war.

»Würdet Ihr mir für einen Moment Euer treffliches Schwert borgen, verehrter Herr Salvatore?«

»Selbstverständlich, mein hochgeschätzter Kampfgefährte.«

Es war wirklich eine hervorragende Konstruktion, die sich in perfekter Ausgewogenheit wie mein verlängerter Arm anfühlte. Ich strich über die Klinge und bewunderte die prächtige Schmiedekunst im wechselnden Schein der blakenden Fackeln.

Dann schlug ich zu, bevor der Wolfsmensch mein Vorhaben durchschaute.

Letzte Vorbereitungen

Die Leichen liegen weit genug von der Straße entfernt und überdies hinter dichtem Gestrüpp, wo sie niemand entdecken wird. Wir können ihre Beseitigung getrost den Tieren des Waldes überlassen. Die vierbeinigen Wölfe werden sich schon um ihre zweibeinigen Artgenossen kümmern.«

Mir war Degustis Einschätzung der Lage mehr als recht, verspürte ich doch nicht die geringste Lust, mich mit der Beseitigung der Kadaver zu befassen.

Der Himmel hatte bereits jenen Grauton angenommen, durch den sich ein schlieriges Rot zog, durch das alsbald die ersten Sonnenstrahlen brechen würden. Wir hatten uns wieder an jenem Platz versammelt, an dem die Höhlenmenschen die Illusion eines Hauses erschaffen hatten. Rudolfo hatte die beiden Zugpferde wieder eingefangen und eines von ihnen vor den Wagen geschirrt, auf dem sich nun Fortunatos in Tücher gewickelter Leichnam befand. Degusti hatte angeordnet, dass er damit in den nächsten kleinen Flecken weiterfahren und den Pfarrer mit einer Geschichte von einem urplötzlich angreifenden Wolfsrudel dazu bringen sollte, den armen Kerl ohne langes Fragen zu beerdigen. Dann sollte er sich nach Köln verfügen und dort mit dem geheimen Residenten von Umbra Diaboli ...

Die weiteren Anweisungen waren nicht für meine Ohren bestimmt und so leise gesprochen, dass ich nichts mehr verstehen konnte. Mir sollte es in den Kram passen, ich hatte mit meiner eigenen Aufgabe genug zu tun.

Ignazio und Giuseppe wurden zurückgelassen, um die Höhle zu bewachen, bis Degusti wieder zu ihnen stoßen würde. Er selbst würde mich auf dem zweiten Zugpferd nach

Crange begleiten und mir dabei behilflich sein, all die Bruchstücke, die wir gesammelt hatten, für den Grafen zu einem erkennbaren Mosaik zu fügen. In erster Linie würde er aber für seine unschätzbare Hilfe den Kopf der Person fordern, die von Crange aus die Mörderbande mit den nötigen Informationen versorgt und durch eigene Morde versucht hatte, die Aufklärung zu vereiteln.

Im Übrigen war ich ihm von Herzen dankbar für seine Zusage, mir die Last abzunehmen und gleich bei unserem Eintreffen den Grafen umfassend über die Bande und ihr finales Schicksal zu informieren. Das war auch deshalb gut so, weil er sich bereits sehr viel länger als ich mit dem Verschwinden der Reisenden beschäftigt hatte und sehr viel mehr Details kannte. Diese Seite der Angelegenheit würde er abdecken. Mir armem Teufel blieb die Aufgabe, die Morde an Bertram und Bühler zu klären. Und glaubt mir, meine verschwiegenen Freunde, mir war nicht wohl bei dem Gedanken, denn obwohl seit der Begegnung mit dem Anführer der Wolfsmenschen durchaus einige Fragmente von Erkenntnis durch die Windungen meines Gehirns irrten, der große und erklärende Zusammenhalt hatte sich noch nicht gefunden. Doch das ging einstweilen niemanden etwas an.

Als wir um die Mittagsstunde in den Burghof einritten, wäre ich vor Erschöpfung und überwundener Anspannung fast vom Pferd gefallen. Aber ich musste mich zusammenreißen, denn heute Abend hatte ich einen Mörder zu präsentieren, wollte ich nicht riskieren, dass er mir durch die Lappen ging. Zwar würde kein Außenstehender bis dahin von der Ausrottung der Menschenfresser erfahren haben. Aber der Mensch, um den es mir ging, würde aufgrund der ausbleibenden Informationen seine Schlüsse ziehen können. Also war höchste Eile geboten, wenngleich mir immer noch nicht aufgegangen war, wie sich viele der zusammengetragenen Fakten ineinander fügen sollten.

Ich brauchte in jedem Fall ein paar Stunden der Ruhe und entledigte mich daher meiner Pflichten vorab.

Zunächst wurde ich beim Grafen vorstellig und machte ihn mit Degusti bekannt. Damit war mir ein Großteil der Aufklärung abgenommen. Außerdem bat ich den Herrn von Crange, für den Abend den großen Saal so herzurichten, wie es vor Jahren geschah, als es um die Aufklärung des Mordes am bischöflichen Boten gegangen war. Genauer, ich wollte den Raum abgeriegelt haben mit Wachen vor und hinter den Türen.

Doch was das Wichtigste war: Es musste absolute Geheimhaltung herrschen hinsichtlich der Vorkommnisse der letzten Nacht.

Sodann suchte ich meinen Freund Johannes auf. Ich fand ihn in niedergeschlagener Stimmung in seiner Kammer. Nach ein paar Worten wurde deutlich, was ihm widerfahren war. Der Einfaltspinsel hatte erneut versucht, mit seiner angebeteten Gertrudis anzubandeln, und hatte wieder eine Abfuhr bekommen, überdies in beleidigender Manier im Beisein ihres Weiberhofstaats. Nun, meine schadenfrohen Zuhörer, ich konnte ihn trösten, eröffnete sich doch für die nicht allzu ferne Zukunft die Aussicht, es ihr für ihre spöttische Art gebührend heimzuzahlen. Ossenstert war sofort Feuer und Flamme und bestürmte mich, ihm meinen Plan zu offenbaren. Ich hatte jedoch noch andere Dinge zu bedenken und hielt ihn vorerst damit auf Trab, im Dorf nach seinem verschmähten Leidensgenossen Karl Brockstett zu suchen und ihn so schnell wie möglich herzuschaffen.

Dann konnte ich mich endlich auf den Weg zu meiner Unterkunft machen.

Jeder, der schon einmal eine ähnliche Strapaze hinter sich gebracht hat, wird mir nachfühlen können, wie sehr mich beim Anblick meines Bettes die Vorstellung gereizt hat, mich unverzüglich niederzulegen und so lange zu schlafen, bis ich aus eigenem Antrieb erholt erwachte. Doch solchen Gelüsten nachzugeben war kaum ein Augenblick ungeeigneter als dieser. Deshalb legte ich mich erst gar nicht hin, sondern nahm auf einem hölzernen Schemel Platz, der hinreichend unbequem war, mich am Einschlafen zu hindern, und orderte lautstark einen Krug Wein.

Den ledernen Sack, den ich aus der Höhle der Oger mitgenommen hatte und der meine Beweismittel enthielt, hatte ich griffbereit neben die Tür gestellt. Garniert mit dem Stahlstich der »getreulich abkonterfeiten Malefikanten«, den ich anlässlich der Hinrichtung Scharmanns in Dorsten erworben hatte, war ich mit allem ausgestattet, was ich für meinen abendlichen Auftritt benötigte. Allein, die zündende und alles vereinende Idee wollte sich nicht einstellen.

Wieder und wieder rekapitulierte ich Fakten und Vermutungen, Gesichertes und Gerüchte, Erlebtes und Gehörtes. Prüfte, wog ab und verwarf. Szenen erschienen vor meinem geistigen Auge, einzelne Bilder, oft hallten bloße Worte wider.

Ossensterts Satz von den zwei verschiedenen Mördern kam mir in den Sinn und verweilte dort lange genug, dass ich mit ihm herumspielen und ihn eher aus Müdigkeit denn durch scharfe Deduktion in eine andere Richtung lenkte, als von meinem Freund beabsichtigt.

Als hätte man mir einen Peitschenhieb versetzt, war ich schlagartig hellwach und überdachte das Geschehen erneut und von Anfang an, nun jedoch aus einer gänzlich anderen Warte.

Bis mir endlich die Erleuchtung kam. Aber erst, als und weil ich nicht mehr versuchte, alle Würfel des Spiels in einen Becher zu pressen.

Die Tafelrunde

Der Fall schien mir zunächst kaum lösbar, denn zu viel Mummenschanz und Teufelei wirkten hinein und verstellten die Sicht auf das Wesentliche.«

Der große Saal von Haus Crange war nach meinen Wünschen hergerichtet worden. Alle Türen waren bewacht, und an der langen Tafel saßen außer dem Grafen und seinem Verwalter die mehr oder minder »freiwilligen« Gäste Ossenstert, Degusti, Stapelmann, Gernot und Gertrudis sowie die alte Stiena. Auf dem für mich vorgesehenen Sessel lag mein lederner Sack. Ich selbst hatte es vorgezogen, mit langsamem Schritt die Gesellschaft zu umrunden.

»Zumal ich lange nicht wusste, ob Bertram überhaupt eines gewaltsamen Todes gestorben war. Nun bin ich kein Mann, der derlei übersinnlichem Kram nachhängt, und also nicht gewillt, solche falschen Spuren zu verfolgen. Doch auch die realen, nicht wegzudiskutierenden Gegebenheiten waren solcherart, dass sie nicht immer einen eindeutigen Schluss zuließen. Vordergründig jedenfalls. Wäre dies nicht so, wäre die Lösung viel schneller gekommen, ich hätte alsbald ...«

Bei diesen Worten unterbrach ich meine Wanderung um die Tafel, blieb hinter dem Stuhl von Stapelmann stehen und legte meine Hände auf seine Schultern.

»... auf unseren stets hilfsbereiten und allgegenwärtigen Rodger gewiesen, der für alles und jedes den Satan persönlich verantwortlich macht, um so prächtig von sich abzulenken, und unseren Gastgeber gebeten: Herr Graf, legt diesen Mann in Ketten und macht ihm den Prozess, denn er ist der Mörder von Bruder Bertram!«

Stapelmann, ohnehin kein Hüne von Gestalt, schien unter meinem Griff im Stuhl noch zu schrumpfen. Ich konnte durch sein Wams spüren, wie seine Glieder zitterten und seine dünnen Muskeln sich verhärteten. Er wagte es nicht einmal, sich zu mir umzuwenden, sondern erstarrte in seiner Haltung und beschränkte sich auf ein Winseln. »Das ... das kann nicht Euer Ernst sein, Herr Frederik. Ich bin doch nur ein ... ein ... und Bertram war mein Freund. Wirklich mein Freund, das kann hier jeder bestätigen. Warum sollte ich bloß ...«

Ich trat zurück und beorderte mit einem Wink zwei Wachen herbei, um bei dem fassungslosen Rodger meinen Platz einzunehmen. Dann bewegte ich mich wieder langsam um die Anwesenden herum.

»So, so, dein Freund war er, der Bertram. Und wie kommt es dann, dass er selbst dich so deutlich des Mordes an ihm beschuldigt hat?«

Ich war mir der kryptischen Bedeutung meiner Worte wohl bewusst, und deshalb verwunderte es mich nicht, dass selbst unser Gastgeber mich so ungläubig ansah, als hätte ich mich vor aller Augen in einen schwarzen Hahn verwandelt.

»Oh ja, es war der Tote selbst, der noch mit letzter Kraft seinen Mörder zu benennen trachtete. Das geht zweifelsfrei aus seiner allerletzten Nachricht hervor, die er mit Wein auf die Dielen schrieb, bevor er verschied.«

Sowohl der Graf als auch Gertrudis wollten hierzu eine Anmerkung machen, doch ich gebot mit einer kurzen Handbewegung Schweigen.

»Ich weiß, ich weiß. Was ihr sagen wollt, ist primo: Bislang hat niemand den Inhalt seiner Botschaft entschlüsselt. Secundo: Warum hat er nicht einfach den Namen des Täters aufgeschrieben?«

Auf meinen fragenden Blick nickten beide stumm.

»Das habe ich mich auch gefragt und deshalb die Worte immer und immer wieder mein Gehirn durchwandern lassen, ohne zu einem Ergebnis zu gelangen. Non occides – Du sollst nicht töten, das ist leicht verständlich. Bertram will uns damit wissen lassen, dass kein natürlicher Tod, etwa durch Krankheit oder Unfall, eingetreten ist. Dass er die Nachricht mit Wein geschrieben hat, mag simpel bedeuten, dass ihm in diesem Moment kein anderes Mittel zu Gebote stand. Ich neige jedoch der Ansicht zu, dass es überdies der Wein war, der das Gift enthielt. Dies dürfte aber letztlich nicht entscheidend sein, denn dass er vergiftet wurde, ist für mich dank des Sachverstandes meines Freundes Ossenstert mit keinem Zweifel behaftet.«

Das stimmte zwar nicht ganz, meine lernbegierigen Freunde, doch ist es in einer Situation wie dieser von überragender Bedeutung, in sich selbst gefestigt zu wirken und keinerlei Zweifel an der eigenen Qualifikation aufkommen zu lassen. Wie erwartet, hatten meine Worte ihre Wirkung nicht verfehlt, sodass ich beruhigt fortfahren konnte.

»Sehr viel mehr Kopfzerbrechen bereitet da schon der übrige Teil der Botschaft. Waren A und O die Initialen des Täters? Waren 1 und 8, oder 18, interne Bezeichnungen für die Zimmer, in denen der oder die Mörder lebten? – Vielleicht wäre alles einfacher, hätte ich selbst die Schrift in Augenschein nehmen können, aber so? – Ich bin nicht so eitel zu verschweigen, dass ich viel Zeit damit vertan habe, mich mit solchen Überlegungen im Kreis zu drehen. Und hätte mir nicht ein wohlgefüllter Krug Wein bei dem Versuch geholfen, mich in die letzten Augenblicke des armen Bertram hineinzuversetzen, ich hätte das Rätsel wohl nie gelöst.«

Habe ich gerade gesagt, ich bin nicht so eitel, meine leichtgläubigen Zuhörer? Wohlan, ich bin immerhin so eitel, dass ich mir nach dieser Eröffnung eine Kunstpause gestattete, bis endlich der Herr Graf die erlösenden Worte sprach: »Ihr wollt damit sagen, dass Ihr tatsächlich wisst, was die Schrift auf dem Boden bedeutet?«

Ich hoffte, dass meine Miene, die mein Nicken begleitete, nicht allzu viel Selbstgefälligkeit erkennen ließ.

»Genau das will ich. – Man kann nämlich primo und secundo in diesem Fall nur in cumulo betrachten. – Bertram spürte die lähmenden Wirkung des Giftes in seinem Körper. Die Beine versagten ihm bereits den Dienst. Er konnte sich nicht mehr vom Boden erheben und wusste, dass ihm nur noch wenige Momente auf dieser Welt bleiben. Also musste er zweierlei gewährleisten. Zum einen musste er die Person des Täters verifizieren, zum anderen musste er sicherstellen, dass seine Nachricht auch beim Adressaten, nämlich bei seinem Rächer, ankam.«

Den Grafen hielt es kaum noch auf seinem Platz. »Aber warum dann nicht ...«

»... der Name des Mörders?«

»Wieso weiß man denn, dass er ihn überhaupt kannte?« Der Einwand kam diesmal von Gernot.

»Das liegt nun wirklich auf der Hand. Weil er sonst gar nichts geschrieben hätte. – Also noch mal, warum nicht der Name des Mörders? – Weil genau das verhindert hätte, dass seine Botschaft ankam.«

Ein Rundumblick zeigte mir nur ratlose Gesichter, sodass ich mich genötigt sah, die Deduktion alleine weiterzuführen.

»Du sollst nicht töten! Damit hat Bertram herausgestellt, dass sein Tod durch Mord verursacht worden war und nicht etwa durch einen anderen Umstand. – Was sind A und O, und stehen sie ganz einfach ohne jeden Bezug zu irgendeiner Person oder irgendwelchen Dingen? Es sind der erste und der letzte Buchstabe des griechischen Alphabets. Er hätte auch A und Z nehmen können, aber als Mann der Kirche war ihm das andere geläufiger, wenn es darum geht, Anfang und Ende darzustellen. ›Du bist A und O‹, ihr erinnert euch, ihr frommen Leute? Hat man dies erst einmal erkannt, löst sich das Rätsel um die Zahlen von ganz allein. Die 1 ist die erste Zahl, und das, was alle als eine verrutschte 8 angesehen haben, ist eine bewusst liegend dargestellte 8, nämlich das Zeichen für unendlich.«

Nach dieser profunden Eröffnung war es an mir, meine Kehle mit einem herrlichen Eiswein zu schmieren, der mir umso köstlicher mundete, als niemand wagte, mich dabei zu unterbrechen. So gestärkt, schickte ich mich an, die Katze aus dem Sack zu lassen.

»Ich bin mir sehr sicher, dass es Bertram mit Buchstaben und Zahlen um eines ging. Er wollte klarmachen, dass er, obwohl ihn der Tod bereits in seinem Griff hielt, jedenfalls noch genug Zeit gehabt hätte, alles mögliche hinzuschreiben, insbesondere aber den Namen seines Mörders. Wenn er dies jedoch bewusst nicht tat, kann das nach meinem Dafürhalten nur einen einzigen Grund haben: Er wollte verhindern, dass der Mörder die Nachricht wegwischt, bevor sie ein anderer liest. Somit stellt sich die abschließende Frage von selbst. Wer war regelmäßig der Erste, der morgens in Bertrams Zimmer auftauchte? Wer war der Mann, der die Schlüssel für alle Gästezimmer besaß? Niemand anderer als unser freundlicher Rodger hier, der sich so umfassend um das Wohl der Gäste von Haus Crange kümmerte und bei ihnen hinein- und hinausspazierte, wie es ihm beliebte. – Bertram hatte den alten Spökenkieker richtig eingeschätzt. Er wusste, dass seine verschlüsselte Nachricht ausgezeichnet in Stapelmanns Satansversion passte und der sich hüten würde, diese vermeintliche Stütze seiner Theorie zu beseitigen. – Nicht wahr, mein lieber Rodger? Hast du mir nicht selbst in der *Fetten Gans* die Ausdeutung schmackhaft gemacht, Bertram habe damit den Teufel bannen wollen?«

Dies schien mir ein ausgezeichneter Moment für eine weitere Kunstpause, die ich mir mit einem neuerlichen Zug aus meinem Weinbecher versüßte. Im Saal war es totenstill, das Gluckern des Rebensaftes in meiner Kehle sowie Stapelmanns weinerliches Geschnüffel waren die einzigen Geräusche. Und sie blieben es auch für eine ganze Weile.

Kein »Ich habe ihm von Anfang an nicht getraut«, kein »Ich habe es ja gleich gesagt«, und erst recht kein »Der hat doch schon damals ...«.

Da hatte ich nun, meine kriminalistisch bewanderten Freunde, einen hervorragenden Sündenbock angeboten, und zu meiner maßlosen Enttäuschung war niemand bereit, sich auf ihn zu stürzen. Keiner hatte die Gelegenheit genutzt, niemand die Gunst der Stunde ergriffen und seine eigene Tat Stapelmann in die Schuhe geschoben. Im Gegenteil, in Gertrudis Augen glaubte ich sogar so etwas wie Mitgefühl zu erkennen.

Ein weiteres Zuwarten würde mir nichts bringen. Da konnte ich genauso gut fortfahren.

»Ihr werdet mir hoffentlich beipflichten, wenn ich behaupte, dass dieses doch ein sehr schönes und logisches Gedankengebilde ist. Allein, es ist untauglich, den Täter zu überführen. Denn es gründet sich auf eine einzige Basis: Bertram müsste völlig zweifelsfrei gewusst haben, dass es Stapelmann war, der ihn in mörderischer Absicht vergiftet hatte. Und genau dafür gibt es nicht den geringsten Beweis. – Und ihr«, dabei gab ich den beiden Wachen einen Wink, »könnt wieder auf eure Plätze gehen.«

Ich bin auch heute noch davon überzeugt, dass der gute Rodger in diesem Augenblick der Letzte im Saal war, der begriff, dass er soeben von der Anklage des Mordes freigesprochen worden war. Es gelang ihm erst wieder, sich zu sammeln, als ich ihm eigenhändig von meinem Wein kredenzte, mit ihm anstieß und ihm dabei aufmunternd zuzwinkerte. Schließlich war er sogar zu einem Lächeln fähig und meinte kopfschüttelnd: »Sakra, Ihr seid ein Mann von skurrilem Humor, Herr Frederik. Aber treibt dieses Spiel bitte nicht zu oft mit mir. Ich glaube, mein Herz wird diese Art von Witz nicht lange überstehen.«

Gernot beugte sich herüber und klopfte ihm aufmunternd auf die Schulter, und Gertrudis winkte ihm lächelnd über den Tisch zu.

Ihr, meine lebensklugen Zuhörer, werdet mir beipflichten, wenn ich behaupte, der Mensch ist ein seltsames Wesen. Wir befanden uns immer noch in der Situation, einen Mörder überführen zu müssen, und die Stimmung drohte angesichts des rehabilitierten Rodger so fröhlich zu werden, dass ich den Zweck dieser Zusammenkunft gefährdet sah. Höchste Zeit also für mich, die Versammelten wieder mit der Realität zu konfrontieren.

»Dieses Ergebnis mag für unseren Rodger zwar erfreulich sein, führt aber nicht an der Tatsache vorbei, dass wir auf diese Weise dem wahren Täter damit nicht um die Breite eines Weißpfennigs näher gekommen sind.«

Ich hatte meine Stimme erhoben und mit diesen Worten augenblicklich für die angemessene Ruhe gesorgt.

»Deshalb sollten wir uns an dieser Stelle vielleicht besser der Art und Weise zuwenden, wie Bertram umgekommen ist. Er starb an einem Gift mit Namen Torquisium. Warum es so heißt, wie es wirkt, wie man es verabreichen muss und wie kurz die Zeit ist, bis es seine Wirksamkeit einbüßt, wird euch der sachkundige Herr Johannes Ossenstert erläutern, der auf diesem Gebiet bestens bewandert ist.«

Einen größeren Gefallen hätte ich meinem Freund kaum erweisen können, zumal sich ja Gertrudis unter den Zuhörern befand. So machte es der gute Johannes denn auch ein wenig ausführlicher als eigentlich erforderlich und blühte dabei richtig auf. Er spulte die ganze Litanei ab, die er mir damals vorgetragen hatte, als er mich das erste Mal in meinem Zimmer im *Güldenen Apfel* besuchte, und walzte alles ordentlich aus.

Mir bot sich dadurch die Gelegenheit, heimlich die Reaktionen der Anwesenden zu beobachten, von denen mir die Regungen der alten Stiena am aufschlussreichsten erschienen. Sie wusste haargenau, worüber Ossenstert dozierte, und nickte an verschiedenen Stellen unbewusst dazu. Daher wandte ich mich auch gleich an sie, als die Rede meines Freundes ein Ende gefunden hatte.

»Nun, Frau Hexe, kannst du dies bestätigen, und kannst du frei heraus dazu stehen, dass auch du in der Lage bist, ein solches Gift zu destillieren?«

»Oh ja, ich kann's. Und ich kann es auch freimütig zugeben, denn ich habe mit euren Morden nichts zu tun, wie ihr alle gerade gehört habt. In statu nascendi muss es sein, das Torquisium, sonst hat es schon nach einigen Minuten seine Kraft verloren. So ist es doch, nicht war, Herr Alchimist? Und also frage ich: Hat mich jemand jemals vor dem heutigen Tage in der Burg gesehen? Oder seid ihr so töricht zu glauben, ich wäre nächtens auf dem Besen dahergeflogen gekommen?« Dabei lachte sie wieder ihr meckerndes Lachen.

Hier griff der besonnene Hausherr selbst ein. »Ihr steht unter keinem Verdacht und Ihr werdet keiner Missetat beschuldigt, Frau Stiena. Ihr wurdet hierher gebeten als mein Gast. Und dabei wird es bleiben. Doch mir ist bekannt, dass Ihr in naher Verbindung zu Personen steht, die unter meinem Dach leben. Deshalb ist durchaus denkbar, dass sich der Täter ohne Euer Wissen an Euren Mitteln bedient hat, die Ihr ihm in gutem Glauben zu einem ganz anderen Zweck beschafft habt.«

Schluss war es mit dem Lachen trotz der nicht unfreundlichen Worte, und die Alte setzte eine verkniffene Miene auf. »Ich habe nichts Unrechtes getan. Ich habe immer nur geholfen, wenn ich darum gebeten wurde. – Und außerdem, außer mir gibt es noch andere, die sich mit den Pilzen auskennen. Fragt auch einmal die!«

Ich wollte kein allgemeines Geschwafel, das mich selbst nur verwirren und davon abhalten würde, folgerichtig zu argumentieren. Ich musste einschreiten. »Wir wissen das. Und wir wissen auch, wen du meinst. Du selbst hast ihn ja angelernt, damit er die richtigen Sorten für dich findet bei seiner ständigen Pirsch durch die Wälder. Tag für Tag allein im dunklen Tann ohne einen Zeugen weit und breit, was mögen einen da für Gedanken beschleichen, wenn man immer wieder auf kleine Gruppen von vertrauensseligen Reisenden trifft, fremd in der Gegend, die niemand so schnell vermissen wird. Wie leicht kann da der Wunsch übermächtig werden, sich mit einer Bande zusammenzutun und sie mit den richtigen Hinweisen zu versorgen, wenn sie einen dafür an der Beute beteiligt? Soll das keine ernst zu nehmende Versuchung für einen jungen Mann sein, der gerade erst eine Familie gegründet hat?«

Gernot war bei meinen Worten kreidebleich geworden, was mich allerdings wenig beeindruckte.

»So kann ein früherer Wilddieb, doch jetzt von bestem Leumund, ein schönes Scherflein anhäufen. Bis plötzlich jemand auftaucht, der diesen Geschehnissen nachzuspüren hat. Einer wie Bertram, kundig, zielstrebig, ein Mann, der seine Kreise immer enger zieht. Da muss man rechtzeitig einer Entdeckung vorbeugen, da wird man schließlich zum Mörder mit eigener Hand.«

Der junge Jäger musste mehrfach schlucken und war auch danach nur zu einer krächzenden Sprache fähig. »Ihr meint doch nicht etwa ... es soll doch nicht ... dass ich ...«

»Oh nein, ich meine nicht, und es soll auch nicht. Ich will damit nur erhellen, dass es durchaus unterschiedliche Leute gibt, die ein Motiv haben könnten, das uns bislang gar nicht aufgegangen ist. – Und wenn es dich beruhigt, ich bin in jeder Hinsicht von deiner Unschuld überzeugt. Du warst uns immer ein treuer Gehilfe, und niemand soll es wagen, dir auch nur den Schatten eines Verdachts anzuhängen! – Außerdem geht es hier vordringlich um die Radix Pedis Diaboli, und die findet sich nicht einfach im Wald.«

Sein Seufzer der Erleichterung war ähnlich laut wie vorhin der von Stapelmann.

»Überdies ist unsere Waffe ohnehin eher der kalte Stahl. Gift passt wohl besser zum anderen Geschlecht, nicht wahr, Frau Gertrudis?«

Allmählich fand ich Gefallen an dem Spiel. Es war, als könnte ich die Zeit um Jahre zurückdrehen. War es mir zunächst eine Last, fühlte ich nun fast so etwas wie Dankbarkeit dem Grafen gegenüber, mich mit der Beseitigung seiner Probleme betraut zu haben. – Und ich weiß, dass ihr mich verstehen werdet, meine nicht mehr ganz so jungen, doch jung gebliebenen Freunde.

Die so Angesprochene hatte sich, sieht man von ihrem Gefühlsausbruch bei der Entlastung des verschüchterten Rodger ab, von Anfang an eine kühle Reserviertheit bewahrt, von der sie auch jetzt nicht abrückte. Ihr Gesichtsausdruck veränderte sich um keine Nuance, als sie zum Gegenangriff überging.

»Was wollt Ihr damit sagen, Herr ... Ja, was seid Ihr überhaupt, vielleicht ein Inquisitor von eigenen Gnaden? Was gibt Euch das Recht, mit haltlosen Anschuldigungen um Euch zu werfen und unbescholtene ...«

»Unbescholten seid Ihr nur noch deshalb, weil Euch bislang niemand auf die Schliche gekommen ist, Frau Gertrudis. Denn mit der Gesundheit der Männer, die auf Eure schöne Larve hereingefallen sind, habt Ihr lange genug gespielt, dass längst etwas hätte schief gehen und Ihr ein Menschenleben hättet auf Euer Gewissen laden können. – Und Inquisitor bin ich nicht von eigenen Gnaden, sondern im Auftrage des Grafen von Crange, Eures Herrn. Ich rate Euch wohl, Euch seine Gunst nicht zu verscherzen, denn sollte Euer Treiben einst vor der Welt offenbar werden und man Euch mit Schimpf und Schade davonjagen, wird es nicht lange dauern, bis Ihr woanders auf dem Scheiterhaufen oder gesäckt im Fluss gefunden werdet. – Also haltet Eure Zunge im Zaum und beantwortet meine Fragen wahrheitsgemäß. Gebraucht den Verstand, und Ihr werdet erkennen, dass es so zum Besten ist.«

Da half kein Winden und kein Zieren mehr, sie wusste, dass ich ihr Geheimnis kannte und es nichts mehr zu leugnen gab. Ihre Gelassenheit verlor sie dennoch nicht.

»Was also wollt Ihr wissen?«

»Oh, zunächst nur, ob Ihr Bruder Bertram ermordet habt.«

»Natürlich nicht.«

»Gut. – Ich habe übrigens auch nichts anderes erwartet. – Dann will ich einstweilen nichts mehr fragen, sondern lieber etwas erzählen. Ob dies Hirngespinste sind oder Tatsachen, darüber mag hernach befunden werden.«

Ossenstert hatte seinen Auftritt gehabt, ich würde mir meinen gönnen.

»Es war einmal eine junge Frau. Die war nicht nur über die Maßen schön, sondern besaß auch einen wachen Geist und ein angenehmes Wesen. So war es nicht verwunderlich, dass ihr überall, wohin sie kam, die Männer nachstellten, und zwar in solcher Menge und mit derartiger Dreistigkeit«, dass ich dabei vermied, meinen lieben Johannes anzusehen, kostete mich zwar Mühe, gebot aber schon unsere alte Freundschaft, »dass sie sich nicht etwa ob dieser Nachstellungen geschmeichelt fühlte, sondern die Kerle einfach nur noch abstoßend fand. Mag sein, dass sie von jeher die Neigung verspürte, es den Priesterinnen der Insel Lesbos gleichzutun. Mag auch sein, dass sie erst von besser ungenannten Erlebnissen mit Männern in diese Richtung gedrängt wurde. Das Ergebnis bleibt jedenfalls das gleiche. Indessen, es lebt in dieser Zeit in diesem Land derjenige nicht gut, und schon gar nicht sicher, der sich offen zu seiner Widernatürlichkeit bekennt. Seine Tage wären gezählt, und sein Tod ein grausamer.«

Gertrudis einzige Reaktion war ein leichtes Schlucken, das nur der bemerkte, der genau hinsah.

»Nun war die junge Frau mittlerweile nicht mehr ganz jung, aber immer noch schön, sodass die Bedrängnis durch die Lüstlinge auch weiter anhielt. Also griff sie klug zu einer List, die ihr ermöglichte, ihre Neigungen zu verbergen und überdies die Männer abzuwehren. Sie war nämlich im Laufe ihrer Studien darauf gestoßen, dass ein Trank, bestehend aus vielerlei Ingredienzien sowie einem Hauch des Pulvers aus der Teufelsfußwurzel Trugbilder und Visionen vorzugaukeln vermag, und zwar solcherart, dass die Dinge sich des Öfteren in ihr Gegenteil zu verkehren scheinen. Ich selbst«, und glaubt mir, meine ruhmsüchtigen Zuhörer, es ist ein herrliches Gefühl, als ein Mann bestaunt zu werden, der es aus Pflichtgefühl und Mut zur Erfüllung seiner Aufgabe sogar mit der Radix Pedis Diaboli aufgenommen hat, »habe diese Mixtur gekostet und in der alten Stiena hier eine frisch erblühte Jungfrau erblickt.«

Ich war nicht erfreut darüber, aber ich ließ ihr das meckernde Lachen durchgehen. Stattdessen wandte ich mich an Gertrudis.

»Und Ihr solltet Euch an dieser Stelle überlegen, ob Ihr Euch besser der Gnade des Grafen anempfehlen und Euer Leben retten wollt, indem Ihr Euch zur Wahrheit bekennt. – War es so?«

Sie hielt den Blick weiter gesenkt, doch ihre Stimme zitterte nicht.

»Ja, es war so.«

Ha, das Triumphgefühl, das mich ergriff, war nicht eben klein. »Ja, genau. Ihr hattet Euch im Lauf der Zeit mit der alten Hexe angefreundet, und sie versorgte Euch mit dem Ruhe und Zufriedenheit spendenden Mittel. Denn immer dann, wenn ein zudringlicher Freier überhaupt nicht anders abzuwimmeln war, gabt Ihr scheinbar nach und mischtet ihm bei seinem Besuch dieses Zeug unter. Es ist ein aufrichtiges Kompliment Eurer Schönheit, dass die Kerle danach in Euch eine monströse Ausgeburt der Hölle erblickten und schleunigst die Flucht ergriffen. Und natürlich mussten sie über ihr Erlebnis Schweigen bewahren, wollten sie sich nicht vor ihren Freunden unsterblich blamieren. – Wirklich und wahrhaftig, das war sehr klug ausgedacht. Doch so wie ich es herausgefunden habe, könnte es auch Bertram vermocht und Euch damit den allerbesten Grund geliefert haben, ihn für immer zum Schweigen zu bringen.«

Als hätte man mit einem Hammer auf eine tönerne Skulptur geschlagen, fiel ihr Panzer von ihr ab. Die Röte schoss in ihre Wangen, als sie aufsprang und mit ungewohnt lauter Stimme bekannte: »Ja, ja, und nochmals ja, Bertram wusste von meiner Veranlagung. Aber nicht etwa, weil er alles aus verschiedenen Fakten gefolgert hat so wie Ihr. Er wusste es vom Moment unserer ersten Begegnung an, denn Menschen wie wir erkennen einander sofort – Bertram war ein Sodomiter! So, wie ich die Mädchen begehre, liebte er die jungen Männer. Wir hatten uns gegenseitig in der Hand. Würde einer den anderen verraten, wäre er selber des Todes. – Und deshalb ja, ich bin so, wie ich bin. Aber nein und wiederum nein, wenn es um einen Grund für Bertrams Tod geht.«

Diese Offenbarung war mir freilich so neu, dass ich größte Schwierigkeiten hatte, meine Verblüffung zu verbergen. Und eine solche steht einem erfahrenen Inquisitor wahrhaft schlecht zu Gesicht. Doch ein kurzer Rundumblick beruhigte mich schnell, alle anderen Anwesenden waren noch verwirrter als ich.

Der gutherzige Graf fand als Erster die Sprache wieder, indem er sich begütigend an Gertrudis wandte. »Ich kenne und vertraue Euch seit langem. Ihr habt oft bewiesen, dass es ein hervorstechender Zug Eures Wesens ist zu helfen, und nicht zu schaden. Euch soll kein Leid geschehen. Bleibt in Crange, solange Ihr wollt, mein Schutz ist Euch allzeit gewiss.«

Während dieser Worte des Herrn von Crange hatte mich mein Weg hinter den Sessel von Ossenstert geführt, der sich mit einem Gesicht, aus dem alle Enttäuschung und Niedergeschlagenheit dieses Universums sprachen, zu mir umwandte und flüsterte: »Sie ... sie ist wie ... wie diese ... diese Priesterinnen von der Insel Lesbos. Ich Hohlkopf, ich Blinder. Ich werde niemals wieder hinter einem Weib ...«

»Sag niemals nie!«, gab ich genauso leise zurück und setzte meine Wanderung fort.

Dank sei dem Grafen für seine kurze Unterbrechung, der alte Frederik hatte sich wieder im Griff und konnte mit der Enttarnung des Mörders fortfahren.

»Tja, Frau Gertrudis, das sind schöne Aussichten für die Zukunft. Jedoch bin ich der Überzeugung, dass die Zusage des Herrn von Crange wohl nur für den Fall gilt, dass Ihr Bertram wirklich nicht ermordet habt. Und insofern hilft Euch Eure Gedankenführung herzlich wenig. Gegenseitig in der Hand hattet ihr Euch, das mag wohl sein. Aber wie schnell hat man sich in einem schwachen Moment verplappert, ohne die Folgen zu bedenken? Wie lange sollte dieser Tanz auf dünnem Eis noch weitergehen? Nein, nein, Eure Logik überzeugt mich nicht. Vielmehr gilt auch hier, dass am sichersten immer noch die Toten schweigen. Doch ich will Euch nicht länger einem Verdacht aussetzen, denn ich glaube Euch aus einem anderen Grund. – Ihr erinnert Euch noch an Euer Treffen mit dem zudringlichen Verehrer, Karl Brockstett mit Namen, bei dem Euer Wundermittel so kläglich versagt hat? Habt Ihr eine Erklärung dafür, warum Euer Plan nicht funktionierte?«

Gertrudis, die offensichtlich nicht wusste, worauf ich hinauswollte, schüttelte den Kopf. »Nein, ich verstehe es selber nicht. Ich habe alles so gemacht wie immer, aber auf diesen Karl blieb der Trank ohne Wirkung.«

»Und Ihr seid vollkommen sicher, dass alle Ingredienzien darin waren und auch im richtigen Verhältnis gemischt?«

»Vollkommen sicher.«

»Und deshalb bin *ich* mir sicher, dass Ihr mit Bertrams Tod nichts zu schaffen habt. Ich gehe nämlich davon aus, dass man Euch den wichtigsten Bestandteil, das Pulver aus der Radix Pedis Diaboli, entwendet hat. Das Pulver wurde aber nicht einfach nur gestohlen, sondern es wurde, weil niemand das merken sollte, durch ein anderes, harmloses ersetzt. Und wer sollte daran ein Interesse haben, wenn nicht der wahre Mörder?«

Zweierlei Mörder!

So haben wir uns also mit Rodger, Gernot, Stiena und Gertrudis befasst. Ihr seht alle selbst, dass nun nicht mehr viele unter uns sind, die für die abscheulichen Taten in Frage kommen. – Aber bevor ich meinen Gedankenfaden weiterspinne, will ich den Mörder auf eine letzte Chance hinweisen. Noch besteht die Gelegenheit, den Herrn von Crange durch ein freimütiges Geständnis milde zu stimmen und durch die Erläuterung der Umstände, die ihn zu seiner Tat getrieben haben, vielleicht sogar Verständnis zu wecken. Dazu habt ihr soeben das beste Beispiel erlebt. – Wohlan, ist einer unter euch, der jetzt und hier offen seine Schuld bekennen will?«

Mein in die Runde schweifender Blick auf die in betretenem Schweigen vor sich Hinschauenden verriet mir schnell, dass ich mit diesem Angebot niemanden verlocken würde.

»Niemand? Das verwundert mich aber sehr, Herr Albrecht Tenhove, wo Ihr doch eben einen so beeindruckenden Anfang gemacht habt, indem Ihr meinen Köder verschmähtet und darauf verzichtetet, unserem Rodger, diesem wunderbaren Sündenbock, Euren Mord in die Schuhe zu schieben.«

Es war körperlich zu fühlen, wie alle Anwesenden den Atem anhielten. Es waren die Wachen, in die als Erste wieder Leben geriet und die sich auch ohne meinen Wink auf den Verwalter konzentrierten.

Tenhove hatte sich aus seinem Sessel erhoben, machte aber keine Anstalten zur Flucht, sondern sah zuerst mich, dann den Grafen mit festem Blick an und sprach, indem er die Hand wie zum Eid hob, nach einigen langen Sekunden des Schweigens: »Ich habe mit Bertrams Tod nicht das Geringste zu tun.«

»Natürlich. Natürlich, das glaube ich Euch ohne weiteres. Doch wer redet von Bertram? Ich spreche von der Ermordung des Herrn Bartholomäus Bühler.«

Tenhove ließ seine Hand wieder sinken, aber sein ruhiger Tonfall veränderte sich nicht. »Dann bin ich wohl nach Eurer Meinung nicht nur ein Mörder, sondern auch ein Geist, der durch die Wände gehen kann?«

»Das ist überhaupt nicht nötig. Ihr habt Eurem Opfer die perfekte Falle gestellt. Die fast perfekte Falle, besser gesagt, denn ich weiß, wie Ihr es gemacht habt. Also setzt Euch wieder und hört mir zu. Dieselbe Überlegung, die mich bei Bertrams Tod dazu geführt hat, die erste Person bei der Leiche für den Täter zu halten, greift nämlich auch diesmal.«

Ihr habt es längst erkannt, meine hellsichtigen Freunde, da war sie wieder, die Bühne für die Darstellung meiner Deduktionen, die Euer Frederik so liebt. Keiner rührte sich auf seinem Platz, keiner wagte einen Einwand. Alle hingen sie gebannt an meinen Lippen und warteten auf meine geistigen Großtaten. – Ist Eitelkeit wirklich ein charakterlicher Mangel? Ich meine, dass Bescheidenheit eine genauso weite Entfernung von der Wahrheit ist wie Übertreibung. Und dabei bin ich mir wiederum sicher, dass diese gelungene Formulierung noch Jahrhunderte nach meinem Tod unvergessen und vielleicht aus dem Munde eines anderen großen Detektivs zu hören sein wird.

Wie auch immer, ich würde meine Tafelrunde nicht enttäuschen.

»Warum Ihr den Handelsreisenden Bühler ermordet habt, Herr Tenhove, ist mir unbekannt. Aber wie Ihr es gemacht habt, das will ich allen Anwesenden gerne erläutern. – Doch vorab mag mein Freund und unverzichtbarer Helfer Johannes Ossenstert, ohne dessen Unterstützung ich diesen Fall nie hätte lösen können, erneut das Wort ergreifen, welche Entdeckungen er an der Leiche gemacht hat.«

Diesen Auftritt mitsamt der einführenden Lobeshymne war ich ihm einfach schuldig, meinem besten und zuverlässigsten Freund. Umso mehr, als sich damit eine hervorragende Gelegenheit bot, ihn von seiner Betrübnis über die für alle Zeit fehlenden Chancen bei seiner Gertrudis abzulenken. Sein dankbarer Blick und der Eifer, mit dem er sich wieder an die Sache machte, ließen mich mir insgeheim zu meiner Idee gratulieren.

Weil ich diese Situation vorausgesehen, ja sogar geplant hatte, war Ossenstert von mir dahingehend instruiert worden, dass er nur die reinen Fakten schildern und keine Mutmaßungen darüber zum Besten geben sollte, wie viele Mörder seiner Ansicht nach an der Tat beteiligt waren. Entsprechend berichtete er auch nur von den unterschiedlich breiten Stichen und dem Gift in der Wunde, wenngleich wiederum in einer epischen Breite, die nicht unbedingt vonnöten war.

»Wie und unter welchen Umständen der Tote vorgefunden worden ist, weiß mittlerweile jedermann hier in der Burg. Und wie es um die Leiche bestellt war, habt ihr soeben vernommen. Mehrere Stiche in den Rücken, zwei verschiedene Klingen, weder Mann noch Maus konnten hinein oder nach der Tat daraus flüchten. – Hat sich damit die allgemeine Vermutung bestätigt, dass Dämonen am Werk waren, weil kein anderes Wesen solches in einem abgeriegelten Raum hätte vollbringen können?«

Die Mienen von Ossenstert, dem Grafen und Tenhove blieben unbeweglich. Um Degustis Mund kräuselte sich ein kaum wahrnehmbares Lächeln, während seine einzigartigen, jetzt meergrün schillernden Augen undurchdringlich leuchteten. Allen anderen sah man an, dass sie kurz vor einem beifälligen Nicken standen.

Ich donnerte sie an: »Nein – denn eine solche Annahme ist Humbug!« Um mit leiserer Stimme fortzufahren: »Indessen muss ich einräumen, dass es eines wahrhaft scharfen Verstandes bedarf, um auch dieses Rätsel zu lösen.« Ich denke, ihr seid es zufrieden, meine gönnerhaften Freunde, wenn ich das Thema Eitelkeit an dieser Stelle nicht schon wieder streife.

»Doch auch durch mein Netz wäre der Täter wohl entschlüpft, hätte er es nicht besonders gut machen wollen. Er vertraute nämlich darauf, dass man Bertrams Tod nicht aufklären, sondern auf das Wirken von unirdischen Mächten zurückführen wurde. So sollte auch seine Tat beurteilt werden und damit trefflich von ihm ablenken. Hätte er sich mit dem bloßen Tod Bühlers beschieden, es wäre für mich sehr viel schwieriger geworden.«

Das war es auch so schon, nur, wen ging es etwas an, außer euch natürlich, meine verschwiegenen Zuhorer.

»Der Täter ging folgendermaßen vor: Er platzierte eine schmale, vergiftete Klinge im Bett des Opfers, und zwar aufrecht in der Unterlage, abgestützt durch das unterliegende Brett. Dabei hat er eine Stelle gewählt, an der mit größter Wahrscheinlichkeit das Opfer seinen Oberkörper niederlegen würde.

Er hatte sich nicht getäuscht, und die Klinge erwischte Bühler auf der rechten Rückenseite, als er sich auf seine Lagerstatt fallen ließ. Der Schrei, den Bühler ausstieß, wurde zwar von allen gehört, jedoch von niemandem richtig zugeordnet. Er schaffte es noch bis zu der Stelle, an der er tot zusammenbrach und an der er des Morgens gefunden wurde. Damit hätte es sein Bewenden haben sollen, Herr Tenhove. Aber Ihr musstet ja unbedingt die angebliche Allgegenwärtigkeit der Dämonen ausnutzen.«

Eine gute Gelegenheit, mich wieder an meinem Wein zu laben und den anderen Zeit zum Tuscheln, Wiegen der Köpfe und ungläubigem Starren zu geben. Als ich lautstark meinen Becher absetzte, war die Ruhe aber sogleich wieder hergestellt.

»Deshalb wartetet Ihr bereits mit Spannung auf die Nachricht vom fehlgeschlagenen Versuch, Bühler zu wecken, und ließet die Tür aufbrechen, um als Erster bei der Leiche zu sein. Das Schicksal spielte Euch wieder in die Hände, indem die Lage des Toten jedem auf den ersten Blick zeigte, dass er einer Stichverletzung erlegen war. – Im Übrigen bin ich mir sicher, dass Ihr Mittel und Wege gefunden hättet, auf diese Wunde hinzuweisen, ohne in Verdacht zu geraten. Doch dies war, wie gesagt, gar nicht nötig. – Als Ihr überzeugt sein konntet, dass alle Herbeigelaufenen das schreckliche Bild in sich aufgenommen hatten, verscheuchtet Ihr die Zuschauer, stelltet sicher, dass Euch niemand überraschen würde, und machtet Euch an die Beseitigung der Spuren. Das heißt, als Erstes nahmt Ihr die Klinge aus dem Bett wieder an Euch. Nur Glück, dass Euch nicht der Gedanke gekommen ist, das Laken auch noch an anderen Stellen zu beschädigen. So blieb die Stelle, an der die Klinge hindurch gedrungen war, der einzige Schlitz, und lieferte mir so einen ersten Anhaltspunkt.«

Wie die Sache verlaufen wäre, wenn ich mich seinerzeit nur ein wenig anders hingelegt oder das Bett ganz ignoriert hätte, will ich an dieser Stelle lieber gar nicht weiter ausführen.

»Als Zweites nahmt Ihr Euer Messer, das eine etwas breitere Klinge besitzt, und stacht einmal ins Herz und ein zweites Mal in die alte Wunde. Das tatet Ihr, um von der Tatsache abzulenken, dass hier ein Giftmord vorlag. Bei Gift hätte man nämlich sogleich nach einer entsprechenden Falle gesucht und vermutlich direkt beim Bett begonnen. Bühler wäre zwar tot, aber die Jagd nach einem höchst irdischen Täter hätte begonnen. Und die Kernfrage hätte zweifellos gelautet: Wer hatte einen Grund, Bühler umzubringen? Ich kenne Euren Grund nicht, aber es gibt ihn so sicher wie das Amen in der Kirche, denn ansonsten könnte Bühler ihn uns jetzt und hier selber benennen. Und Ihr tatet es, weil Ihr ein Szenario schaffen wolltet, das obendrein einen Menschen als Mörder ausschließt. Denn welches sterbliche Wesen hätte es vermocht, in dieses so gesicherte Zimmer hinein- und wieder hinauszugelangen? Wohl durchdacht, Herr Tenhove! Wäre es Euch auch noch gelungen, das Laken auszutauschen, niemand wäre auf Eure Spur gekommen. Aber das wäre dann doch ein wenig zu schwierig und auffällig gewesen. – Und deshalb steht ohne jeden Zweifel fest, dass Ihr Herrn Bartholomäus Bühler ermordet habt.«

Der Nächste, der das Wort ergriff, war der von mir Beschuldigte selbst, der nun keine Ausflüchte mehr im Leugnen suchte.

»Es ist gerade so gewesen, wie von Euch dargestellt, Herr Frederik. Nur in einem Punkt irrt Ihr Euch. Bartholomäus Bühler war kein Herr, nicht einmal ein Mensch. Er war eine unheilige Mischung aus Ratte und Schwein und hat den Tod vielfach verdient. Hätte ich ihn schon eher getötet, vielen Menschen wäre großes Leid erspart geblieben.«

Als wäre Tenhove, der während meiner letzten Sätze wieder aufgestanden war, eine riesige Last von der Seele gefallen, setzte er sich mit einem fast heiter zu nennenden Ausdruck in seinem Gesicht. Er nahm einen kleinen Schluck aus seinem Becher und fuhr dann aus eigenem Antrieb fort.

»Ich will hier reinen Tisch machen. Insbesondere aber will ich den Herrn Grafen um Gnade und Verzeihung bitten für meine Tat, die ich hier unter Missachtung seiner Gunst begangen habe. Er hat mich ohne große Fragen in seine Dienste gestellt, mich großzügig behandelt und mir vertraut. Ich schäme mich dafür, dieses Vertrauen missbraucht zu haben, indem ich den Tod in sein Haus geholt habe. Dennoch hoffe ich, man möge mein Handeln verstehen, wenn ich hier zu Ende bin. Ich habe niemanden über meinen Namen getäuscht. Ich heiße Albrecht Tenhove und, um es kurz zu machen, ich war in meiner Jugend Mitglied einer Räuberbande. Im Fränkischen, wo ich herstamme, herrschte in unserer Gegend so große Not, dass die Bauern kein anderes Mittel zum Überleben sahen, als sich gegen die Herrschenden zu erheben, wie es schon einmal Jahre zuvor gewesen ist. Doch genau das Gegenteil war der Fall. Die Aufstände wurden wieder blutig niedergeworfen, mein Vater und Großvater, die auch dazugehörten, erschlagen. Zurück blieben eine kranke Mutter, die kurz darauf ebenfalls starb, und wir vier Geschwister, das heißt außer mir drei Mädchen, von denen meine älteste Schwester selber schon ein Kind hatte. Wir besaßen kein Land mehr, kein Haus und kein Vieh. Lebten wir vorher allesamt in Armut, hatten wir nun buchstäblich nur die Sachen, die uns bekleideten, sonst nichts. Was sollte ich tun, um uns zu ernähren?«

Er hatte den Becher halb zum Mund gehoben, ohne zu trinken, und seine Augen sahen längst vergangene Ereignisse in einer Ferne, die uns verborgen blieb.

»Der Junge vom Nachbarhof, Hans Böhlinger, ein paar Jahre älter und kräftiger als ich, war in einer vergleichbaren Lage. Er hasste die reichen Pfeffersäcke aus vollem Herzen, weil sie ihn einmal des Diebstahls bezichtigt und bereits an einem Baum aufgeknüpft hatten, bevor sie ihren Irrtum bemerkten. Sie haben ihn wohl sofort abgeschnitten und auch mit einigen Talern abgefunden, aber verziehen hat er das nie. Hans hatte bereits einige andere Burschen zusammengetrommelt und mit ihnen eine Bande gebildet, der ich mich anschließen durfte. Wir waren übereingekommen, kleine Trecks von Handelsleuten auszubaldowern. Des Nachts wollten wir uns an ihr Lager heranschleichen, und während einige von uns sie ablenkten und hinter sich her lockten, würden sich die anderen ins Lager schleichen und ihre Waren stehlen. Dabei war feierlich ausgemacht, dass niemand getötet werden durfte. – Ich war der Jüngste, ich musste Schmiere stehen – und alles erschien mir mehr wie ein Streich, der uns obendrein ernährte. Dann kam die Nacht, in der die Händler nicht auf die Täuschung hereinfielen und bei ihrer Ladung blieben, als unsere eintrafen, die das Stehlen besorgen sollten. Der Anführer war mein Nachbar, der, statt zu fliehen, sofort sein Schwert zog und drei Kaufleute niedermachte, bevor er überwältigt wurde. Sie erwischten auch noch zwei andere von uns, der Rest konnte entkommen. Wir zogen uns in unser Versteck im Wald zurück und warteten drei Tage und drei Nächte auf unsere Freunde, aber nichts geschah. Dann setzte ich mich mit meinen Geschwistern ab und fand für sie mit viel Glück Obdach bei einer Kürschnerfamilie, die ihre flinken Hände gebrauchen konnte. Für einen wie mich hatten sie hingegen keine Verwendung. Also zog es mich zurück in meine alte Heimat. Zum Glück warnte mich ein herumziehender Kesselflicker, der früher oft unseren Hof besucht hatte. Ich sollte mich tunlichst von den nächsten Städten fernhalten, sonst würde es mir ergehen wie meinen Kameraden. Wir waren an die zwanzig gewesen, von denen sie gleich fünf niedergehauen hatten, als die Büttel das Lager überrannten. Wer überlebte, wurde in Eisen gelegt und nach Aschaffenburg geschleppt, wo es dann ein großes Fest gab, als sie alle nebeneinander am Galgen tanzten. Mitten zwischen den Honoratioren der Stadt saß mein früherer Nachbar und Freund und ließ es sich gut gehen. Er hatte ihnen das Versteck der Beute verraten und sich damit freigekauft. Und um der Rache seiner Leute zu entgehen, hat er zugleich seine ganzen Kameraden ans Messer geliefert. Ich war froh, dass ich bei diesem Schauspiel nicht zugegen war. Ansonsten wäre ich auch tot, weil es mich nicht gehalten hätte und ich auf diesen verfluchten Hund losgestürzt wäre ohne Rücksicht auf mein eigenes Los. – Doch man wird älter und besonnener, und das alles ist viele Jahre her. Ich habe mich fortan um ein redliches Leben bemüht, gelernt und geschuftet, und schließlich erreicht, dass meine ehrliche Arbeit für manchen durchaus von Nutzen sein kann. Auf meiner Wanderung bin ich dann hier gelandet, habe freundliche Aufnahme gefunden und hoffe, sie mit Fleiß und Leistung vergolten zu haben.«

Ein kurzer Blick zum Grafen hinüber bewies mir, dass genau dies der Fall war.

Tenhove, dem dies nicht entgangen war, fand jetzt endlich Zeit, sich aus seinem Becher zu bedienen, und man konnte förmlich spüren, dass eine heiße Wut, die sich mit seinen Worten mehr und mehr in ihm aufgebaut hatte, aus ihm gewichen war. Es stahl sich sogar ein hauchdünnes Lächeln auf seine Lippen.

»Hinzu kam, dass es mir möglich war, meine Schwestern mit Geldzuwendungen zu unterstützen. Mit anderen Worten, es schien sich alles zum Guten gewendet zu haben. – Könnt Ihr Euch da vorstellen, welche verteufelte Überraschung es für mich war, nach so langer Zeit diesem Unmenschen hier im Hof des Schlosses zu begegnen? Aus dem armen Bauernsohn Hans Böhlinger war ein Bartholomäus Bühler mit einem kapriziösen Schweizer Akzent geworden, ein Handelsmann in feinem Tuch, dessen strahlende Gewänder nur einem Außenstehenden seine schwarze Seele verbergen konnten. Ich dagegen sah seinem falschen Lachen sofort an, dass unsere Begegnung nicht vom Zufall geleitet war. Er lud mich auf ein Glas Wein ein und enthüllte mir seine wahren Absichten. Oh, er habe zunächst nur nach mir geforscht, so gestand er mir mit fröhlichem Gesicht, den Arm um meine Schultern gelegt, um mich als letzten Zeugen seiner dunklen Vergangenheit für immer zum Schweigen zu bringen. Aber nun sei er ja Geschäftsmann und ihm deshalb eine lukrative Lösung die liebere. Denn immerhin hätte ich bei meiner Position ja einiges zu verlieren, und außerdem wüsste er meine Schwestern bei den Kürschnerleuten schon zu packen – ein kleiner Unfall ist schnell arrangiert. Nein, er sei nach reiflicher Überlegung zu dem Schluss gekommen, eine solche Goldgrube wie mich dürfe man nicht einfach zuschütten. Mit mir als Verwalter auf Haus Crange mit seinem berühmten Pferdemarkt und seinem blühenden Dorf, was für Möglichkeiten eröffneten sich da alleine durch das Ausforschen des Grafen und seiner Gäste! Da wäre es glatter Wahnsinn, mich umzubringen. Im Gegenteil, er würde ein waches Auge auf mich und meine Gesundheit haben. Beim Grafen hätte er sich schon bestens mit einem Geschenk von kostbaren Glasgefäßen eingeführt; wäre erst einmal genügend Vertrauen geschaffen, ließe sich bestimmt dereinst eine radikale Lösung zum Wohle der alten Kampfgefährten finden. – Sein feistes Grinsen dabei hätte es nicht gebraucht. Ich wusste auch so, was er meinte.«

Das wussten wir wohl alle, wie die nachdenkliche Miene des Grafen bestätigte.

»Hätte ich mich offenbaren sollen mit meiner Geschichte vom Bauernjungen, der ausgezogen war, ein Räuber zu werden? Ohne den geringsten Beweis in meinen Händen, und auf der anderen Seite der reiche Schweizer Handelsmann? – Also habe ich ihn umgebracht – zum Wohle aller. Das Mittel dazu hatte ich noch aus jener alten Zeit. Ein greiser Kamerad, der im Sterben lag, hat mir die Klinge geschenkt. Er hat sie sein Leben lang mit sich geführt, um Folter und grausamster Hinrichtung zu entgehen. Bei einer Gefangennahme hätte er zunächst sich und dann, als letzte Rache, seinen Gegner damit gestochen. Es ist ein hochwirksames Gift, ich habe es wie einen Talisman bei mir getragen. Wie man sieht, hat er sich bewährt.«

Der Graf, den dieser eklatante Fall von Vertrauensbruch eigentlich am meisten verletzt haben müsste, schien mir am ehesten geneigt, Verständnis für seinen Verwalter aufzubringen. »Ihr hättet trotzdem zu mir kommen und mir reinen Wein einschenken sollen, Albrecht.«

»Das hätte ich nur zu gern, mein hoher Herr. Doch ein Schuldgefühl kann sich bisweilen so schwer auf die Zunge legen, dass sie in entscheidenden Momenten ihren Dienst versagt. Überdies habe ich mich der Hoffnung hingegeben, man würde sich den gewaltsamen Tod in der verschlossenen Kammer nicht erklären können und wie bei Bertram auch dafür den Teufel verantwortlich machen. – Aber mit Bertrams Tod habe ich nichts zu schaffen. Ich hatte nicht den geringsten Grund, ihm etwas Böses zu wünschen. Hier, fragt dieses zitternde Männchen, dass Bertram bei unserer letzten Begegnung frisch und lebendig war. Er saß nämlich mit dem Mönch in dessen Zimmer und plauderte, als ich an der geöffneten Tür vorbeikam auf meiner abendlichen Runde. Als sich ein wenig später mein Magen meldete, kam ich auf meinem

Weg zum Abtritt erneut an der Tür vorbei. Sie redeten immer noch, soweit ich mich erinnere, und zwar über den Bergbau und die Schätze der Natur, die tief im Inneren der Erde schlummern. Wir haben uns noch allseits eine gute Nacht gewünscht. War es nicht so, Rodger?«

»Gewiss, gewiss, Herr, so war es. Ihr müsst dabei auch bemerkt haben, dass ich gleich hinter Euch hergegangen bin. Und Bertram hat hinter mir abgeschlossen, das ist die reine Wahrheit, das wisst Ihr doch, oder?«

Tenhove nickte nach einem Augenblick des Nachdenkens bedächtig. »Es stimmt, ich habe selbst das Geräusch des Schlüssels gehört.«

An dieser Stelle schaltete sich wieder der Graf persönlich ein. »Ja, es gibt nun Schlösser an den Türen, wie Ihr wohl schon selber bemerkt habt, Herr Frederik. Nach dem Tode Conrads habe ich mich damals dafür entschieden.«

»Ein kluger Entschluss, wenn Ihr mir diese Bemerkung gestatten wollt. – Noch mal zu dir, Rodger. Erinnerst du dich, worum genau es in eurer Unterhaltung ging? Kam, wenn auch nur kurz, noch eine weitere Person hinzu? Hat Bertram nicht doch etwas erwähnt, wenngleich nur beiläufig, dass auf einen Verdacht gegenüber einer Person hindeuten könnte?«

»Es ging in erster Linie, eigentlich sogar ausschließlich, um den Bergbau, wie von Herrn Albrecht erwähnt. Ich erinnere mich, dass Bruder Bertram besonders darauf erpicht war, etwas darüber zu erfahren, wie man Schächte vor dem Einsturz bewahren könnte, die durch vergleichsweise losen Boden geführt werden mussten. Er hatte einige Skizzen angefertigt und mir vorgelegt, doch ich konnte kaum etwas dazu sagen. Gut, ich bin herumgekommen in den Landen, aber von dieser Kunst verstehe ich nichts. Gleichwohl haben wir lange darüber diskutiert. – Eine andere Person ist übrigens nicht erschienen, außer Herrn Albrecht, der zweimal vorbeikam. Im Grunde dreimal, meine ich, denn vom Abtritt kam er ja wieder zurück.«

»Wenn Ihr über dies alles geredet habt und Herr Albrecht währenddessen zweimal beziehungsweise dreimal die Tür passierte, kann euer Gespräch nicht nur von kurzer Dauer gewesen sein, oder?«

»Das war es auch nicht, Herr Frederik. Es mag beinahe eine halbe Stunde gewährt haben.«

»Dann dürfte damit als gesichert angesehen werden, dass nach Rodger und Herrn Albrecht niemand mehr Bertram lebend zu Gesicht bekommen hat. Er muss gestorben sein in der Zeit ihres Weggangs bis zu seinem Auffinden am nächsten Tag. In das Zimmer gelangen konnte man nur mit dem richtigen Schlüssel, von dem zwei Exemplare existieren. Mit einem hatte Bertram von innen abgeschlossen, den anderen, einen Generalschlüssel, hatte der Verwalter, bei dem sich Rodger ihn bei Bedarf abholen musste. – Dies sind die Fakten, die zweifelsfrei erhellen, wer Bertrams Mörder ist. Ich bin sicher, dass der Mensch, der die verbrecherischen Fäden gezogen und mit eigener Hand gemordet hat, hier mit uns am Tisch sitzt. Oh ja, er genießt die Gunst des Herrn von Crange, der eine Natter an seinem Busen genährt hat, einen Menschen, dem er nur Gutes hat widerfahren lassen und der es ihm aufs Übelste gedankt hat. Wie nun muss er beschaffen sein, dieser Mensch, dass es ihm gelingen konnte, Bertram umzubringen? Über welche Möglichkeiten muss er verfügen, welche Kenntnisse besitzen?«

»Wenn Ihr nun doch darauf hinauswollt, dass ich auch Bertram auf dem Gewissen haben muss, weil ich den Schlüssel in Verwahrung hatte, kann ich nur meinen Schwur wiederholen, dass ich es nicht gewesen bin!« Tenhove sprach zwar in dem für ihn so charakteristischen ruhigen Tonfall, sein mühevolles Ringen um Fassung war hingegen nicht zu verleugnen.

»Dann haben wir also mehr als nur einen Mörder hier im Raum.« Ihr, meine zynischen Freunde, werdet bestimmt verstehen, wie ich es goutiert habe, dass ich mich just in diesem Moment meinem Abbild im riesigen venezianischen Spiegel an der Stirnseite des Saales gegenübersah und schon allein dadurch die Richtigkeit meiner Behauptung außer Zweifel stand. Aber seid gewiss, ich würde noch einen anderen ertappen.

Der einzige Zeuge

Nein, nicht Ihr, Herr Tenhove. Im Übrigen sagte ich bereits, dass ich daran nicht den leisesten Zweifel habe. Euch mag mit dem Schlüssel die Möglichkeit zu Gebote stehen, auf Bertrams Zimmer zu schleichen und ihn zu vergiften, doch fehlt Euch darüber hinaus das Wichtigste, nämlich das Motiv. – Im Gegenteil, Euch war etwas unverhofft gegeben, das diese Tat aufklären wird.«

»Wie schön für mich!«

»Wie schön für uns alle, dass uns der unpässliche Magen des Verwalters nun doch noch den fehlenden Beweis geliefert hat, um Bertrams Mörder zu überführen. Denn ansonsten hättest du, mein lieber Rodger, dein Lügengarn weiterspinnen und behaupten können, Du seiest nur auf einen Sprung bei Bertram gewesen und nach dir hätten auch noch andere sein Zimmer betreten können. In statu nascendi, Rodger, du erinnerst dich? Nur du hattest noch Zeit, Bertram das Gift zu verabreichen. Danach wäre die Gelegenheit für diese Nacht vertan. Pech für dich, dass der Verwalter just in diesem Moment vorbeikam. Du hast fürwahr einen klugen Kopf, und es ist eine veritable Ironie des Schicksals, dass er von einem unruhigen Magen besiegt wurde.«

Ihr, meine feinsinnigen Freunde, wisst natürlich, dass der Triumph der Flatulenz über den Geistesblitz nicht so simpel errungen wird, wie soeben von mir dargestellt und von vielen Hohlköpfen nur zu gerne geglaubt. Doch erlaubte ich mir dieses derbe Bild in dem wohligen Bewusstsein, dass die messerscharfe Deduktion eures Frederik und sein Beitrag zur Lösung der mörderischen Rätsel von allen Anwesenden nicht verkannt würde. – Zur Eitelkeit und ihrer Berechtigung habe ich mich ja schon geäußert.

Rodger, der bei seiner ersten Verdächtigung noch zu Tode erschrocken war, trug nun ein ungläubiges Gesicht zur Schau, das schnell zu gespieltem Frohsinn überwechselte. »Wenn es Euch denn so gefällt, mich zum Gegenstand Eurer Späße zu machen, muss ich wohl wieder herhalten. Ich hoffe, Ihr vergeltet es mir anschließend mit einem Glas Wein.«

Ich musste ebenfalls schmunzeln. »Diese Haltung steht dir viel besser an als deine Rolle als zappeliger, harmloser Hofnarr. – Ich habe dir bereits eben vor Augen geführt, warum nur du als Mörder von Bertram in Frage kommst. Ich musste nur mit einem kleinen Kunstgriff von dir ablenken, um einen anderen Mörder zu überführen. Jetzt werde ich dir auch dein fehlendes Motiv liefern.«

Mein Tonfall musste allen Anwesenden verdeutlicht haben, dass die erhobene Beschuldigung dieses Mal kein bloßer Schachzug war. Es war auffällig, wie Gernot und Gertrudis von Stapelmann abrückten.

»Dazu dürfte es ausgesprochen hilfreich sein, dass Herr Degusti, hochgeschätzter Gast des Herrn Grafen und nicht minder geschätzter Kampfgefährte von mir, uns allen darlegt, wie die Bande der Wolfsmenschen, die für das Verschwinden der Reisenden verantwortlich ist, erledigt wurde, und auf welche Besonderheiten wir dabei gestoßen sind, die in Zusammenhang mit Bertrams Ermordung stehen.«

Damit überließ ich das Feld Degusti, nachdem ich den Ledersack vor mich unter den Tisch gestellt und in meinem Sessel neben dem Herrn von Crange Platz genommen hatte. Der Italiener verzichtete darauf, meine Wanderung weiterzuführen, und lehnte sich, immer noch leicht amüsiert, in seinem Sitz lediglich ein wenig weiter nach vorne. Dann berichtete er in einer Präzision, als würde er das Erlebte von einem Blatt ablesen, von der Mörderbande, die so viele Opfer gefordert hatte, von unserem Kampf und unseren Entdeckungen, von Aussehen und Eigenarten der Wolfsmenschen sowie der Konstruktion der Höhle und verheimlichte dabei auch seine Vermutung nicht, dass die Bande zur Blutauffrischung einige Opfer am Leben ließ, was das Auftauchen des Merselen'schen Waffengurtes erklärte.

Als Degusti verstummte, herrschte zunächst Grabesstille im Saal. Dann jedoch tobte ein Sturm von Fragen los, deren Beantwortung ich sämtlich dem Italiener überließ.

Rodger, hin und her gerissen zwischen vorgeblicher Unbeschwertheit und ernsthafter Verteidigungsabsicht, konnte den Schluss kaum abwarten, um endlich loszuwerden: »Und was habe ich mit alledem zu tun? Worin soll da der Anlass für mich stecken, meinen Freund Bertram zu töten?«

»Du musstest ihn töten, um ihn zum Schweigen zu bringen, was wiederum nötig war, um deine Familie zu schützen.«

»Was ... welche ... Hier, Tenhove, der musste seine Schwestern schützen, das hat er selber zugegeben. Ihr habt es doch alle gehört! Und ich, was soll ich für eine Familie haben? Die ist lange tot, ich bin ganz al...«

»Die Familie der Wolfsmenschen ist deine Familie! Bertram musste weg, weil er allmählich auf die richtige Spur kam. Er machte sich schon Gedanken über eine künstlich geschaffene Höhle als Versteck. – Was muss es für dich eine Erleichterung gewesen sein, dass er mit seinen Fragen ausgerechnet zu dir kam, seinem angeblichen Freund, wenngleich ich der Überzeugung bin, dass du nur zu diesem Zweck von Anfang an seine Freundschaft gesucht hast. Und als er dich erneut auf den Bau von Stollen ansprach, hast du ihm das Gift in den Wein getan.«

Rodger blieb der Mund so weit offen stehen, dass ich versucht war, mich zu fragen, wie die menschliche Anatomie so etwas ermöglichen konnte. Es war ein Meisterstück der Schauspielkunst, das jeden Possenreißer auf dem Jahrmarkt neidisch gemacht hätte.

»Ich ... ich auf der Seite dieser nicht menschlichen Wesen? Seid Ihr von Sin...«

»Und mehr noch! Nicht nur unschuldig in diese Rolle hineingeboren, sondern der mitverschworene Helfer, der die Bande mit Hinweisen versorgte, welche lohnende Beute hier in Crange eingetroffen war und welchen Weg sie nach ihrer Abreise nehmen würde. Und das Ohr der Bande, das alles hörte, was hier beratschlagt wurde und unternommen werden sollte, sodass rechtzeitig eine Warnung ergehen konnte. Deine Tarnung war deine Freundin Grete Dreven, deren Herz für Kinder du ausgenutzt hast, um die jüngsten Mitglieder der Familie dort hinkommen und die Nachrichten übermitteln zu lassen.«

Stapelmann hatte sich bei meinen Worten halb aus dem Sessel erhoben, in den er sich nun wieder theatralisch hineinplumpsen ließ.

»Gütiger Herr von Crange, ich bitte Euch inständig, schützt mich vor diesem Mann. Wenn dieses seine wahre Meinung ist, dann hat sich sein Geist verwirrt, dann ist er nicht mehr bei Sinnen.«

Wir waren zusammen gereist, wir hatten zusammen gegessen und getrunken. Deshalb hatte ich ihn bis jetzt auch ganz anständig behandelt. Doch nun platzte mir der Kragen.

»Du schmierige Ratte, du Gehilfe eines vielfachen Schlächters und selber Mörder, willst du mich einen Lügner nennen?«

So viel Widerstandskraft hatte ich diesem Männchen gar nicht zugetraut. Erst schien es, als würde er noch weiter in seinem Sessel zusammensinken, dann plötzlich war er jedoch wie verwandelt. Anscheinend hatte er erkannt, dass ihm seine bisherige Komödie nicht weiterhelfen würde, und beschlossen, seine wahre Natur zu zeigen. Dort saß zwar immer noch ein mickriger Kerl, aber mit wachem Geist und scharfer Zunge.

»Gut denn, Herr Inquisitor der Unfehlbarkeit, zeigt mir auch nur einen einzigen Beweis!«

»Du willst einen Beweis? – Dann wirf einen Blick hierauf!« Ich griff in den Sack und zog das Faltblatt mit den Stahlstichen der »Malefikanten aus dem Niedervest und den angrenzenden Regionen – ganz wahrhaftig und getreulich abkonterfeit« hervor und knickte es so, dass nur das Portrait eines August Derflinger und seiner Tochter zu sehen war.

»Dieses Bildnis wurde vor weit über zwanzig Jahren verfertigt, und es zeigt einen aus der Gegend um Innsbruck Eingewanderten, einen Schiener aus Schwaz, der weiter im Norden mit seiner eigenen Tochter wie Mann und Frau zusammengelebt, nachdem er sein rechtmäßiges Eheweib getötet hat. Als sie deswegen festgesetzt und abgeurteilt wurden, gelang ihnen in der Nacht vor der Hinrichtung die Flucht, und sie wurden nie wieder gesehen. – Ich bin sicher, dass es sich bei diesen beiden um die Stammeltern unserer Mörderbande handelt. Was hatten sie auch schon für andere Möglichkeiten? Nur das zur Verfügung, was sie im Kerker auf dem Leibe hatten. Kein Unterschlupf im Freundeskreis, in dem man sie nicht sogleich aufgestöbert hätte. Ihnen blieb nur die Flucht in den dichtesten Wald, und sie mussten sich von dem ernähren, was er ihnen zu bieten hatte. Wenig genug, denn für die Jagd fehlten ihnen die Waffen. Und obendrein die ständige Angst, dass derjenige, der ihnen zufällig begegnete, sie auch verraten würde. – Ich kann mir gut vorstellen, dass sie den ersten, den sie trafen, allein aus diesem Grunde töteten. Und irgendwann zwang der Hunger sie dann, ihre Opfer nicht einfach den Tieren zu überlassen. Dieser Mann namens August Derflinger ist Anführer und Begründer der Wolfsmenschen. Er kam aus Schwaz, das sich selbst ›die Mutter aller Bergwerke‹ nennt. Aufgrund seiner Kenntnisse in der Kunst des Bergbaus gelang es ihm, selbst in sandiges Gelände vor dem Einsturz sichere Höhlen zu bauen. Welche Ausmaße das in all den Jahren erreicht hat, hast du ja eben von Herrn Degusti gehört. Kann es nicht sein, Herr ›Rodger Stapelmann‹, dass du aus derselben Gegend stammst? Daher, wo man eine Ziege nicht wie bei uns Ziege, sondern Geiß heißt? Ich erinnere mich noch gut an unser Abendbrot damals in der *Fetten Gans*, als du den Käse so gelobt hast. Und dein ›Sakra‹ klingt mir auch noch in den Ohren.«

»Ist es ein Verbrechen, aus den Bergen zu kommen? Wenn ich es nicht immer erwähne, dann nur, um kein Außenseiter zu sein. Schwache Menschen wie ich mit meinem Aussehen haben es ohnehin schwer genug.«

Ich winkte bloß ab. »Und bevor du nun fragst, was das alles mit dir zu schaffen hat, mein lieber Rodger, beachte, was weiter hier steht.«

Ich drehte das Blatt um und las: »Zur gleichen Zeit verschwand auch sein Zwillingsbruder Max Derflinger.«

Rodger zeigte sich nicht sonderlich beeindruckt. »Ja und? Das ist doch nur natürlich. Auch wenn er unschuldig war, für alle wäre er nur der Bruder des Inzüchtlers. Sie hätten ihn nicht nur gemieden, sie hätten ihm Schlimmeres angetan. Ihm blieb doch gar nichts anderes übrig, als in eine andere Gegend zu ziehen. Nur begreife ich nicht, was mich das angeht.«

»Willst du, der sich Rodger Stapelmann nennt und in Wahrheit Max Derflinger bist, deinen Bruder nicht erkennen – bei diesen Ohren?«

Ich schob das Blatt in die Mitte des Tisches, dass jeder einen Blick darauf werfen konnte. Mochte der Abgebildete auch sonst ohne große Eigentümlichkeiten sein, unverkennbar waren jedenfalls die angewachsenen Ohrläppchen, wie sie auch ein Charakteristikum unseres Rodger sind.

Viel Überzeugungskraft schien dieses Papier allerdings nicht zu besitzen, zu deutlich war das eine oder andere Kopfschütteln um mich herum. Stapelmann war dies selbstverständlich nicht verborgen geblieben. Entsprechend war sein Lächeln nun nicht mehr gekünstelt.

»Oh je, Herr Inquisitor, wenn der gnädige Herr Graf mir nur einen Wagen borgen und mich damit über Land fahren lassen will, so will ich Euch schon morgen ein Dutzend Männer präsentieren, die diesem Bild ähnlicher sind als ich.«

Jetzt sah ich das eine oder andere Nicken, und Gernot und Gertrudis flüsterten in einer Weise miteinander, die erkennen ließ, dass sie Stapelmanns Meinung waren. Sehr zu meinem Leidwesen, weil der Schuft dadurch immer mehr Oberwasser bekam.

Er brillierte erneut mit seinem schauspielerischen Talent, indem er sich wieder bewährt weinerlich gab und sich an unseren Gastgeber wandte. »Herr Graf, ich bitte Euch untertänigst, lasst nicht länger zu, dass solches Spiel mit mir getrieben wird. Erst bin ich ein Mörder, dann wieder nicht, dann wieder ein Mörder und Helfer einer Menschenfresserbande obendrein. Ein solches Wechselbad mag hinreichen, das Gemüt eines stärkeren Menschen zu zerstören, als ich es bin. Mit Wolfsmenschen soll ich im Bunde sein! Habt Erbarmen und gebietet dem Herrn Frederik Einhalt – oder fordert ihn auf, auch nur einen einzigen echten Beweis beizubringen, nur einen einzigen Zeugen.«

Sehr schön, genau dahin wollte ich diesen Hundesohn haben.

Ein Lächeln kräuselte meine Lippen, von dem ich hoffte, dass man ihm den Hohn auch ansah. »Du willst ihn wirklich sehen, den Zeugen, der genau das bekunden kann? Nun, ob seine Rede so bestimmt sein wird, wage ich zu bezweifeln, denn er verhält sich in jüngster Zeit ein wenig kopflos. Doch sein Zeugnis wird unwiderleglich sein und dich zweifelsfrei überführen.«

Mit diesen Worten griff ich in den ledernen Sack und zog an den Haaren den Schädel des Anführers hervor, den ich über den Tisch in Stapelmanns Richtung schleuderte.

Der Kopf sprang wie ein riesiger Würfel über die Platte und blieb, nur eine Armeslänge von ihm entfernt, auf dem Stumpf seines Halses vor Stapelmann liegen. August und Max Derflinger – der eine aus gebrochenen, der andere aus vor Entsetzen aufgerissenen Augen starrten sich die Zwillingsbrüder an, einander so ähnlich wie ein Ei dem anderen.

Nur eine kleine Bitte

Der Mann, den alle als Rodger Stapelmann kannten und den ich der Einfachheit halber auch weiter so nennen will, war ins Verlies geschafft worden. Der Kopf seines Bruders steckte wieder im ledernen Sack, und an seiner Stelle stand auf dem gesäuberten Tisch ein Krug mit starkem Branntwein, dem reichlich zugesprochen worden und dem es so gelungen war, wieder Farbe in die Gesichter einiger Anwesender zu bringen.

Bis auf Tenhove saßen noch alle um den Tisch herum. Der war auf seine Kammer gegangen und bereitete seine Abreise vor. Zwar mochte er mit seiner Tat sogar indirekt das Leben des Grafen gerettet haben, doch konnte dieser ihn nicht bei sich behalten. Zu schwer wog ein Mord unter dem Dach von Haus Crange. Der Graf hatte Tenhove jedoch wissen lassen, dass er eingedenk seiner korrekten und umsichtigen Arbeit als Verwalter mit einem Empfehlungsschreiben rechnen könne, mit dem sich für ihn ein Platz bei einem befreundeten Pferdezüchter im Bergischen finden würde.

Nur zu verständlich, dass der Graf, dessen Land von einer verheerenden Plage befreit worden war, die man sich schrecklicher kaum ausmalen konnte, nun in aufgeräumtester Stimmung auffahren ließ, was Küche und Keller zu bieten hatten.

»Ich sehe mit Zufriedenheit, dass das Lebenswasser hier das seelische Gleichgewicht bei meinen Gästen wieder hergestellt hat. Also esst und trinkt, was das Herz begehrt. In drei Tagen werde ich zu Ehren der Herren Frederik von dem Kerkhof und Salvatore Degusti ein großes Fest geben, zu dem ihr alle eingeladen seid. Und wenn es euch gefällt, bleibt bis zum großen Pferdemarkt in ein paar Wochen.«

Das hörte jeder gern, zumal nun Stiena, von der Gertrudis seit langem ihre Heilmittel bezogen hatte, offiziell das Privileg genoss, zu den gern gesehenen Besuchern der Burg gezählt zu werden. So war sie an diesem Abend eine der Lustigsten und versetzte mich in nicht geringes Erstaunen mit ihrer Fähigkeit, eine beträchtliche Menge Wein durch ihre Kehle fließen zu lassen, ohne dass dies einen negativen Einfluss auf ihr Verhalten gehabt hätte.

Wie auch immer, Mittelpunkt der Gesellschaft war natürlich euer alter Frederik. Zwar hatte Degusti unbestreitbar den größten Anteil an der Ausrottung der Mörderbande, doch war er im Gegensatz zu mir bis dato auf Haus Crange unbekannt und obendrein die eigentliche Detektivarbeit von mir verrichtet worden.

Deshalb kam ich auch nicht umhin, wieder und wieder Fragen beantworten zu müssen, die im Wesentlichen darin gipfelten, welches denn der Stein des Anstoßes für die Enttarnung der Täter gewesen war. Das war meine Chance, auch Ossenstert den verdienten Anteil am Ruhm zukommen zu lassen. Denn hätte er nicht mit seinen Untersuchungen die Basis für meine Nachforschungen geschaffen und obendrein, wenn auch in anderem Sinne, den Begriff von den zwei Mördern ins Spiel gebracht, ich glaube, diesen Gordischen Knoten hätte ich auch mit der Hilfe von Degustis Schwert nicht lösen können.

Da sich in der Zwischenzeit des Grafen Familie, ein Teil seines Hofstaats sowie etliche Bedienstete höheren Ranges hinzugesellt hatten, ein jeder davon begierig, umfassende Aufklärung zu erlangen, hatte mein Freund ein dankbares Publikum um sich geschart. Es summte wie in einem Bienenkorb, und Ossenstert konnte sich nolens volens nicht darauf beschränken, lediglich seinen Beitrag zur Aufklärung herauszustellen, sondern musste einen umfassenden Abriss des Geschehens liefern.

Mir kam dies mehr als gelegen, hatte ich für heute doch genug Erklärungen abgegeben. Zudem hatte mir der Wein die nötige Bettschwere verschafft, sodass ich die Nähe des Grafen suchte, um mich für heute ohne großes Aufheben zu verabschieden und endlich eine Nacht zu verbringen, in der ich keine Störung befürchten musste.

Degusti musste einen ähnlichen Gedanken gehabt haben, denn ich sah ihn gerade noch, wie er sich unter mehreren Verbeugungen, die dem Grafen und seiner Gemahlin galten, aus dem Saal entfernte. Unter der Tür winkte er mir noch einmal zu und rief herüber: »Ich muss mich noch um meine Leute kümmern.« Dann war er verschwunden.

Und mit ihm die gute Gelegenheit, mich ebenfalls aus dem Staub zu machen. Dem Grafen gefiel es nämlich, mich beinahe jedermann persönlich vorzustellen und als den Retter seiner Ehre und seines Hauses zu preisen. Und auch über Degusti war er des Lobes voll. Er hätte ihn gerne noch tagelang zu Gast gehabt, mit ihm über frühere Abenteuer geplaudert und ihm in Worten und Werken dafür gedankt, dass durch sein Tun die Heilige Inquisition davon abgehalten war, in Crange zu erscheinen. Indessen, Degusti wollte so schnell wie möglich zu seinen Herren, um ihnen Bericht zu erstatten. Und selbst dabei war er dem Grafen noch zu Diensten.

»Ihr kennt mich, Herr Frederik, und wisst, dass ich keinen Gefallen daran finde, Menschen einer Bestrafung zuzuführen, und mag es sich bei ihnen auch um die übelsten Missetäter handeln, die selbst Frauen und Kinder nicht verschonten. Ich weiß, dass ich mein Amt zu erfüllen habe, doch bin ich froh, wenn ich ein solch blutiges Schauspiel vermeiden kann.«

Ich konnte ihn nur zu gut verstehen. Scharmanns letzte Stunde in Dorsten spürte ich noch mit jeder Faser meines Körpers.

»Bestimmt wären viele in meiner Lage froh, ihrem Volk ein solches Schauspiel bieten zu können, und viele Händler und Schausteller habe ich um eine erkleckliche Einnahme gebracht. Aber ich bin glücklich, dass sich Euer Kampfgefährte als einzigen Lohn den Schurken Stapelmann in eigener Person erbeten hat. Er will ihn zu seinen Herren bringen, die noch einiges von ihm zu erfahren wünschen, bevor sie ihn einen grausamen Tod erleiden lassen werden. Was sie bei der Befragung alles mit ihm anstellen werden, daran mag ich gar nicht denken.«

Bei diesen Worten überlief ihn ein leichter Schauder, der jedoch gleich wieder einem Strahlen wich, mit dem er mir zuprostete.

»Ich jedenfalls schätze mich glücklich, von diesem Rodger Stapelmann, oder wie immer er heißen mag, und der mit ihm einhergehenden Lasten befreit zu sein. Dafür danke ich Herrn Degusti und trinke auf sein Wohl.«

Zum Golde drängt doch alles

Ihr wisst, meine den Pfennig ehrenden Freunde, dass sich euer alter Frederik nicht zu schade dafür ist, sich zu bücken, um das Geld aufzuheben, das auf der Straße liegt. Und wie es die menschliche Natur nun einmal so eingerichtet hat, erkennen auch Leute mit dieser Eigenschaft sehr schnell ihresgleichen.

Dass ich demgegenüber erst jetzt auf den Einfall kam, Degusti könnte mit seinem eiligen Abgang noch ein anderes Ziel verfolgen, als Stapelmann so rasch wie möglich seinen Richtern auszuliefern, mag daher allenfalls vor dem Hintergrund der durchzechten letzten Nacht und der überwiegend schlaflosen davor erklärt werden können. Zu entschuldigen war mein Verhalten in meinen eigenen kritischen Augen hingegen nicht.

Wie ich nämlich selbst noch tags zuvor klug doziert hatte, fehlte so einer im Verborgenen vegetierenden Menschenfresserbande beinahe jede Möglichkeit, ihre Beute abzusetzen. Geld, Gold, Schmuck und dergleichen sind, so paradox dies auch anmuten mag, für sie von sehr viel geringerem praktischen Wert als geraubte Nahrung und Kleidung. Folglich war es mehr als wahrscheinlich, dass die Bande ein Versteck angelegt hatte, in dem sich, bedenkt man allein die Vielzahl der Jahre ihres schändlichen Treibens, ein wahrer Schatz angesammelt haben musste.

Degusti wäre nicht der Mann, für den ich ihn hielt, wenn er nicht versuchen würde, sich einen fetten Brocken davon unter den Nagel zu reißen.

Und er hatte einen riesigen Vorsprung vor mir.

Als mir das in seiner ganzen Tragweite zu Bewusstsein gekommen war, ließ ich mein Pferd und ein zweites gleich dazu satteln und jagte zurück zur Höhle. Zwar hätte ich Gernot aufgrund seines Geschicks mit Bogen und Armbrust dabei gut gebrauchen können, doch hatte ich nicht vor, noch mehr Zeit damit zu vertun, ihn in seinem Heim loseisen zu müssen, falls er nicht sowieso im Wald unterwegs war. Außerdem würde er, der sich viel öfter zu Fuß als zu Pferde bewegte, mein Tempo nicht mithalten können.

Obwohl ich die Tiere alle Viertelstunde wechselte und so für die nötige Erholung sorgte, hätte es mich gewundert, wenn ich noch rechtzeitig gekommen wäre. Und euer vorausschauender Frederik sollte – höchst bedauerlicherweise – wieder einmal Recht behalten haben.

Es war nicht nötig, in gebührendem Abstand vor der Höhle anzuhalten und sich vorsichtig anzupirschen. Dafür war die Gestalt, die vor ihrem Eingang lag, schon aus der Distanz zu deutlich zu sehen.

Als ich näher kam, erkannte ich Ignazio, einen der Wächter, die Degusti zurückgelassen hatte. Er starrte mit halb geöffneten, blicklosen Augen gen Himmel, den aufgerissenen Mund mit einer Mischung aus angetrocknetem Speichel und rotem Schaum verklebt. Sein Gewand war über den gesamten Oberkörper blutdurchtränkt, und ein Schwarm buntschillernder, fetter Fliegen erhob sich missmutig von seiner reich gedeckten Tafel, als ich mich anschickte, die Leiche genauer zu untersuchen.

Der arme Kerl war durch einen einzigen Stich mitten ins Herz getötet worden. Er muss augenblicklich gestorben sein, als hätte ein Blitz ihn niedergestreckt.

Seinen Kameraden Giuseppe fand ich, als ich einige Schritte weit in die Höhle eingedrungen war. Er hatte es noch geschafft, sein Schwert zu ziehen, aber es hatte ihm nichts mehr genutzt. Die Klinge wies nicht den kleinsten Blutspritzer auf, der Mann zu meinen Füßen war ohne Gegenwehr gestorben.

Er lag auf dem Bauch, und wie es den Anschein hatte, war auch bei ihm ein einziger Stich ausreichend gewesen, der ihn von hinten ins Herz getroffen hatte. Der Dolch steckte noch immer in seinem Rücken. Ich drehte ihn vorsichtshalber auf die Seite, doch da war, wie vermutet, keine andere Verletzung.

Als vorsichtiger Mann zog ich eine meiner Pistolen und tastete mich behutsam um die Biegung des Ganges, bis ich zu einer Laterne gelangte, die nach meiner zutreffenden Erinnerung ihren Platz in einer in die Erde gekratzten Vertiefung der rechten Wand hatte. Zunder und Feuerstein lagen daneben, sodass mir nach wenigen Momenten eine Lichtquelle zur Verfügung stand, die ausreichen sollte, diese Unterwelt zu examinieren. Zunächst begab ich mich jedoch wieder zu dem Toten und zog den Dolch heraus. Die ohne jeden Zierat gefertigte Waffe war schlank, nicht allzu lang und mit einer dicken Klingenmitte, die in zwei rasiermesserscharfe Schneiden und eine nadelgleiche Spitze auslief. Stark genug, selbst den Hieb eines Rapiers abzufangen, bestens ausbalanciert, um auch als Wurfmesser eingesetzt zu werden. In der Hand eines Experten ein phantastisches Instrument, um so mühelos durch Sehnen, Knorpel und Muskeln zu gleiten wie ein glühender Schürhaken durch einen Klumpen Butter.

Ich hatte keinen Zweifel daran, wem dieses Werkzeug gehörte, war mit ihm doch für mich einst ein Stück Wildbret abgeschnitten worden. Was mich nur in hohem Maße erstaunte, war die Tatsache, dass Degusti es einfach in seinem Opfer hatte stecken lassen. Was, zum Henker, hatte einen Mann wie ihn veranlassen können, nicht nur auf eine solche Klinge zu verzichten, sondern obendrein einen so deutlichen Beweis seiner Täterschaft zu hinterlassen?

Ich schob den Dolch in meinen Gürtel und wandte mich dem hinteren Teil der Höhle zu. Dort sah alles noch genauso aus wie bei meinem ersten Besuch. Nur ein paar Ratten hatten sich eingefunden und anderes kleines Getier, das in seinen Löchern verschwand, bevor ich es identifizieren konnte.

Sorgfältig leuchtete ich jede Ecke und jede Spalte ab und überwand mich sogar, Gliedmaßen und die an Haken baumelnden Torsi beiseite zu schieben, um auch hinter ihnen die Höhlenwände abzusuchen. Es fand sich jedoch keinerlei Hinweis auf eine geheime Kammer oder auch bloß eine Aushöhlung, die geeignet gewesen wäre, Pretiosen in der erwarteten Menge aufzunehmen.

Und etwas anderes fand ich ebenfalls nicht. Nirgends war die Leiche Stapelmanns zu entdecken. Und ihn hätte Degusti am allerwenigsten leben lassen, wenn er um des schnöden Mammons willen selbst die eigenen Leute meuchelte.

Obwohl ich der Überzeugung war, meine erste Suche mit größter Sorgfalt vorgenommen zu haben, machte ich mich ein zweites Mal ans Werk, doch blieb das Ergebnis dasselbe. Somit gab es nun wirklich nichts, was mich hätte veranlassen können, noch länger in diesem Massengrab zu verweilen, und ich war heilfroh, mich wieder in die sonnenbeschienene Oberwelt flüchten zu können.

Nachdem ich mehrfach kräftig durchgeatmet hatte, überkam mich das Bedürfnis, auch meine Kleider ein wenig durchzulüften, so wie es mir seinerzeit nach meinem Aufenthalt im Kerker von Dorsten gegangen war. Also marschierte ich im hellen Sand auf und ab, wobei ich in einem fort mit den Armen wedelte. Einem zufälligen Beobachter würde ich vermutlich das Bild einer flugunfähigen Riesenkrähe vermittelt haben, die nur mühevoll zu der Einsicht gelangt, nicht mehr vom Boden abheben zu können. Hätte er gewusst, auf welchem Feld des Grauens ich hier herumhopste, ihm wäre das Lachen in der Kehle stecken geblieben.

Danach hätte ich mich am liebsten auf den warmen Heideboden gelegt und die furchtbare Gegenwart für einige wenige Momente vergessen, hätte nicht der laue Wind gedreht und den Pferden, die ich an einem nahen Busch angebunden hatte, eine neue Witterung in die Nase getragen. So versetzte mich ihr Schnauben und aufgeregtes Scharren in sofortige Alarmbereitschaft.

Die Tiere hatten aber nur ihresgleichen gewittert, denn vom Waldrand her wurde ihr Wiehern mit einem Echo beantwortet. Die Pistole erneut zur Hand, machte ich mich in geduckter Haltung in diese Richtung auf, bis mir nach wenigen Schritten bewusst wurde, wie albern mein Verhalten war. Hätte mir von dort tatsächlich Gefahr gedroht, so hatte sich in der Zwischenzeit mannigfach Gelegenheit geboten, mich mit einem sauberen Schuss zu erledigen. Folglich gab es keinen Grund, meinen Rücken länger zu malträtieren. Dass meine Überlegung nicht unbedingt zwingend war, fiel mir gleich darauf siedend heiß ein, denn immerhin musste der Feind in Können und Bewaffnung zu einem solchen Schuss auch in der Lage sein.

Da ich mich aber bereits zur vollen Größe aufgerichtet hatte, konnte ich gleich Konsequenz beweisen und den ersten Schritt zur Kontaktaufnahme tun. Mein Rufen wurde jedoch nicht aus der Richtung beantwortet, in der ich bereits den Kopf eines Reittiers ausmachen konnte. Das verhaltene Stöhnen kam hinter einem dichten Gebüsch hervor, das sich linker Hand von mir befand.

Wenn man mir eine Falle stellen und sich dabei nicht durch einen fehlgegangenen Pfeil verraten wollte, erschien mir dies als eine probate Methode. So zog ich also erneut meine Pistole und gab mir mit kräftigem Aufstampfen den Anschein, ich würde links um die mit wuchernden Brombeerranken verfilzten Wacholderbüsche herumkommen. Indem ich sodann drei aufgeklaubte Zweige nacheinander dorthin warf, wo man mich im nächsten Moment vermuten musste, hastete ich so leise wie möglich nach rechts um den grünen Verhau herum.

Das Bild, das sich mir bot, veranschaulichte in aller Klarheit, wie überflüssig meine Vorsicht war. Lang ausgestreckt auf der Erde, den verklebten Haarschopf zu mir gewandt, lag der halb betäubte Degusti, eine aufgeplatzte Schwellung an der Stirn, und hielt sich mit blutiger Hand die Brust in der Nähe seines Herzens.

Weil ich von oben an ihn herantrat und er mich aus seiner Position nur hören und nicht sehen konnte, murmelte er: »Na, du Schwein, bist du gekommen, um mir den Rest zu geben?«

»Das ist gewiss nicht meine Absicht, mein Freund.« Mit diesen Worten hatte ich mich neben ihm niedergelassen, seine Hand beiseite geschoben und mich angeschickt, seine Wunden zu untersuchen. Zwar war der Blutfleck auf seinem Hemd von beträchtlicher Größe, doch hatte ihm die Angewohnheit, seine Waffen verdeckt zu halten, das Leben gerettet. Auf der bloßen Haut trug er nämlich ein ledernes Riemengebilde, das zur Aufnahme von vier kleinen Wurfmessern bestimmt war und über metallene Schnallen zur besseren Anpassung verstellt werden konnte. Eine dieser Schnallen hatte den Stoß des Gegners abgefangen und verhindert, dass die Klinge tief genug eindringen konnte. So war die Wunde nach meinem Dafürhalten bestimmt schmerzhaft, zum Glück aber keineswegs lebensbedrohlich. Doch nur einen Daumen breit daneben, und alles hätte anders ausgesehen.

Schlimmer war da die Kopfverletzung, weil sie mit solcher Wucht hervorgerufen worden sein musste, dass ihr vornehmlicher Schaden im Inneren des Schädels zu vermuten war.

Meine Annahme bewahrheitete sich, als ich versuchte, Degusti auf die Beine zu helfen. Kaum, dass er auf eigenen Füßen stand und ich seinen Arm losgelassen hatte, als er gleich wieder auf die Knie fiel und den Inhalt seines Magens vor sich in den Sand erbrach.

Mit einem Notverband und etwas Brot und Wasser aus meinem leichten Reisegepäck ging es meinem Patienten nach einer Viertelstunde so weit besser, dass er sich in der Lage sah, mir einen Überblick über die Ereignisse zu geben. Ob dabei der Schock seiner Überrumpelung, die momentane Erschütterung seines Hirns oder die Erleichterung darüber, noch auf dieser Welt zu weilen, den Ausschlag gab, vermag ich nicht zu beurteilen. Jedenfalls hielt Degusti nicht mit dem wahren Motiv seines Handelns hinter dem Berg.

»Ihr habt es Euch gewiss schon gedacht, dass ich Stapelmann nicht nur mitgenommen habe, um ihn Umbra Diaboli zu überstellen. Hier musste sich Geld befinden, ein richtiger Schatz. Ihr selber habt es doch so trefflich deduziert, warum es so etwas geben musste. Und wenn der Anführer der Mörderbande sein Bruder war, dann wusste Stapelmann auch Bescheid. Natürlich, ich hätte ihn ausgeliefert, aber erst wollte ich meinen Teil von der Beute. Schließlich habe ich mehr als einmal für die intriganten Frömmler mein Leben riskiert.«

Als dies heraus war, ging es dem Geretteten zusehends besser. Seine Augen hatten den zwingenden Blick und seine Stimme ihre alte Festigkeit wiedergewonnen. Ich hatte den Eindruck, als hätte ihn sein charakterlicher Fehltritt mehr belastet als seine Blessuren. Er fragte sogar danach, ob ich nichts Besseres in meinen Satteltaschen hätte als schales, lauwarmes Wasser.

Bedauerlicherweise konnte ich damit nicht dienen, sodass sein Bericht auch ohne die zungenlösende Wirkung des Branntweins seinen Fortgang nehmen musste. Doch mit einigem Ächzen und Stöhnen ging es auch so.

»Die Geschichte ist schnell erzählt. Ich hatte Stapelmann unterwegs zum Schein das Angebot gemacht, sich gegen den Verrat des Goldverstecks loskaufen zu können. Ich hatte ferner angedeutet, ihm einen Teil für seine Flucht überlassen zu wollen. Ich glaubte, ihn so überlisten zu können, dabei war er es, der mich hereingelegt hat. Er hat mich immer wieder gefragt, ob ich auch wirklich zu meinem Wort stehen würde, und die ganze Zeit so getan, als würde er um sein Leben zittern. Und als wir bereits ganz nahe bei der Höhle waren, ließ er sich in gespielter Schwäche auf die Knie sinken, aber nur, um mir meinen eigenen Dolch aus dem Gewand zu ziehen und mir in derselben Bewegung den Knauf vor den Schädel zu hauen. Ich spürte noch den Stich, dann verlor ich das Bewusstsein. Was danach geschah, weiß ich nicht. Irgendwann kehrten für Momente meine Sinne zurück, und ich schleppte mich hinter dieses Gebusch, wo ich feststellte, dass ich aus der Brust blutete. Er hat versucht mich abzustechen und dann als tot liegen gelassen. – Habt Ihr eine Ahnung, was weiter geschehen ist? Was ist aus meinen Leuten geworden?«

»Beide erstochen. In Giuseppe steckte noch Euer Dolch.« Ich zeigte ihm die Waffe und schob sie in die leere Scheide an seinem Gürtel.

»Der schlaue Teufel! Er wollte es wohl so aussehen lassen, als hätten wir uns bei einem Streit um die Beute gegenseitig getötet.«

»Von ihm selbst fehlt jede Spur. – Dort am Waldrand habe ich nur ein einziges Pferd gefunden. Er wird sich mit seinem aus dem Staub gemacht haben.«

Degustis Lächeln wirkte bitter. »Dann ist er so schlau wohl doch nicht, wenn er mein Pferd zurücklässt, dass ihm beim ständigen Wechsel der Tiere zu einem schnelleren Fortkommen verholfen hätte. Ich jedenfalls gebe die Hoffnung nicht auf, ihn doch noch zu erwischen. – Seid so gut und lasst mir Euer Wasser da. Es geht mir bereits um einiges besser, und das Brummen in meinem Schädel wird auch wieder leiser. Ich werde später die Höhle nach dem Gold durchsuchen.« Er wischte meinen Einwand beiseite. »Ich weiß, ich weiß, aber vielleicht ist doch irgendwo eine Kleinigkeit übersehen worden. Und sei es auch nur ein Hinweis auf ein Versteck anderswo. – Wenn ich mich in der Lage fühle zu reiten, werde ich anschließend meine Herren aufsuchen und mit ihnen beraten, wie es weitergehen soll. – Hier, nehmt das!«

Er holte drei dieser gekritzelten Zeichnungen heraus, wie ich sie auch in Bertrams Nachlass gefunden hatte, und drückte sie mir in die Hand.

»Wenn Ihr mich zu sehen wünscht, heftet einfach eines dieser Blätter an die Hauswand der Dorfschänke. Ich werde davon erfahren und versuchen, an einem der nächsten Abende dort zu erscheinen. Ansonsten werdet Ihr von mir hören, wenn ich Stapelmann und damit auch das Gold gefunden habe. Ein nicht geringer Teil davon steht fraglos Euch zu, das werde ich nicht vergessen. – Und jetzt meinen innigsten Dank für alles, was Ihr für mich getan habt, mein Freund, und lebt wohl!«

Als er sich mit unsicheren Schritten zur Höhle aufmachte, konnte er nicht verbergen, dass sein Gesicht schmerzverzerrt war. Im Eingang drehte er sich noch einmal um, winkte herüber und blinzelte mir aus seinen eigentümlichen Augen zu, die nun in der Farbe von dunklem Bernstein aufblitzten. »Ihr werdet von mir hören!«

Fröschchen, Fröschchen

Das Gehöft lag im Sonnenschein wie bei meinem früheren Besuch. Zu den tollenden Hunden hatte sich ein kleiner dritter gesellt, und da ich nun wusste, wo ich Anna zu suchen hatte, machte ich sie unschwer an ihrem Lieblingsplatz am Tümpel aus.

Dass ich mich hierher auf den Weg gemacht hatte, lag daran, dass seit über drei Wochen keine Nachricht von Degusti eingetroffen war. Ich hatte täglich darauf gewartet, weil ich mich mit ihm über die Verfolgung von Stapelmann beraten wollte, der unser Schlüssel zur Mehrung unseres Reichtums sein sollte – aber vergeblich. Natürlich hätte ich es auch mit den Papieren versuchen können, die er mir eben zu diesem Zweck überlassen hatte. Aber ein unbestimmtes Gefühl sagte mir, dass Degusti zum gegenwärtigen Zeitpunkt wohl kein allzu großes Interesse daran hatte, sich hier in der Gegend sehen zu lassen. Da war es für mich nahe liegend, den Kontakt über die Person zu suchen, deren Oheim der Italiener war.

Die ersten Veränderungen bemerkte ich, als ich mich dem Haupthaus näherte. Keine bewaffneten Männer, keine schwarze Dogge, niemand da, der mir in den Weg trat.

Ich band mein Pferd an die weit herabhängenden Zweige eines Birnbaums und bewältigte das restliche Stück zu Fuß. Den Beutel mit Gebäck hatte ich bei mir.

Als Anna mich gewahrte, vermutete ich zunächst aufgrund ihrer Reaktion, sie hätte mich mit Degusti verwechselt. »Mein Oheim, wie schön, dass Ihr mich wieder besucht. Habt Ihr wieder was zum Naschen mitgebracht? Und erzählt Ihr mir auch eine Geschichte?«

Ich gab ihr den Beutel und grub in meiner Erinnerung nach einem Märchen, in dem ein Frosch mit einer Königskrone in einem Brunnen wohnte und auf dessen Grund mit einer goldenen Kugel spielte.

Der Mann, der über die Wiese auf uns zugelaufen kam, belehrte mich hinsichtlich meiner Annahme eines Besseren. Als er sah, dass Anna keine Gefahr drohte, blieb er einige Schritte entfernt stehen. »Sie verwechselt Euch nicht mit einem anderen. Ihr Geist ist verwirrt. Für sie ist jeder ihr Freund, ihr Oheim, ihr Geliebter, oder sonst was, wenn sie ihn schon einmal gesehen hat und er ihr obendrein Süßigkeiten mitbringt. Wenn sie Euch so anredet, müsst Ihr folglich schon einmal hier gewesen sein. Ja, jetzt erinnere ich mich. Ich habe Euch da von weitem gesehen. Es war der Tag, an dem die Leute des Herrn Degusti hier waren. – Was ist Euer Begehren?«

Ich rückte näher an ihn heran, um nicht laut reden zu müssen, weil ich Anna mit meinen Fragen nicht beunruhigen wollte. Die war jedoch vollauf mit dem Backwerk beschäftigt und machte, nachdem sie es in beachtlicher Geschwindigkeit verzehrt hatte, mit ihrem Singsang und den Fröschchen-Fröschchen-Rufen weiter.

»Ich bin hier, um etwas über genau jenen Herrn Degusti zu erfahren, der mich vor einiger Zeit hierher geführt und mich mit Anna bekannt gemacht hat. Ich muss ihn dringend sprechen, habe ihn jedoch aus den Augen verloren. So hoffte ich, jemand hier würde mir weiterhelfen können, du oder Annas Vater, der reiche und einflussreiche Kaufmann, von dem mir erzählt wurde.«

Bei meinem Gegenüber handelte es sich offenkundig um einen Bauern, der sein Leben mit harter Arbeit fristete und sich nicht wie ein verschlagener Kammerdiener auf das Intrigieren bei Hofe verstand. Deshalb schaute er jetzt aufrichtig verdutzt drein, während er sich angetrocknete Erdkrumen von den Händen klaubte.

»Von dem Herrn Degusti weiß ich nicht viel. Er war vor ein paar Wochen einmal hier, um Anna zu sprechen, weil er, wie er sagte, einem Fall von Hexerei nachzuspüren hätte. Ich bin nur ein unbedeutender Bauer. Wenn ein solcher Herr erscheint, fragt man besser nicht und tut ihm seinen Willen, man weiß ja, wie es einem sonst ergeht. Dann kam er vor kurzem zurück. Ihr wisst es doch, Ihr wart doch dabei. Das war doch der Tag, als nur Stunden zuvor seine Leute hier erschienen, um ihren Herrn zu beschützen, wie sie sagten. Danach habe ich ihn nicht mehr gesehen. – Aber was meint Ihr mit dem reich...«

»Moment, nicht so hastig! Willst du damit sagen, dass die drei Wächter nicht immer hier waren, sondern bloß an diesem einen Tag?«

»Genau. Kaum hattet Ihr Euch wieder auf den Weg gemacht, da zogen auch sie ab.«

»Und sie standen auch nicht im Sold von Annas wohlhabendem Vater, sondern gehörten zu Degusti?«

»So ist es. Aber was bringt Euch zu der Annahme, dass Annas Vater ein reicher Kaufmann ist? Er ist ein Schmied aus dem Rheinischen, der hin und wieder hier vorbeischaut und die anfallenden Arbeiten erledigt, Pferde beschlagen, Sensblätter nachhämmern und so, Ihr wisst schon. Dafür versorgen wir seine Tochter, sie ist, wie gesagt, nach dem Unfall wirr im Kopf.«

So fühlte ich mich langsam auch angesichts dieser Neuigkeiten. »Nach einem *Unfall* wirr im Kopf? Ist sie denn nicht Opfer eines ungeklärten Überfalls geworden?«

Jetzt musste der Landmann bei all seinem Unbehagen doch grinsen. »Überfall? Oh nein, die Anna ist als Kind vom

Heuboden gefallen und hat sich den Kopf angeschlagen. Das wird nichts mehr mit der, hat der Bader damals gesagt, weil, einen Arzt hatten wir hier nicht. Und er hat Recht behalten.«

Der gute Mann betrieb auf seinem Hof zwar keine Schenke, doch konnte er mit einem scharfen Branntwein dienen, der mir in dieser Situation lieber war als der süffigste Wein. Als ich damit meine kreisenden Gedanken für eine Weile zum Stillstand gebracht hatte, gab ich ihm einen Emdener Taler und machte mich voll dunkler Ahnungen auf den Rückweg unter aufziehenden schwärzlichen Wolken, die meine Stimmung widerspiegelten.

Kein guter Boden

Während mein Pferd auf einem vom Sommergewitter aufgeweichten Pfad zum Haus der Dreven hinüberstapfte, verfluchte ich mich mehr als nur einmal. Was war ich nur für ein toller Detektiv, dem der Jubel der Masse wichtiger war als eine solide Arbeit und der konsequente Abschluss einer Ermittlung. Gut, die wölfischen Oger waren ausgelöscht, die Mörder in der Burg überführt, und Stapelmann konnte als der Bruder des Bandenführers enttarnt werden. Aber warum war ich nicht gleich nach seiner Flucht zu seiner Gefährtin geeilt, um sie zu verhören? Ihr, meine wahren Freunde, werdet euch die Antwort denken können, und weil Ihr nicht nur gnädig und verständnisvoll, sondern überdies verschwiegen seid, vertraue ich auf euren Verzicht, mich vor anderen einen eingebildeten, leichtfertigen und überheblichen Gecken zu heißen. Aber glaubt mir, die eigene ehrliche Erkenntnis, ein solcher zu sein, schmerzt allemal genug.

Dass ich nun trotz des strömenden Regens versuchte, die Versäumnisse der Vergangenheit auszubügeln, indem ich unverzüglich nach meiner Rückkehr und der Auskunft des Wirtes, man habe Grete Dreven im Dorf zuletzt zwei Tage nach der Zerschlagung der Wolfsbande gesehen, zum Haus von Stapelmanns Geliebter ritt, mag mehr damit zu tun haben, meine Wut auf mich selbst abzureagieren, als mit der Hoffnung, nach so viel vertaner Zeit hier etwas von Belang erreichen zu können.

Schon von weitem sah ich, dass die Haustür offen stand. Ich trieb mein Pferd durch den dichten Vorhang aus grauer Nässe und direkt in den winzigen Stall, in dem es sich schwerlich zur vollen Größe aufrichten konnte.

Das Haus war offensichtlich verlassen, sodass ich keine besondere Eile mehr an den Tag legen musste. Deshalb entledigte ich mich zuerst meines steifen, gefetteten Umhangs und rieb mein Pferd mit Stroh trocken, von dem genug im Stall zu finden war. Dies brachte mich nach einer Weile so ins Schwitzen, dass ich den kühlen Wind, der durch das Tor hereinwehte, als angenehm empfand und ich mich nach getaner Arbeit vorn an einen Pfosten lehnte, wo mir vereinzelte Spritzer das Gesicht erfrischten.

Es war einer dieser Augenblicke, in denen man an nichts denkt und Bilder, Gerüche und Witterungen in sich aufnimmt, ohne sie wirklich zu registrieren. In diesem schemenhaften Einerlei wanderte mein Blick ohne festes Ziel über den winzigen Garten, in dem die Blumen von den schweren Tropfen niedergedrückt wurden und sich in Ermangelung einer ordnenden Hand zwischen dem Gemüse erste Triebe von Unkraut zeigten.

Meine Augen blieben schließlich an einem flachen, locker aufgeschütteten Beet hängen, das die Dreven kurz vor ihrem Verschwinden angelegt haben musste. Wenngleich ich früher auch öfters die kunstvoll gestalteten Schlossgärten bewundert und ein Verweilen in ihrer Pracht stets genossen habe, muss ich gestehen, dass ich von ihrer Anlage nichts verstehe und selbst an der Gestaltung des kleinsten Kräutereckchens scheitern würde. So hatte ich jetzt nicht die geringste Ahnung, was hier angebaut werden sollte, zumal ich nur hier und da dieselben Unkrautpflänzchen ausmachte, die sich auch woanders ihren Platz erobert hatten.

Die einzige Ausnahme bildete eine vom Regen durchspülte Auswaschung am Rand, in der sich drei verkrümmte Spitzen zeigten, die mit jedem auf sie hernieder gehenden Tropfen um eine Winzigkeit mehr freigelegt wurden.

Fixierte ich dies zunächst noch mit der Teilnahmslosigkeit des späten Zechers, der in sein leeres Glas stiert, durchfuhr mich endlich die Erkenntnis, als das Herniederprasseln den fünften Finger der Hand aus dem Boden gewaschen hatte.

Ich brauchte keine Schaufel zu suchen und auch nicht meine Hände zu benutzen, der Himmel nahm mir die Arbeit ab. Ein wahrer Wolkenbruch peitschte den Boden, der immer mehr Krume wegschwemmte. Mit jedem Aufspritzen des Wassers wurde das Bild deutlicher, und als nach einer Weile das Himmelsgrau aufriss und ein mildes Abendlicht die Landschaft zu einem sanften Leuchten brachte, lag vor mir der Leichnam von Grete Dreven, schon vom Gewürm benagt, doch so sauber, als hätten die Leichenweiber soeben erst ihre Arbeit beendet.

Der Rest ihres Gesichts wirkte entspannt wie im Schlaf, doch besagt dies nichts darüber, wie ich euch aus eigener Kenntnis versichern kann, dass sie ohne Schmerzen in eine andere Welt hinübergeglitten wäre. Ihr rechter Arm stand in einem unnatürlichen Winkel ab, wie es nur bei einem Bruch möglich ist. Und als ich mir die schwarzroten Verfärbungen ihrer Füße näher besah, wusste ich, dass man ihre Fußsohlen mit glühendem Eisen behandelt hatte.

Grete Dreven war vor ihrem Tod schwer gefoltert worden.

Wer konnte ein Interesse daran haben, diese Frau zu töten, und warum? Für die Beantwortung dieser Fragen brauchte ich mehr Fakten.

Als Nächstes nahm ich mir ihre Behausung vor.

In ihrem Häuschen, das nur aus zwei Zimmern bestand, befanden sich kaum noch Einrichtungsgegenstände. Alles, was sich ohne allzu große Schwierigkeiten bewegen ließ, war bei Nacht und Nebel fortgebracht worden. Dass dies nicht auf Veranlassung von Grete geschehen war, erhellte bereits der Umstand, dass verschiedene Sachen von geringem Wert wie ein einfacher Schemel oder ein henkelloser Krug zerschlagen auf dem Boden lagen. Auch ein in die Wand eingelassener Haken, den herauszubrechen man vergeblich versucht hatte, zeugte davon.

Nein, hier hatten sich Leute bedient, die die Überzeugung gewonnen hatten, dass die rechtmäßige Bewohnerin dieses Hauses nicht mehr zurückkehren würde.

Ich machte mich an eine oberflächliche Durchsuchung der Zimmer, mit der ich schnell zu Ende war. Die Stelle, nach der diejenigen geforscht hatten, die sich nicht mit dem übrigen Krempel zufrieden gaben, war rasch entdeckt. Zu deutlich war das etwa einen Meter tiefe, mannsdicke Loch in einer Ecke der Schlafkammer. Eine umgestürzte Truhe mit einem Zwischeneinsatz, aber ohne Boden, lag daneben.

Ich müsste mich schon sehr täuschen, wenn dies nicht das Versteck war, in dem Rodger und seine Geliebte für seinen Bruder das Geld und die schwer veräußerlichen Pretiosen aufbewahrt hatten, nachdem die Beutestücke zuvor unauffällig von den Kindern der Bande herübergeschafft worden waren. Und in Gelddingen irrt sich euer alter Frederik bekanntlich nie.

Sollte auch dieser Mord dem Sündenregister des Rodger Stapelmann hinzugefügt werden? Dann müsste ihm dafür schon ein gewichtiges Motiv zur Seite stehen, das mir nicht ohne weiteres ersichtlich war. Das Einzige, was mir dazu in den Sinn kam, war die Möglichkeit, dass Grete Dreven das ganze Geld und Gold in ein nur ihr bekanntes Versteck geschafft und ihr ehemaliger Geliebter alles versucht hatte, wieder an die Beute zu kommen, die er für die seine hielt. Eine Überlegung, die ich jedoch sogleich wieder verwarf. Dreven, die immer wieder von Rodger aufgesucht und damit auch kontrolliert worden war, hätte dies nämlich erst dann tun können, als sie von Rodgers Flucht erfahren hatte, die ihr, vermutlich bis zu ihrem Tod, unbekannt geblieben war.

Sicher, es konnte auch so gewesen sein, dass die Dreven während der ganzen Zeit etwas von der Beute für sich abgezweigt hatte. Dieser Gedankengang schien mir aber abwegig angesichts des Umstandes, dass sich Stapelmann auf der Flucht befand und die Zeit zur Rettung des nackten Überlebens viel zu kostbar war, als sie in einer solchen Situation auf einen Teil der Beute zu verschwenden. Wäre das alles ein paar Jahre später geschehen, es hätte mir eingeleuchtet. Aber so?

Ich will an dieser Stelle gerne eingestehen, dass sich ein letzter Rest von Zweifel nicht aus meinen Überlegungen verbannen ließ. Allein, wägte ich die mir bekannten Fakten gegeneinander ab, war es im Endeffekt für mich vordringlich, mich ein wenig näher mit der Person des mir immer mysteriöser erscheinenden Herrn Degusti zu befassen.

Und der Weg, der in dieser Richtung zu beschreiten war, konnte viel besser von einem anderen Mann begangen werden als von mir selbst. Der hierfür wie geschaffene Detektiv war ohne Zweifel mein Freund Johannes Ossenstert. Er, der nach außen stets ein wenig aufwändiges, mitunter bescheiden anmutendes Leben führte, verfügte über beste Beziehungen und einflussreiche Gönner, mit deren Unterstützung er ein Leben in Saus und Braus hätte führen können, liefe dies nicht seinem Naturell zuwider. Er hatte nie viel Aufhebens von seinen Leistungen gemacht, doch war mir nicht unbekannt geblieben, dass er mehr als einmal hochgestellten Persönlichkeiten mit Kenntnis und Geschick aus brenzligen Lagen geholfen hatte. Die Äbtissin, die mehrfach vorstellig geworden war, weil ihre Novizinnen nicht bloß vom Heiligen Geist befallen worden waren. Die reichen Münster'schen Kaufleute, die von ihren Reisen in andere Hansestädte neben kostbaren Waren auch andere Mitbringsel heimgeholt hatten, die besser schnell auskuriert als ihren Eheweibern offenbart werden sollten. Und selbst der fette Franz, Fürstbischof von Münster sowie mein einstiger Herr und Auftraggeber, hatte sich in diesem Sinne des Öfteren seiner Dienste versichert. Sie alle hatten meinen Freund nicht vergessen. Umso weniger, als sie nicht wussten, wann sie das nächste Mal im Geheimen nach ihm schicken mussten.

Diese Verbindungen prädestinierten Ossenstert geradezu für die Aufgabe, die ich ihm zugedacht hatte.

Also eilte ich zur Burg, um meinen alten Kameraden zu instruieren. Und Ossenstert, der zuverlässigste unter meinen Freunden, machte sich ohne Zaudern auf den Weg.

Das Wiedersehen

Die Zeit seiner Abwesenheit wollte ich nicht ungenutzt verstreichen lassen, zumal im Hinblick auf den Zustand von Gretes Leiche in meiner Vorstellung eine Idee Gestalt angenommen hatte, der ich durch letzte Nachforschungen zu dem bislang vorhandenen Skelett noch etwas Schmalz auf die Rippen packen wollte.

Die Hunde des Grafen hatten mir seinerzeit bei der Überführung des Mörders von Conrad Harteveldt treffliche Dienste geleistet. Ich würde mich ihrer erneut bedienen müssen.

Die insgesamt fünf Prachtexemplare trugen die Namen Zeus, Apollon, Ares, Hera und Aphrodite. Ihre Stammväter waren irische Wolfshunde. Doch durch Kreuzungen mit anderen Arten war eine ganz eigene Rasse geschaffen worden, schwerer als eine Dogge und mit gewaltigerem Brustkorb. Und wenn es darum ging, eine Fährte zu verfolgen, stellten sie jeden Schweißhund in den Schatten.

Ich entschied mich für Ares, weil der den ausgeprägtesten Spürsinn haben sollte.

Ich wusste auch genau, was ich als Duftspur für das Tier zu nehmen hatte; Rodgers nächtliche Aktion in der *Fetten Gans* war mir in allerbester Erinnerung. Das Tauglichste aus seiner Hinterlassenschaft war somit sein zuletzt getragenes Nachthemd, das ich mir von einer Dienerin aus seiner verwaisten Kammer holen ließ.

Dann machten mein neuer Freund und ich uns auf zur Höhle.

Zum ersten Mal hielt ich dem Tier das Nachthemd vor die Nase, als wir uns auf dem Platz befanden, an dem die Bande die Falle mit dem Haus aus Leinwand gestellt hatte. Obwohl hier Blut geflossen war und verschiedene, nicht mehr identifizierbare Kadaverreste vor sich hin moderten, nahm der Hund nach kurzem Herumschnüffeln eine Spur auf und folgte ihr in der geraden Linie vom Haus weg, von der ich wusste, dass sie schnurstracks zur Leichenhöhle führte. – Ich musste nur an die »Vorräte« in den Stollen denken, damit mein Gemüt keinen Hauch von Mitleid kannte, und wenn sie Rodger vor seiner Hinrichtung eine Woche lang Tag und Nacht gefoltert hätten.

Als wir an den Sumpf mit seinem Schilfgürtel kamen, lief Ares aufgeregt am Ufer auf und ab, um dann mit steil vorgerecktem Kopf zum anderen Ufer hinüberzuheulen. Ich trieb das Pferd vorsichtig durch das Wasser, Ares schwamm neben uns her.

Auf der anderen Seite schüttelte der Hund sich kurz und schnüffelte, nachdem ich ihm das Nachthemd erneut zu kosten gegeben hatte, das Ufer nach links und rechts auf einer ziemlichen Strecke ab, ohne jedoch die geringste Witterung aufnehmen zu können. Mit leisem Winseln umkreiste er mich und stieß mit seiner Nase dabei immer wieder gegen das Tuch. Sollten andere Hunde nicht in der Lage sein, ratlos dreinzublicken, so war Ares auch auf diesem Gebiet einmalig.

Nachdem er sich mir so eine Zeit lang präsentiert hatte, ging er mit zögerlichen Schritten zurück ins Wasser und platschte in Ufernähe darin herum, als versuche er, einen Blick unter die Oberfläche zu tun.

Es ist schon schwierig, wenn zwei Wesen nicht dieselbe Sprache sprechen. Am Ende verstand ich ihn aber doch.

Aus einem Gebüsch schnitt ich mir einen Stock von etwa sechs Fuß Länge und stocherte damit im Wasser herum. Ich wühlte Blasen und Modergeruch auf, sah einen Molch abtauchen und eine Kröte davonspringen. Ansonsten nur braungrüne Brühe mit abgestorbenen Pflanzenresten.

Aber Ares gab nicht auf, und ich wollte mir meinem neuen Gefährten gegenüber keine Blöße geben. Also stocherte ich Schritt für Schritt weiter, bis ich mich so weit von meinem Ausgangspunkt entfernt hatte, dass er hinter Wacholder- und Ginsterbüschen verschwunden war.

Als ich bereits befürchtete, unverrichteter Dinge, dafür mit wunden Händen zurückreiten zu müssen, schlug der Hund an. Er hatte eher gerochen als ich gesehen, dass an die zwanzig Schritte entfernt etwas Helles im Wasser schwamm.

Ich rannte los, bis ich auf gleicher Höhe war, und zog das Gebilde langsam mit dem Stecken heran. Mit einer grünlichen Algenschicht überzogen dümpelte dort die aufgedunsene Leiche des letzten Mitgliedes der Wolfsbande, das sich zuletzt Rodger Stapelmann nannte und dem sein Mörder die Nase, die Ohren und die Hoden abgeschnitten hatte. Was mir jedoch zuerst an ihm auffiel, war, dass seine Füße auf die gleiche Weise verbrannt waren wie die der Grete Dreven.

Und damit war auch der letzte Zweifel ausgeräumt, nach wem ich noch zu suchen hatte.

Ein Gast bei Tisch

Es war dieselbe Schenke, in der mir vor Jahren Gernot erstmals über den Weg gelaufen war, damals noch ein rotzfrecher Bursche, der in den gräflichen Forsten wilderte. Auch an ihr war der allgemeine Wohlstand des Dorfes nicht vorübergegangen. Der alte Holzboden war Steinplatten gewichen, die Wände waren frisch geweißt, und gedrechselte Humpen hatten Platz gemacht für Trinkbecher aus Zinn. Der Wirt in seiner jovialen Verschlagenheit war jedoch noch der alte, und er erkannte mich ebenfalls auf den ersten Blick. Heute schickte er keinen Schankburschen vor, heute traute er sich katzbuckelnd selber her, um mich nach meinen Wünschen zu fragen.

Ich suchte mir die entlegenste Ecke aus und wies ihn an, die nahen Tische von allen etwaigen Gästen freizuhalten. Lange brauchte ich nicht zu warten.

»Seid mir gegrüßt, Herr Degusti, und nehmt Platz. Ich bin entzückt, Euch hier zu sehen, zumal ich nicht mit Eurem Erscheinen gerechnet habe.«

Sein Lächeln verlor nicht eine Nuance der Freundlichkeit, mit der er schon so viele eingewickelt haben mochte. »Ihr sendet mir die vereinbarte Botschaft, dass Ihr mich treffen wollt, ich bin pünktlich hier, und Ihr wundert Euch?«

»In der Tat, ich wundere mich, denn ich an Eurer Stelle wäre nicht gekommen. Und dabei war mir gerade mein Bemühen, mich in Eure Lage zu versetzen, in Eure Denkweise einzufühlen und Eure Reaktionen vor dem Hintergrund Eures Charakters abzuschätzen, meine einzige Chance, Euch auf die Schliche zu kommen. – Ihr habt mir übrigens selbst diesen Weg gewiesen. Wisst Ihr noch, wie Ihr gleich bei unserem ersten Gespräch betontet, wie ähnlich wir uns doch seien? Ja, von unserem Stand, von unserem Werdegang, von unseren Fähigkeiten und Eigenschaften, selbst von unserer Denkweise sind wir uns ähnlich wie Zwillinge. Es wäre ein Wunder, würden sich nicht auch unsere Wünsche, Absichten und Zukunftspläne im Wesentlichen entsprechen.«

Ich bedeutete dem fragend herüberschauenden Wirt mit einer Handbewegung, er möge uns nicht stören, doch Degusti rief ihn an unseren Tisch und orderte den besten und schwersten Weißen, den sein Keller zu bieten hatte. Als der Störenfried geschäftstüchtig davonhuschte, verstärkte sich das Lächeln meines Gegenübers noch.

»So also seht Ihr mich? Dann lasst hören, was Ihr mir anzulasten habt, damit ich entscheiden kann, ob unsere elternlose Brüderlichkeit mir schmeichelt oder zur Schande gereicht.«

Ich nahm einen Schluck, um Zunge und Lippen geschmeidig zu halten, denn das, was ich ihm auseinander zu setzen hatte, würde einige Zeit brauchen.

»Beginnen wird mit unserer Profession, wobei es, so meine ich, gleichgültig ist, welchem Herrn wir gerade dienen. Entscheidend ist unsere Aufgabe und unsere Bereitschaft, nötigenfalls im wahrsten Sinne des Wortes über Leichen zu gehen. Das ist unser Beruf, den wir beherrschen und so lange ausüben, dass wir unsere Taten nicht mehr mit eigenem Unbedacht oder den Überredungskünsten anderer entschuldigen können. Möglich, dass wir uns unser Leben anfangs nicht ausgesucht haben, aber wir sind dabei geblieben, als wir es ändern konnten, punctum. Somit sitzen hier zwei Mörder, die sich voreinander nicht zieren müssen wie Jungfrauen im Badehaus. Wir wissen beide, was uns die Vergangenheit beschert hat und was wir der Zukunft noch abringen wollen.«

Sein Lächeln blieb, doch nun als Maske, ohne Wärme. »Und, nachdem Ihr so tief und so erfolgreich in Euch hineingehorcht habt, was streben wir beide an, wir Brüder im Denken und Handeln?«

Das war ein gutes Stichwort, meiner bisweilen durchscheinenden poetischen Ader nachzugeben. »Am Golde hängt, zum Golde drängt doch alles. – Doch die Wahl der Mittel, dieses Ziel zu erreichen, unterscheidet die Guten ... nein, die gibt es unter uns nicht ... die weniger Bösen von den Bösen.«

»Und ich gehöre zu den ganz Bösen?«

»Zweifellos! Ihr seid nur auf Euren eigenen Vorteil bedacht. Ihr reist nicht im Auftrag des Herrn. Dafür steckt zu viel Widerspruch in Euren Handlungen. Als Mitglied von Umbra Diaboli hättet Ihr Bertrams Leiche nicht wieder ausgegraben. Die Gefahr, dadurch Aufmerksamkeit auf angebliches Teufelswerk zu lenken und das Interesse der Inquisition zu wecken, wäre viel zu groß. Würdet Ihr aber für einen Bund tätig, den kirchliche Dinge nicht scheren, sieht die Sache anders aus.«

Nun war sein Lächeln wieder ungekünstelt.

»Für wen soll ich dann arbeiten, wenn nicht vielleicht sogar für eigene Rechnung?«

»Nein, nein, Ihr dient schon einem Herrn, nur keinem geistlichen, sondern einem sehr weltlichen. Ich habe meinen Freund Ossenstert gebeten, einige Gefälligkeiten einzufordern, die ihm über die Jahre für seine nicht hoch genug zu schätzenden Dienste versprochen worden waren. Nein, Ihr steht im Sold der ... ich glaube, bei dem Euch eigenen Sinn für Humor werdet Ihr sie wohl selber Pfeffersäcke nennen. Die reichen Kaufleute der Hanse sind es, die Euch und Eure Kampfgefährten in Dienst genommen haben, weil es bei den Morden zu viele ihresgleichen getroffen hatte und zu viele ihrer kostbaren Waren verschwunden waren. Wenn eine kirchliche Organisation mit Namen Umbra Diaboli existiert, dann ausschließlich in Eurer Phantasie. Die Organisation, deren Mitglied Ihr seid, heißt Ubi Damnatus, und ihre Aufgabe ist es, Verbrechen gegen die Hanse nachzuspüren, ihre Urheber ausfindig zu machen und zur Strecke zu bringen.«

Mein Gegenüber gönnte mir ein anerkennendes Nicken. »Da hat Euer dicker Freund, der einen so unscheinbaren Eindruck macht, ja ganze Arbeit geleistet. – Ich könnte ihn gut gebrauchen.«

»Und Eure geheimnisvollen Botschaften zeigen nichts anderes als Euer Wahrzeichen, ein stilisiertes Schiff, sowie, ausgedrückt durch die unterschiedliche Länge und Anordnung der Rahen, den Ort, an dem sich Euer Ziel befindet. – Mehr hat man Ossenstert zu dieser einfachen Verschlüsselung nicht offenbart. Doch das ist ohnehin egal und mag Euer Geheimnis bleiben, denn es hilft in der Sache nicht weiter. – Warum aber diese Scharade mit ›Des Satans Schatten‹?«

Dieses Thema schien Degusti königlich zu amüsieren. »Wie Ihr bereits andeutetet, gebe ich des Öfteren meinem etwas eigenwilligen Geschmack nach. Und als mir in der Nacht in der *Fetten Gans* Ignazio, der Euch durch den Kamin belauschte, von der Ausdeutung unseres Papiers berichtete, die Stapelmann mit seinen Teufels- und Dämonentheorien vornahm, kam mir spontan die Idee, unsere Initialen UD in einem Sinn zu gebrauchen, der sowohl zu diesen Spinnereien als auch zu meiner frommen Lüge passte, der Mönch Bertram sei einer von uns. So war Umbra Diaboli geboren.«

Er prostete mir fröhlich zu. »Lasst uns darauf trinken, wie schnell manchmal eine dunkle Gesellschaft das Licht der Welt erblicken kann! – Meine harmlosen Schwindeleien sollten doch nur alles vereinfachen und ein wenig mehr

Vertrauen schaffen, als es gemeinhin eine Söldnertruppe im Dienst von Geschäftemachern verdient.«

»Dann darf ich wohl auch unseren Besuch bei der verwirrten Anna oder gar den Überfall im Hohlweg, für den Ihr mit Eurem fröhlichen Gesang das Zeichen gegeben habt, aus dieser Warte sehen?«

»Ich kann es schwerlich leugnen.«

»Wie schön, Euch zum Freund zu haben, Herr Salvatore Degusti, denn dann braucht man keine Feinde mehr! Wie schön überdies, dass Ihr bei Euch selbst wohl ein wenig mehr Vertrauen in meine Kampfkraft geschaffen habt. Hätte es Euch getrogen, wir hätten beide den Hohlweg nicht lebend verlassen.«

Degusti leckte sich genüsslich einige Weintropfen von seinen verschmitzt verzogenen Lippen. »Ach, Eure Sorge ist da ganz unbegründet. Rudolfo hat dafür wirkliche Schwachköpfe angeheuert, denen er obendrein aufgetragen hatte, uns nicht zu töten, sondern möglichst unversehrt zu entführen. Außerdem stand er mit seinem Schnepper bereit für den Fall, dass es brenzlig würde. Ihr habt es doch am eigenen Leib erfahren.«

Also war Rudolfo der Mann gewesen, der mich von dem letzten Angreifer befreit hatte.

»Mit anderen Worten, der Tod dieser armen Tölpel war von vornherein geplant?«

»Wenn es dazu dienlich ist, Euer Gewissen zu beruhigen, betrachtet es als vorbeugende Maßnahme. Bloß Abschaum. Demnächst hätten sie anderen aufgelauert, Marktweibern, hilflosen Krämern, die sich nicht wehren können. Ihr solltet Euch davon den Schlaf nicht rauben lassen, wir haben den Menschen einen Dienst erwiesen.«

»Und welchen Dienst habt Ihr Giuseppe und Ignazio erwiesen, als Ihr sie umbrachtet? Die Welt, die ist ein Jammertal ... und Ihr wolltet sie daraus erlösen?«

»Mit was für kuriosen Scherzen wartet Ihr da auf, Herr Frederik? Ich habe Euch doch schon erzählt, dass Stapelmann mich überrumpelt hat. Also kann auch nur er die beiden getötet haben.«

Nun war es an mir zu lachen. Sehr laut sogar.

»Oh, ich halte unseren Freund Stapelmann für einen gewieften Burschen, aber nicht für so schlau, und Euch gleichermaßen nicht für so dumm, dass er einen Dolch bei Euch entdecken könnte, den Ihr vor aller Augen verborgen halten wollt. Da nützt auch die List nicht, den Dolch in dem Opfer stecken zu lassen, und sich damit vordergründig selbst zu belasten, bis man dann als der Glückliche entdeckt wird, der dem Mörder noch so eben entkommen ist. – Und ebenso sicher bin ich mir, dass kampferprobte Männer wie Ignazio und Giuseppe in einer solchen Situation niemals einen Fremden so nahe an sich heranlassen würden, dass der sie mit einem Messer erledigen könnte. Das konnte nur mit Eurem Geschick und dem Vertrauen der armen Teufel in Eure Kameradschaft gelingen. Und trotzdem hat Euch noch einer erwischt. – Ach«, ich schlug mir dabei spielerisch vor die Stirn, »habe ich Euch eigentlich schon erzählt, dass ich Rodger Stapelmann und Grete Drewen getroffen habe? Sie waren beide ganz entzückt darüber, wie viel Aufmerksamkeit ihnen ein hoher Herr wie Ihr geschenkt und mit welcher Inbrunst Ihr ihnen die Fußsohlen verbrannt habt, bevor Ihr sie tötetet. – Freund und Feind, Ihr habt sie alle umgebracht. Ist das Goldene Kalb es wert, dass man es umtanzt bis zu den Knien in Blut?«

Degusti ließ sich Zeit, bevor er antwortete. Er saß da, zurückgelehnt, sein Lächeln war verschwunden, und er drehte gedankenverloren seinen Becher hin und her. Bis er sich endlich entschlossen hatte, auf alle Ausflüchte zu verzichten.

Er beugte sich vor, griff über den Tisch und umfasste mein Handgelenk.

»Wo gehobelt wird, da fallen Späne. Denkt dereinst an meine Worte, Herr Frederik von dem Kerkhof: Es wird ein Sturm über das Reich fegen, der alles mit sich reißen wird, Bettel- wie Edelmann. Luther, Müntzer und alle die anderen, die man anfangs als Schwärmer abgetan hat, sie haben den Boden aufbereitet. Erinnert Ihr Euch an Melchior Hoffmann und seine Vision von der Wiedertaufe, und erinnert Ihr Euch auch daran, wie knapp die Sache dann für Münster noch einmal gut gegangen ist? Oh ja, Ihr erinnert Euch. Schließlich wart Ihr ja an vorderster Front dabei. Doch das war nur ein laues Lüftchen gegen den Orkan, der kommen wird. In ein oder zwei Jahren oder erst in ein paar Generationen, aber es wird so kommen. Und dann wird nur das übrig bleiben, was seit jeher die Kirchen, die Mächtigen, die Herrscher und die Frömmler überdauert hat – das Gold. Seid nicht töricht und vertut nicht die einmalige Chance, die das Schicksal uns mit diesem Fall geboten hat.«

»Welche herrliche Gelegenheit soll das denn sein, von der Ihr sprecht?«

»Stellt Euch nicht dumm, Herr Frederik, diese Rolle liegt Euch nicht. Ihr wisst genau, dass ich das Gold gefunden habe. Wie wir es schon damals im Voraus bedacht haben, es waren nicht alles nur Reiche, die von den Wolfsmenschen überfallen worden sind. Und selbst die Wohlhabenden unter den Reisenden haben selbstverständlich nicht ihre gesamten Schätze mit sich geführt. Aber die Zeit und die Menge haben es gebracht, und so ist nach und nach ein erkleckliches Sümmchen zusammengekommen. Ein kleiner Schatz, könnte man fast sagen.« Er strahlte mich mit sprühenden Augen über seinen Becher an. »Nun, der Wahrheit die Ehre, man kann ihn auch einen großen Schatz nennen.«

»Transportiert durch die Wolfskinder auf Geheiß von Stapelmann in Gretes Hütte, die dafür sterben musste wie die vielen anderen.« Ich dachte an die verbrannten Fußsohlen. »Und nicht gerade auf leichte Art.«

»Natürlich. Menschlicher Auswurf, allesamt, kleingeistig obendrein, nicht annähernd so viel wert wie der Ochse vor dem Pflug. Alle Schätze dieser Welt hätten sie nicht gelehrt, ein genussvolles Leben zu führen. – Wir sind da aus einem anderen Holz geschnitzt, Herr Frederik. Wir werden dieses Gold teilen und uns aus dem Staub machen, weit weg in ein anderes Land, vielleicht sogar bis über das südliche Meer.«

»Warum wollt Ihr so viel Honig verschwenden, um einen Bären wie mich zu fangen?«

»Weil ich einen Bären wie Euch nicht beständig auf meiner Spur wissen will, darum. Ich strebe nach all den Jahren, in denen der gewaltsame Tod mein treuester Begleiter war, ein Leben an, in dem ich mich unbesorgt zurücklehnen und die Früchte meines Schaffens genießen werde, ohne mit einem Dolch unter meinem Kissen schlafen zu müssen. An meiner Seite sollen schöne Frauen liegen – und keine geladene Pistole. Wenn ich Schritte hinter mir höre, sollen es nicht die eines gedungenen Attentäters sein. Ich will endlich meine Ruhe. Nur deshalb opfere ich die Hälfte des Goldes. – Es fällt mir übrigens nicht so schwer, wie Ihr annehmen könntet, denn es ist genug für uns beide da.«

Das hörte sich ja wahrhaft prächtig an. Und doch, meine leichtsinnigen Zuhörer, sollte ein Löwe immer dann besonders wachsam sein, wenn die Ziege besonders groß ist, die man an den Pfahl gebunden hat.

»Durch zwei geteilt also? Nun, ich kann mich da noch gut an einen Rudolfo erinnern«, unwillkürlich kratzte ich mir dabei die Stelle, an der mich die Kugel seines Schneppers getroffen hatte, »der ein ausgezeichneter Schütze, ein äußerst mutiger Mann und Euer zuverlässigster Begleiter war. Wie wird er sich dazu stellen?«

»Überhaupt nicht mehr. Ich habe ihm einen Teil angeboten, der seiner Stellung entsprach. Leider sind wir uns nicht einig geworden.«

»Dann darf ich wohl annehmen, dass er denselben Weg genommen hat wie ...«

Degusti wirkte mit seiner wegwerfenden Handbewegung leicht verärgert. »Es ging nicht anders. Doch das ist Vergangenheit. – Wie soll nun unsere Zukunft aussehen? Wollt Ihr mich heute in Frieden ziehen lassen, und ich werde Euch in einer Woche ... Oh, kommt, kommt, Herr Frederik, diese erstaunte Miene ist nicht vonnöten. Ich verspüre wenig Lust, das Bild eines gespickten Hasen abzugeben. Glaubt Ihr, ich hätte die gräflichen Armbrustschützen nicht schon bei meiner Ankunft bemerkt, die Ihr um das Haus verteilt habt? Wie Ihr seht, bin ich trotzdem gekommen. Wenn Ihr wollt, formuliert es für Euch so, dass ich gekommen bin, um Euch das Recht an meiner Verfolgung abzukaufen. Schmeckt es Euch so besser? Dann bin ich in einer Woche mit dem Gold wieder hier, und wir trennen uns für alle Zeiten. – Nun?«

Sein Gesicht wirkte offen und ehrlich. Und auch seine Augen, diese seltsamen Kunstwerke der Natur, wie ich sie nie bei einem anderen Menschen gesehen hatte, schienen für den Moment ihren Wechsel der Farbe zu unterbrechen und fixierten mich gerade heraus in einem dunklen Blau.

»Geht hin in Frieden, Mann mit dem eigenartigen Humor, dem selbst gegebenen Namen und der eigenen Art, die Dinge nach seinem Geschmack zu regeln. Vielleicht habt Ihr ja in allem Recht, Herr Salvatore De gustibus non est disputandum.«

Degusti lachte wie selten. »Ich habe mich schon lange gefragt, wann Ihr mich einmal darauf ansprechen würdet. – Wirt, den besten Wein, den Euer Keller zu bieten hat, und mach er rapido!«

Nachdem sich der Fettsack schleimig-kratzfußend wieder entfernt hatte, ließen wir den goldenen Rebensaft durch unsere Kehlen gleiten. Zwei fröhliche Schurken, die ein gutes Geschäft begossen, um das sie jeder wirklich große Gauner, namentlich ein Bankier, beneidet hätte.

»Dann will ich mich jetzt auf den Weg machen. Doch erweist mir einen letzten Gefallen und sorgt dafür, dass Ihr Euren Anteil auch sicher erhaltet, indem ich nicht aus Versehen erschossen werde, wenn ich nach draußen gehe.«

Degusti hatte natürlich Recht und ich fast schon die Situation vergessen, die ich selbst geschaffen hatte. Folglich trat ich kurz vor die Schenke und winkte zum Nachbarhaus hinüber, bevor ich meinen Platz am Tisch wieder einnahm. Sechs Wachen des Grafen sowie der treffsichere Gernot würden Bogen und Armbrust aus der Hand legen und wieder ihrer üblichen Arbeit nachgehen.

An der Tür drehte sich Degusti noch einmal zu mir um. »Und was werdet Ihr solange unternehmen?«

»Das hängt davon ab, ob ich Euch vertrauen kann. Einstweilen werde ich mich auf mein eigenes Überleben konzentrieren und auf baldigen Vermögenszuwachs warten, indem ich auf das Gute in einem schlechten Menschen hoffe.«

Auf seinem Gesicht machte sich erneut das grundehrliche Lächeln breit, das er auch zu Beginn unserer Unterredung zur Schau getragen hatte, seine Augen schimmerten in einem milden Blau, und mit einem letzten stummen Nicken war er verschwunden.

Noch mehr Gäste

Nun ist es mit dem Vertrauen, meine arglosen Freunde, so eine Sache. Man möchte es gerne gegenüber jedermann beweisen können, um doch immer wieder festzustellen, dass dies als eine der sichersten Methoden gelten muss, sich selbst den Dolch ins Herz zu stoßen. Wenn ihr nach den wahren Eigenschaften eurer Mitmenschen sucht, haltet euch besser an Egoismus und Habsucht, den verlässlichsten Stützen der allermeisten Charaktere. Ihr mögt mich jetzt einen unverbesserlichen Pessimisten schelten, bedenkt aber dabei, welches meine Profession ist, wie lange ich sie ausübe, und wem ich dabei alles begegnet bin.

Kurz, Degusti und ich waren einander zu gleich, sodass ich den Becher, mit dem ich ihm zum Abschied zugeprostet hatte, wieder unbenutzt auf den Tisch setzte und ihn eine Weile gedankenversunken betrachtete. Was hatte Degusti noch auf unserer Reise durch die Nacht gesagt, als wir selbst den Köder spielten? »Warum habe ich mich nicht einmal in die Lage der anderen versetzt? Warum habe ich mir nicht überlegt, wie ich es an ihrer Stelle gemacht hätte?«

Hätte ich bei vertauschten Rollen mit Degusti geteilt? Natürlich nicht. Ich hätte selbstverständlich versucht, alles für mich zu behalten.

Und deshalb würde er versuchen, mich umzubringen.

Doch ich wollte nicht bloß Vermutungen, ich wollte Gewissheit. »Wirt, bring mir ein wenig Speck, und dann zeig mir den Weg zu deinem Speicher! Ich habe vor, meine Wiedergeburt zu feiern und dazu einige deiner Erbfeinde zum Essen einzuladen.«

Der gute Mann glotzte mich an, als hätte ich ihn soeben zur Hochzeit des Papstes gebeten, und verharrte mit offenem Mund.

»Nun beweg dich endlich! Und versuche nicht, mir einreden zu wollen, dass es in deinem Hause keine Ratten gäbe.« Auf das »außer dir« verzichtete ich.

Er klappte zwar sein Maul wieder zu und machte sich auf den Weg, hatte aber bestimmt nicht die Überzeugung eingebüßt, soeben der wundersamen Verwandlung eines normalen Menschen in einen kompletten Wirrkopf beigewohnt zu haben.

Als er mit befremdlicher Miene und vorsichtiger Unsicherheit das bestellte Stück Fleisch auf einem flachen Holzteller vor mich hingeschoben hatte, wartete ich nur darauf, dass er jeden Moment auf seinen fetten Arsch fallen würde, als ich das Glas mit seinem besten Wein über den Speck leerte.

»So, du ungläubiger Thomas, und jetzt begleite mich zu einem Experiment, als dessen Zeuge ich dich brauche. – Wo also ist dein Speicher?« Mit diesen Worten fasste ich ihn am Arm und bugsierte ihn sodann in die Richtung, in die sein Kopf gewiesen hatte.

Wir kamen auf den Hof der Schenke und dort in einen niedrigen Schuppen, der an die Rückseite des Hauses gebaut war. Hier lagerte der Wirt seine Vorräte, insbesondere Korn, getrocknetes Gemüse und Räucherfleisch. Alles Dinge, die eine Ratte nicht verschmäht. Die Katzen, die hier für Ordnung sorgen sollten, waren entweder zu alt oder zu fett, um sich noch mit einem grimmigen Nager anzulegen, der so lang war wie sie selbst und die schärferen Zähne hatte. Sie zogen es vor, sich die warme Sonne auf den Pelz brennen zu lassen und nach ausgiebigen Schlafpausen hinter ihren weiblichen Artgenossen herzurennen.

So war es für mich kein Wunder, dass gleich mehrere von diesen graubraunen, nacktschwänzigen Viechern auf den Säcken herumsaßen und sich durch unser Erscheinen nicht sonderlich beeindrucken ließen. Ein besonders vorwitziges Exemplar hangelte gar an einem von der Decke baumelnden Schinken herum.

Ich konnte den Wirt gerade noch davon abhalten, die dreisten Burschen zu verscheuchen, schob vorsichtig den Teller in ihre Nähe und verzog mich dann mit dem Herrn des Hauses in den Hintergrund auf einen bequemen Bohnensack, von wo aus wir gute Sicht auf die von mir gedeckte Tafel hatten.

Es dauerte eine Zeit, bis die ersten Biester Interesse an der neuen Bereicherung ihrer Speisekarte zeigten. Zwei glänzende, noch ziemlich junge Exemplare hockten sich auf die Hinterbeine, hielten ihre zitternden Nasen mit den vibrierenden Barthaaren in die Luft und beäugten dabei begehrlich den weintriefenden Speck, ohne sich allerdings an ihn heranzutrauen. Erst als eine alte Ratte mit schmutzigweißem Fell nach einigen Umrundungen des Tellers gekostet hatte, holten auch sie sich ihren Teil. Alle fraßen mit leisem, aber durchdringendem Schmatzen, das gut bis zu uns herüber zu hören war.

Dann fällten meine drei Gäste die Entscheidung, wie ich mich Degusti gegenüber zu verhalten hatte.

Nachdem etwa ein Viertel des Köders verzehrt war, nahm eine der beiden jungen Ratten wieder ihre Hockstellung ein, kräuselte noch einmal die emporgereckte Nase, und erstarrte mitten in ihren Bewegungen. Nur einen Wimpernschlag später hörte die zweite auf zu fressen und blieb hochbeinig auf allen Vieren stehen, einen Fetzen Fleisch noch in der Schnauze, als hätte ein Magier sie durch die Berührung seines Stabes in Stein verwandelt. Die alte Ratte, die sich beim

Fressen etwas zurückgehalten hatte, beschnüffelte misstrauisch ihre beiden Artgenossen, um sich plötzlich umzuwenden und direkt auf uns zuzuschießen. Sie schaffte jedoch nur die halbe Strecke und blieb dann von einer Sekunde auf die andere steif liegen, wie ich sie mit einem gezielten Bolzenschuss nicht besser hätte annageln können. Ich ging zu ihr hinüber und stieß sie mit dem Fuß an. Sie rührte sich nicht, krümmte nicht einmal ihren Schwanz, auf den ich getreten hatte. Bei den anderen beiden war es genauso, mitten aus dem Leben heraus erstarrt wie in einem Eisblock eingefroren.

Der Wirt glotzte mich wieder in seiner typische Weise an, die jeden Lehrer zur Verzweiflung bringen würde. »So etwas habe ich noch nie gesehen! – Was haltet Ihr davon, was sagt Ihr dazu?«

Was ich davon hielt, war, dass Degusti mein Vertrauen schändlich missbraucht hatte. Die Zeit war gut genutzt, als ich die Schenke kurz verlassen hatte, um den Schützen des Grafen das Zeichen zu geben. Während ich für seinen sicheren Weg zum Gold sorgte, kümmerte er sich um meinen Weg in die Ewigkeit.

Was ich dazu sagte, war: »*Alea iacta est*, oder, wenn du dies besser verstehst »Degustibus *est* disputandum.«

Epilog

Die versiegelte Truhe hatte mit Hilfe eines zuverlässigen Boten ihren Weg von Münster hierher nach Marken gefunden und stammte von meinem allertreuesten Freund Johannes Ossenstert. Sie war klein, aber schwer, mit buntem Metall beschlagen und mit kupfernen Ecken.

Ich hatte sie erwartet, auch wenn ich nicht wusste, was sie enthielt.

Degusti hatte versucht, mich umzubringen. Ich hatte ihn dennoch nicht verfolgt, weil ich damit rechnete, dass er mir für den Fall des Scheiterns seines Anschlags einen anderen tödlichen Hinterhalt gelegt hatte, in den ich nicht in wutschnaubender Unbedachtsamkeit hineinstolpern wollte.

Es mag für die Abenteuerlustigen und Romantiker unter euch eine Enttäuschung sein zu erfahren, dass euer Frederik auch später keinen Gedanken daran verschwendete, Degusti – oder wie immer sein Name lautete – ausfindig zu machen und zu einem Duell zu fordern. So etwas überlasse ich den ewig Gestrigen, durch deren Adern noch das Blut der letzten Ritter fließt und die sehr schnell genauso wie diese ausgestorben sein werden. Sollten Männer wie Degusti und ich aufeinandertreffen, gäbe es keinen fairen Kampf. Der eine hätte hier einen Bogenschützen versteckt, der andere dort seinen Mann mit einer Armbrust platziert. Wahrscheinlich hätte jeder von uns zusätzlich Schützen mit einer Hakenbüchse aufgeboten. Selbst wenn man vordergründig der Vernunft das Wort geredet, von einer offenen Auseinandersetzung abgesehen und sich zur Besiegelung des Friedens die Hand gereicht hätte, würde jeder dabei an seinen Fingern einen Ring mit einem vergifteten Stachel tragen.

Und sollte gleichwohl aufgrund irgendwelcher Umstände ein Kampf Mann gegen Mann bei völliger Waffengleichheit ermöglicht werden können, so würden meine Chancen, das hatte mich Degustis Fechtkunst gelehrt, auch nur bei fünfzig Prozent liegen. Was für einen Mann wie mich, der stets gewinnen will, fürwahr eine miserable Quote bedeutet.

Da ist es besser, jede Gefühlsaufwallung zu unterdrücken, denn glaubt mir, meine erbosten Freunde, Zorn ist ein schlechter Ratgeber. Weitaus besser ist es da, seine Rache kalt zu genießen und andere die Arbeit tun zu lassen. Die Hanse würde niemals vergessen, dass der Verräter Degusti drei ihrer besten Leute umgebracht und – aus der Sicht eines Kaufmanns weitaus schlimmer – sie um einen Schatz gebracht hatte, den sie ihrer Meinung nach zu Recht für sich beanspruchte. Sie würde Degusti jagen bis an den Rand der Welt. Nachdem ich meinen getreuen Johannes noch einmal in Marsch gesetzt und den maßgeblichen Herren auf diesem Wege die entsprechenden Informationen geliefert hatte, würde der Schurke keine ruhige Minute mehr haben. Er war verschlagen, listenreich, außergewöhnlich klug und ein gewandter Kämpfer. Doch was nützt das alles gegen die geballte Macht des Geldes? Die über dieses Mittel verfügten, geboten damit auch über ein ganzes Heer von Degustis, aus dem sie sich unbeschränkt bedienen und dem Schurken einen Meuchler nach dem anderen an die Fersen heften konnten, bis der Gejagte das eine Mal zu spät über seine Schulter blickte.

Den Grafen hatte ich auf seine Frage, wie er mir meine Meisterleistung nur vergelten solle, mit den Worten beschieden: »Meine Tätigkeit ist mir Lohn genug«, ein Ausspruch, der Detektiven meines Kalibers öfters über die Lippen kommt. Ich war davon überzeugt, mir eine solch großzügige

Attitüde leisten zu können, weil sich die Hanse schon für die Enttarnung Degustis erkenntlich zeigen würde. Vorausschauend wie ich bin, hatte ich da nämlich bereits durch Ossenstert vorfühlen lassen, der wieder einmal seine Beziehungen fruchtbar gemacht hatte. Dass nun dieser Kasten hier eingetroffen war, bewies mir, dass die reichen Pfeffersäcke ihr Wort gehalten hatten.

Voller Spannung brach ich das Siegel, während meine von Neugier zerfressene Zenobia dicht an mich gedrängt dabeistand, und klappte den Deckel auf. Zuoberst lag ein Schreiben meines zuverlässigen Freundes.

Mein lieber Frederik! Wohlbehalten wieder nach Münster zurückgekehrt, habe ich alles veranlasst, wie von dir gewünscht. Die beigefügten 50 Goldgulden, dabei sah ich sein verschmitztes Gesicht vor mir, wie er mir verschwörerisch ein Auge zukniff, *sind ein kleiner Dank der Kaufleute für deine erhellenden Auskünfte über Degusti.*

In ein Tuch eingeschlagen, lagen die funkelnden Münzen direkt unter dem Brief. Ich konnte mir erlauben, sie allesamt mit theatralisch-übertriebener Geste meiner darob entzückten Zenobia zu überreichen.

Und ich hoffte dabei, mein wunderbares Weib würde nicht mitbekommen, wie ich lautlos in mich hineinlachte. Meine Vereinbarung mit Ossenstert sah unter anderem vor, dass er mir nur den zehnten Teil des Betrages, den die Hanse ausspucken würde, nach Holland übersenden sollte. Der Rest würde von ihm auf meinen Namen bei einem Münster'schen Goldschmied angelegt werden.

Also warteten dort jetzt 450 sich ständig mehrende Gulden auf mich, ein wahres Vermögen!

Und wenn ihr, meine frisch verliebten Zuhörer, nun meint, diese Geheimniskrämerei sei gegenüber meiner Zenobia nicht besonders aufrichtig, so habt ihr sicherlich Recht. Aber glaubt mir, wenn ich euch versichere, dass auf dieser Welt nichts so unbeständig ist wie die Zuneigung einer schönen Frau. Deshalb sollte ein erfahrener Mann stets danach trachten, selbst im hingebungsvollsten Liebesrausch immer noch einen geheimen Sparpfennig in petto zu halten.

Ich las weiter.

Zu dem Säckchen soll ich dir wörtlich sagen: »Du kannst seine frühere Position haben, wenn du willst. Sein Schwert läge auch für dich bereit.« Du wüsstest schon, was damit gemeint ist. In beständiger Freundschaft, dein Johannes!

Tatsächlich befand sich unter dem Tuch noch ein samtener Beutel, aus dem ich zweierlei hervorholte.

Zum einen enthielt er jenen bemerkenswerten Dolch Degustis, mit dem er mir nicht nur bei unserer ersten Bekanntschaft das Fleisch herübergereicht, sondern später auch seine Kameraden erstochen hatte.

Er beherbergte außerdem einen runden, dickwandigen Glasbehälter, der mit einem Korkstöpsel verschlossen war. In ihm schwammen in einer klaren, konservierenden Flüssigkeit zwei Augen, jetzt von schwarzgrüner Farbe, wie ich sie nur bei einem einzigen Menschen gesehen hatte.

Schlusswort des Autors

Sollte Sie Ihr Durchhaltevermögen bis hierher gebracht und Ihnen mein Roman obendrein gefallen haben, brauchen Sie an dieser Stelle nicht weiterzulesen.

Falls Sie aber die ganze Menschenfresserei, die Hinrichtungen und sonstigen Grausamkeiten für übertrieben oder bloße Effekthascherei halten, sind die nachfolgenden Hinweise vielleicht ein geeigneter Anstoß, Ihre Meinung noch einmal zu überdenken.

Eventuell werden Sie danach sogar zu der Überzeugung gelangen, dass es ein großes Glück ist, im Hier und Heute zu leben.

Ich habe mir die Freiheit genommen, einen Ableger der Beane Family durch Zeit und Raum nach Westfalen in das 16. Jahrhundert zu beamen. Wahmann, der meinem Scharmann entspricht, machte dagegen kaum Schwierigkeiten, ihn brauchte ich nur um gute hundertfünfzig Jahre zurückzuversetzen. Um das Bild rund zu machen, entlieh ich mir von Stumpp den Wolfsfellgürtel.

Im Einzelnen:

1.) Sawney Beane lebte im 15. Jahrhundert mit seiner Familie an der Küste der schottischen Grafschaft Galloway. Als gemein und faul verschrien, zog er sich mit seiner Frau in eine Höhle der Küstenklippen zurück, die sich schon deshalb als ideales Versteck erwies, weil ihr Eingang im Wechsel der Gezeiten für Stunden verborgen blieb. Das Paar hatte sich auf Raubmord verlegt mit der Besonderheit, dass es im wahrsten Sinne des Wortes von seinen Opfern lebte. Es fraß sie nämlich auf.

Im Laufe von fünfundzwanzig Jahren wuchs die sich ausschließlich durch Inzest vergrößernde Familie auf insgesamt achtundvierzig Mitglieder an. Anhand der vorgefundenen Beutestücke soll die Zahl der Opfer auf rund tausend geschätzt worden sein.

Es mag unglaublich anmuten, dass während einer so langen Zeit und einer solch großen Zahl an Verschwundenen kein früherer Zugriff durch die Obrigkeit erfolgte. Doch muss man in diesem Zusammenhang berücksichtigen, dass sie nur Reisende und keine Ortsansässigen überfielen. Zudem waren ihre Raubzüge militärisch durchorganisiert, mit Kundschaftern, Wächtern und dergleichen. Prinzipiell wurden nie mehr als zwei Reiter oder höchstens sechs Personen zu Fuß angegriffen. Hinzu kam der Vorteil des besonders begünstigten Unterschlupfs.

Man kam den Mördern auf die Schliche, als sie einem berittenen Pärchen auflauerten, das auf dem Heimweg von einer Kirmes war. Andere Reisende nahmen denselben Weg und erschienen am Tatort, als der Überfall in Gang war.

Als ein Trupp Soldaten die Bande endlich in ihrer Höhle stellen konnte, bot sich ihnen ein Bild des Grauens. Von Haken an den Wänden und der Decke hingen Mengen von Gliedmaßen und Körperteilen herab, die man durch Einsalzen, Pökeln und Trocknen für einen späteren Verzehr haltbar machte. Alles wirkte wie in der Kühlkammer eines Metzgers, nur dass der weitaus überwiegende Anteil an Fleisch nicht von den Pferden der Opfer, sondern den Reitern selbst stammte.

Hätte ein Gericht in der heutigen Zeit berücksichtigt, dass die allermeisten Familienmitglieder in der Höhle aufgewachsen, von Anbeginn an mit Menschenfleisch ernährt und zu Mord erzogen worden waren, sich eine andere Lebensweise also gar nicht vorstellen konnten, sah die Sache früher ganz anders aus. Die Bande hatte sich so weit vom damaligen

Zivilisationsbild entfernt, dass man sie selber für Tiere erklärte und ihnen also erst gar keinen Prozess machen musste. Sie wurden hingerichtet, indem man den siebenundzwanzig männlichen Mitgliedern vor den Augen der Frauen die Gliedmaßen abschlug und die noch lebenden Torsi ausbluten ließ, bis der Tod eingetreten war. Anschließend wurden die Frauen verbrannt.

2.) Peter Stumpp war ein in der Gegend von Köln lebender Serienmörder, der bis zu seiner Verhaftung im Jahre 1589 mindestens fünfzehn Mädchen beziehungsweise junge Frauen vergewaltigt und ermordet, danach ihr Fleisch gegessen hatte. Diese Taten bildeten jedoch nicht allein die Anklagepunkte, er wurde ferner beschuldigt, sich mit Hilfe eines Wolfsfellgürtels in einen Werwolf verwandelt zu haben. Wie Beane lebte er in einem inzestuösen Verhältnis mit seiner Tochter, hatte aber außerdem noch eine Geliebte. Seine moralischen Vorstellungen waren von der Art, dass er unter anderem einen aus der Beziehung zu seiner Tochter hervorgegangenen, verkrüppelten Sohn tötete und dessen Gehirn aß. Letzteres soll, seinen eigenen Bekundungen nach, »der größte Leckerbissen des hervorragenden Mahls« gewesen sein.

Dieser Kannibale wurde wie folgt hingerichtet: Nachdem man ihn zu verschiedenen Tatorten gebracht und ihn dort mit glühenden Zangen gerissen hatte, wurden ihm mit einer Keule Arme und Beine zerschmettert. Sodann schlug man ihm den Kopf ab und verbrannte seine Leiche. Tochter und Geliebte, die alles mit ansehen mussten, kamen ebenfalls auf den Scheiterhaufen.

3.) Im so genannten Menschenfresserurteil erging 1699 in Dorsten über einen Franz Wahmann der hier im Originaltext wiedergegebene Gerichtsentscheid:

In peinlichen Sachen Seiner Churfürstlichen Durchlaucht zu Cöllen Fiscalischen Anwahldts zu Dorsten Anklägeren Wegen und Wider Frantzen Wahmann, vor der Stadt Dorsten am Siechenhauß wohnhafft, Angeklagten und Inhaftierten, ist auf vorgemeldten Anwahldts anklagh, deß Inhaftierten andtwordt und alles gerichtliches Vorbringen auch nohttürfftige wahrhaffte erfindung, so deßhalb alles nach ahnweißung Kaißer Caroli des Fünfften und deß Heiliegen Reichs Ordnung geschehen, zu recht erkandt, dass Angeklagter alhier für gericht stehend, darumb dass im annoch lauffenden 1699-ten Jahr, umb dass Fest der Heyligen Dreyen Königen, einen fremhden ohnbekandten Mann, alß des Nachts denselben in seiner Wohnungh am Siechenhauß aufgenohmmen und geherbergt, und darauff ihm den Kopff, beyde Hände und beyde Beyne abgehawn, dem gestumpelten Leichnam die Haut abgezogen, dass Fleisch in Stücken zertheilth, in Kuben eingesaltzen, im Rauch auffgehenket und gegessen, die abgezogene Haut aber klein gehacket, gekochet und dass darauß gesottene Fett und Gedärmhte außerhalb Hauses in die Erde vergraben, Ferner dass, alß in selbiger Nacht dieser begangenen Mordtahts dessen Fraw etwa zu früezeitig ins Kindbeth gerathen, Er Angeklagter dass frisch gebohrene lebendige Kindtlein weggenohmmen, den Hals mit der Hand zugetruckt und also ermordet. folgentz klein gehackt, gekochet und aufgegessen, überdem dass Angeklagter vorhere auch sein aygenes Kindtlein von seiner Fraw Brust weggesetzet und getödtet, nach 9 tagen aber allererst zum Kirchoff nacher Galen zur Erden bestatten lassen, dass gleichfalß im negst vorigen Sommer zwey Rinder Beeste angeholt, gestohlen, in seinem Hause geschlachtet und verspeiset, zu seiner in rechts verdienter Straffe nach der Richtstatt zu schlayffen, daselbst ahn einen Pfaell zu stellen, mit dreyen glüenden Zangen auf die Brust zu zwicken, demnegst auffs Ratt zu legen und darauff zu fässelen und nach empfangenen gewöhnlichen Stößen mit einem Strick zu würgen, also vom Leben zum Todt hinzurichten, das Ratt auch endlich in die Höhe zu stellen, mit dreyen anhangenden Klüppelen zu versehen und anderswo dergleichen grawsamben Mörderen und Viehdieben zum abschewlichen Exempel auff die Richtstatt stehen zu verlassen sey.

(Nähere Informationen zur handschriftlichen Originalausfertigung des Urteils finden Sie auf meiner Homepage www.das-kriminalmuseum.de.)

Dass man zum Beweis der Tötung eines Gegners dessen abgeschnittenen Kopf übersandte, ist in der Geschichte weder neu noch selten. Als historisches Parallelbeispiel mag insoweit die Ermordung des ehemaligen Bauernführers Michael Gaismair in Padua dienen, die etwa zu der Zeit stattfand, in der mein Roman handelt.

Dies alles war und ist in einem solchen Maße Realität, dass demgegenüber die Geheimgesellschaft des Vatikans mit Namen Umbra Diaboli als reine Fiktion geoutet werden kann. Ebenso wenig hat die Hanse eine interne Organisation unter der Bezeichnung Ubi Damnatus unterhalten. Wenn ich jedoch bedenke, dass sich Jahrhunderte später die amerikanischen Eisenbahngesellschaften einer Truppe wie der Pinkertons bedient haben, muss ich mich ernsthaft fragen, warum nicht der Papst oder die Hanse auf Frederiks Idee gekommen sind.

Im Übrigen hat mich in der Hammer-Productions-Version des *Hound of the Baskervilles* von 1958 nachhaltig die reizvolle Nuance beeindruckt, dass Holmes aufgrund eines Ahnenportraits, das »Schwimmhäute« an den Händen der Sippe dokumentiert, wegen derselben Merkmale Stapleton als späten Blutsverwandten des namensgebenden Adelsgeschlechts verifiziert. Sir Arthur wird sicher Verständnis für meine Anlehnung haben. Und er wird mir auch bestimmt verzeihen, dass ich seine Radix Pedis Diaboli noch einmal aus dem Giftschrank geholt habe.

Gleichermaßen vertraue ich darauf, dass Goethe, Shakespeare und ein paar andere Dichterfürsten unseren Frederik nicht vor den ewigen Richter zerren werden, weil er sich zu gerne aus ihrem Zitatenschatz bedient.

Abschließend hoffe ich, dass Sie spätestens nach der Lektüre des Dorstener Urteils meine Entscheidung billigen, meinen Roman in einer angepassten, einigermaßen zeitgenössisch-verständlichen Form abgefasst und nicht versucht zu haben, ihn in einer gestelzten Kunstsprache mittelalterlich erscheinen lassen zu wollen.

Ihr sehr ergebener
Friedrich Gerhard Klimmek

KBV-KRIMI

F. G. Klimmek

Schnee von gestern

KBV-Krimi Nr. 123
Taschenbuch, 384 Seiten
ISBN 3-937001-13-1

Kein Geld der Welt garantiert das ewige Leben. Deshalb müssen irgendwann sogar Millionäre sterben. Weil dies aber bei drei Kameraden auf besonders brutale Art geschieht, zittern die greisen Mitglieder des exklusiven holländischen Yachtclubs nicht nur aus Altersgründen. Abhilfe soll Karl-Heinz Schmidt schaffen, der Frührentner aus dem Ruhrpott, mit dem dicken Bauch und den dünnen Haaren. Selber eingebettet in Wohlstand und die dazugehörige Langeweile, geht Schmidt mit wenig Begeisterung an die Sache heran, denn er hält die Morde für die Taten individueller Geschäftskonkurrenten. Doch dann findet er heraus, dass alles bereits im Sommer '44 in einem deutschen Konzentrationslager begonnen hat und die Toten nur Teile einer Mordserie ungeahnten Ausmaßes sind.

F. G. Klimmek

Wie die Fliegen

KBV-Krimi Nr. 112
Taschenbuch, 336 Seiten
ISBN 3-937001-07-7

Karl-Heinz Schmidt ist fett und fünfzig. Er mag keine Schwulen, keine Kinder, keinen Knoblauch und keine Hitze. Er liebt Heineken und Jenever. Also ist Holland für ihn das gelobte Land, in dem er als Frührentner im Alkoholdunst vor sich hindämmern kann. Jedenfalls so lange, bis aus unerklärlichen Gründen ein heimtückischer Mordanschlag auf ihn verübt wird, dem er nur mit sehr viel Glück entgehen kann. Schmidt muss bei seinen Nachforschungen feststellen, dass die Leute, denen er dabei begegnet, plötzlich sterben wie die Fliegen. Er braucht ziemlich lange, bis sein Herumstochern ihn mehr zufällig zum Drahtzieher der Verbrechen führt und er erkennen muss, dass ein antiker Schimmelpilz ein mörderischerer Antrieb sein kann als eine schöne Frau.

Rich Schwab

Perlen vor die Schweine

KBV-Krimi Nr. 136
Taschenbuch, 249 Seiten
ISBN 3-934638-54-9

Schlagzeuger Büb Klütsch hat drei Probleme: Er ist notorisch pleite, hat immer Bierdurst und die Kölner Staatsanwaltschaft will den Tod seiner alten Freundin Kathrinchen unbedingt als Drogenunfall zu den Akten legen. An einen Unfall mag Büb aber gar nicht glauben und beschließt daher, selbst die Wahrheit aufzudecken. Keine ungefährliche Aufgabe angesichts der wenig zimperlichen Zuhälterkreise der Domstadt, in denen Kathrinchen verkehrte.

»Rauh und heiser, in ruppiger Gangart, wie ein Song von Van Morrison.«
(Elke Heidenreich über NIE WIEDER APFELKORN)

»Schärfer als die Songs von Tom Waits.«
(Hajo Steinert, Deutschlandfunk, über EINE ALTE DAME GING HERING)

KBV-KRIMI historisch

Ralf Kramp

...denn sterben muß David!

KBV-Krimi Nr. 82
Taschenbuch
229 Seiten

801 nach Christus. Karl der Große ist in Rom zum Kaiser gekrönt worden und befindet sich auf der Rückreise in seine Heimatpfalz Aachen. Zur gleichen Zeit werden in der Eifel einige ruchlose Morde verübt. Die Täter sind kahlgeschoren und grausam. Ihre Losung lautet: "...denn sterben muß David!"
Es geht um gefälschte Schriftstücke und um eiskalte Rache, und ihre blutige Spur führt nach Aachen, wo der Kaiser erwartet wird. Nur einer hat ihr Tun beobachtet: Enno, ein Eifeler Bauernjunge, den man fälschlicherweise des Mordes bezichtigt.
Kann er sie aufhalten?

»Kein Werk, das nur eine trockene Historie behandelt. Im Gegenteil, eine auf über 220 Seiten empfehlenswerte, spannende Geschichte.«
(Blickpunkt)

Jürgen Ehlers

Mitgegangen

KBV-Krimi Nr. 135
Taschenbuch
390 Seiten

Düsseldorf, Februar 1929. Am Zaun einer Großbaustelle wird die Leiche eines kleinen Mädchens gefunden. Gewürgt, missbraucht, erstochen, mit Petroleum übergossen und angezündet.
Kommissar Wilhelm Berger sieht sich rasch mit einer ganzen Reihe brutaler Überfälle auf Männer, Frauen und Kinder konfrontiert. Ist hier ein Wahnsinniger am Werk? Ein Verdächtiger wird schließlich gefasst und gesteht alles. Doch die grausamen Morde gehen weiter.

Jürgen Ehlers zeichnet in diesem Roman das bizarre Bild des triebhaften Serientäters Peter Kürten, der unter dem Namen »Der Vampir von Düsseldorf« in die Kriminalgeschichte einging.

F. G. Klimmek

Der Raben Speise

KBV-Krimi Nr. 89
Taschenbuch
356 Seiten

1534 - Die Wiedertäufer haben den Bischof aus Münster vertrieben und die Herrschaft übernommen. Wüste Exzesse sind an der Tagesordnung, und der Bischof sieht sich gezwungen, die eigene Stadt zu belagern. Umso härter trifft ihn die Nachricht, dass ein Geldbote unterwegs getötet worden und seine Flucht verschwunden ist.
Wieder einmal soll es Frederik von dem Kerkhof richten, Spion und professioneller Mörder im fürstbischöflichen Dienst. Der stößt bei seinen Nachforschungen gleich auf mehrere Verschwörungen.

»Es ist ein Riesenspaß, wie genau er das Lokalkolorit und die historischen Fakten nachzeichnet.«
(Westfälischer Anzeiger)